W0226241

Für Sabine

Ist, wer dich sah, noch lebendig,
Dann ist Lüge die Geschichte;
Starb er nicht, sah er dich nimmer,
Starb er, kann er nicht berichten.

Francisco de Quevedo y Villegas (1580–1645)
Zitiert nach Jorge Luis Borges
(Gesammelte Werke Band 8:
Einhorn, Sphinx und Salamander –
Buch der imaginären Wesen, München, 1982)

Luc Bahl

Der Basilisk zu Forchheim

Historischer Roman

Copyright (c) 2005 by
Verlag + Druck Linus Wittich KG, Forchheim/Luc Bahl
Satz und Layout:
Verlag + Druck Linus Wittich KG, Forchheim
Druck und Bindung:
Haßfurter Druck & Verlag GmbH, Haßfurt
Alle Rechte vorbehalten
Printed in Germany

ISBN 3-00-015720-4

VERLAG WITTICH

I

Schreckliche Gedanken schossen mir durch den Kopf, als man mich hinten auf den Wagen warf, direkt neben die noch wohlverschlossene Kiste. Ich stieß hart mit dem Kopf gegen eine ihrer metallverstärkten Kanten und verlor für Momente das Bewusstsein. Welch eine Gnade angesichts der Schmerzen, verursacht von dem Armbrustbolzen, der noch in meinem linken Oberschenkel steckte. Doch es war nur eine Gnade von kurzer Dauer. Denn kaum setzte sich der Karren in Bewegung, erwachte ich wieder. Gerade noch rechtzeitig hob ich meinen Kopf, um einen letzten Blick auf den blutüberströmten, leblosen Körper Georgs werfen zu können.

Sie ließen meinen treuen Begleiter einfach dort liegen, wo sie ihn nach kurzem Kampf mit ihren Schwertern und Streitkolben niedergestreckt hatten. Es war offensichtlich. Sie hatten ihn erschlagen, feige ermordet, ausgeplündert und überließen seinen Leib jetzt den Krähen und Wölfen, wenn ihn nicht vorher eine barmherzige Seele finden sollte.

Mittlerweile regnete es in Strömen. Die eben noch staubtrockene Straße verwandelte sich binnen kürzester Zeit in schlammigen Morast. Der Gaul, den ich in Nürnberg vor den alten Karren hatte spannen lassen, stapfte zwar unverdrossen vorwärts, aber wenn es weiter so regnete, würde der Weg bald unpassierbar sein.

Mir war nicht klar, ob ich mich darüber freuen oder davor fürchten sollte. Ich wusste nicht, warum mich die Bande am Leben gelassen hatte. Doch wenn der Karren stecken blieb, konnte es leicht sein, dass sie es sich anders überlegen würden. Und genau in diesem Moment hielten sie auch schon wieder an.

Ich tat so, als sei ich noch bewusstlos. Aus fast geschlossenen Augen beobachtete ich, wie sie von ihren Pferden sprangen. Hoch spritzte der Schlamm, doch es schien ihnen wenig auszumachen. Dann führten sie ihre Pferde direkt vor den Wagen. Mit ledernen Riemen banden sie ihre Tiere an die beiden Deichseln, zwischen denen das Pferd lief, das ursprünglich den Karren allein gezogen hatte. Je eins befand sich jetzt links und rechts neben dem Tier, die übrigen beiden wurden davor gespannt.

Die Kerle waren nicht nur brutal und gewalttätig, sondern besaßen auch praktische Intelligenz. Ihre Pferde waren es offensichtlich gewöhnt, nicht nur geritten zu werden, sondern auch als Zugtiere Verwendung zu finden. Es würde mich nicht wundern, wenn sie auch die Pferde irgendwo geraubt hätten.

Dann vollführten sie ein seltsames Ritual mit ihren Fäusten. Ich begriff, als einer der vier murrend auf eines der beiden vorderen Pferde stieg, um das Gespann von dort zu lenken, dass sie gerade ausgelost hatten, wer weiter im Regen ausharren musste.

Die übrigen drei krochen zu mir unter die Plane.

“Er blutet wie ein abgestochenes Schwein!”, grunzte der Anführer der kleinen Bande, als er mich zur Seite schob, um einen bequemen Platz zu finden. Als einziger der vier Wegelagerer trug er einen zerbeulten Helm und einen Kürass, einen eisernen Brustharnisch. Alle vier hatten ihre wilde Tracht mit etlichen bunten Federn geschmückt, die aber schon bessere Zeiten erlebt hatten. So zerrupft und zerfleddert, wie sie jetzt aussahen, boten sie nur noch den lächerlichen Anblick halb gerupfter Gänse. In jeder anderen Situation wäre ihre Erscheinung zum Lachen gewesen, nur jetzt nicht.

"Hoffentlich verreckt er uns nicht ...", murmelte ein anderer.

"Halts Maul und zieh ihm den Bolzen heraus!", befahl der Anführer.

Alle sprachen einen seltsamen Dialekt, den ich nur schwer verstand. Es war unüberhörbar, dass sie aus dem Süden kamen. Obwohl ihre Hosen und Wämser dreckig und zerschlissen waren, zeigten mir ihre gepflegten Waffen, dass es sich um Soldaten handeln musste, vielleicht ehemalige Söldner des Landshuter Erbkrieges, die es durch die Oberpfälzer Wälder weiter nach Norden getrieben hatte. Unter dem Schmutz schimmerten noch an einigen Stellen die bunten Farben durch, die ihre Kleidung einst ausgezeichnet hatte.

Ich hatte keine Vorstellung davon, wem sie jetzt dienten oder ob sie es vorgezogen hatten, als ihre eigenen Herren von Plünderung, Raub und Mord zu leben. Es machte ohnehin keinen Unterschied.

"Aber dann blutet es wahrscheinlich noch mehr und dieser feine Herr haucht sein Leben aus, bevor wir seiner Familie unsere Forderungen mitteilen können. Keine Ahnung, ob er ihr als Leiche noch so viel wert ist wie lebendig", erwiderte nun derjenige, der aufgefordert worden war, mich auf dem schwankenden, holprigen Karren von dem Bolzen in meinem Bein zu befreien.

Nun wusste ich zumindest, warum sie mich am Leben gelassen hatten. Die frische, saubere Kleidung, die mir mein Bruder in Nürnberg gegeben hatte, bevor ich wieder aufbrach, hatte mich verraten. Das neue Barett auf meinem Kopf schmückte mich nicht nur, sondern sprach auf seine Weise. In ihren Augen sah ich wohlhabend aus und sie hatten den Stoff, der mich kleidete, als untrügliches Zeichen meiner Herkunft erkannt. Ein Sohn aus gutem, patrizischen Hause.

Hier war Geld zu holen.

Insgeheim verfluchte ich meine Ungeduld. Hätte ich doch in Nürnberg noch einen weiteren Tag oder zwei gewartet. Man wollte dort ohnehin eine neue Geleitmannschaft zusammenstellen, um einen Zug von Kaufleuten, anderen Reisenden und ihre Güter auf dem Weg nach Norden zu beschützen.

"Es ist nicht mehr weit", hatte ich gesagt, "weniger als eine Tagesreise, je nach Zustand der Straße. Vielleicht brauche ich sogar nur einen halben Tag bis nach Forchheim. Dort erwartet mich Lorenzo und dann geht's bequem weiter mit dem Schiff bis nach Bamberg. Außerdem begleitet mich Georg. Ich bin also nicht allein."

Doch Gott sollte meinen Hochmut strafen. Die viele Wochen lange Reise von Lissabon bis Nürnberg hatte mich leichtsinnig gemacht. Ich hatte zwar viel erlebt und manch aufregendes Abenteuer bestanden, aber mir war auf der langen Fahrt keinerlei Ungemach wie Überfälle oder Wegelagerei widerfahren. Ich folgte alten Pilgerrouten, deren Wege von zahllosen Klöstern und Vogteien gesichert wurden. Wind und Wetter, Schnee und Eis hatten mir zwar schwer zu schaffen gemacht, so dass ich mich trotz des Ungeziefers, das mich dort erwartete, auf die zugigen Herbergen freute. Doch marodierende Landsknechte waren mir auf meinen monatelangen Reisen bisher nicht begegnet.

Wenn einem aber nichts wirklich Ernstes geschieht, dann verfällt der Geist einer gemeinen, schleichenden Nachlässigkeit. Man fühlt sich sicher, wo doch alles um einen herum nur eine bedrohlich im Wind schwankende Kulisse ist, vor der einem die Gaukler des Teufels vorspielen, wie lustig und unbeschwert das Leben sei, während direkt hinter der grob gemalten Bühnendekoration die Dämonen nur darauf lauern, sich der Seelen der Leichtsinnigen zu bemächtigen.

Dabei hatte es, bevor ich Lissabon verließ, bereits mehr als genug Gründe gegeben, meinen jungen Geist zu verfinstern und meine Seele in die dunkelsten Täler der Trauer zu jagen. Doch wie für Hiob warteten noch weitere Prüfungen auf mich, um meine Gottesfurcht auf die Probe zu stellen. Und entsetzliche Furcht empfand ich jetzt hier, kurz vor Forchheim, in der Tat.

Es sagt sich so leicht, doch Angst kann einen umbringen. Sie kann einen so grundlegend verwandeln wie Pulver im Tiegel des Alchemisten zu farbigem Dampf wird, wenn man einen winzigen Tropfen einer geheimnisvollen Flüssigkeit hinzufügt. Danach ist nichts mehr so, wie es vorher war.

Vor meinen Augen hatten sie Georg erschlagen und ich konnte ihm nicht helfen. Was hatten sie mit mir vor?

Schon bevor diese Bande heimtückischer Mörder aus dem Gebüsch sprang, um den Karren anzuhalten, wurde ich von einem Armbrustbolzen im Oberschenkel getroffen. Ich starrte ungläubig auf den Pfeil. Und noch bevor ich richtig begriffen hatte, was geschehen war, fegte mich ein heftiger Schlag vom Wagen. Das stumpfe, hintere Ende einer Lanze krachte so heftig gegen meine Brust, dass ich glaubte, meine Rippen bersten zu hören. Doch erst als ich mich bereits im Staub der Straße wälzte, begann der eigentliche Schmerz.

Georg kam gar nicht mehr dazu, sein Rapier zu ziehen, das ihm als Angehörigen einer Patrizierfamilie zu tragen ebenso gestattet war wie mir. Da hatten ihn auch schon drei der vier Angreifer mit ebenso böse wie wuchtig geführten Hieben zu Boden gestreckt. Sie traten und stachen und schlugen weiter auf ihn ein, obwohl er längst regungslos in dem durch den beginnenden Regen sich allmählich aufweichenden Schmutz der Straße lag. Dem größten der drei, einem bärtigen, brutalen Schläger, schienen die Tritte, Hiebe und Stiche, die er meinem leblosen Freund verabreichte, besonders viel Vergnügen zu bereiten. Er grunzte und lachte dabei und seine Augen blitzten vor satanischer Freude.

Schließlich bückten sie sich, um ihn auszuplündern. Halbnackt ließen sie ihn zurück. Es war seltsam, an was für entsetzliche Details ich mich erinnerte. Zum Beispiel an Georgs Stiefel, die sich der Anführer der Bande anzog. Dann packten sie mich wortlos an Händen und Füßen und warfen mich wie ein Bündel Stroh zurück auf die Ladefläche des Wagens, wo ich gegen die massive, metallbeschlagene Holzkiste prallte. Meine einzige Fracht seit Lissabon. Offensichtlich hatten es die Wegelagerer darauf abgesehen. Und auf ein fettes Lösegeld dazu.

Ich schalt sie innerlich, denn hätten sie Georg am Leben gelassen, wäre ihre Beute ungleich größer gewesen. Seine Familie war wesentlich wohlhabender als die meine. Doch diese Gedanken behielt ich wohlweislich für mich.

Der schmutzige Kerl, der offensichtlich der Anführer der Bande war, gab mit einem unwirschen Nicken sein Einverständnis und drückte seinem Kumpanen einen langen Fetzen Stoff von undefinierbarer Farbe in die Hand, mit dem dieser mein Bein notdürftig rings um den Pfeil herum verband. Ich konnte ein schmerzerfülltes Stöhnen nicht unterdrücken. Trotz des heftigen Regens, der auf die Plane des Wagen trommelte, war es deutlich zu hören.

"Ah, der Herr kehrt von den Toten zurück!", sagte der Anführer und lachte. "Wohin des Wegs?", fragte er dann.

"Forchheim", flüsterte ich heiser.

"Oh, wie schade!", höhnte er. "Ich fürchte, der junge Herr wird seine Reisepläne ändern müssen."

Die beiden anderen fielen laut schallend in das Gelächter ihres Anführers ein. Sie lachten so dröhnend, dass sich selbst der triefende Schuft vorne auf dem Leitpferd umdrehte, sein Maul aufriss und ein merkwürdiges Gluckern von sich gab, das wohl gleichfalls ein Lachen sein sollte. Dabei konnte er gar nicht mitbekommen haben, was vermeintlich so komisch gewesen war. Trotz des heftigen Regens und der tiefhängenden Wolken, durch die es mittlerweile fast so dunkel geworden war wie in einer mondlosen Nacht, obwohl es erst Nachmittag war, erkannte ich deutlich, dass sich in dem weitaufgerissenen Mund nur noch einige wenige, schiefe, bräunlich verfärbte Zähne befanden.

Ich konnte diese Einzelheiten deshalb so deutlich sehen, weil auf einmal ein ganz merkwürdiges Licht den Mann beschien.

Und genau in diesem Augenblick verzerrte sich das Gesicht des völlig durchnässten Kerls auf dem Pferd. Seine Augen wurden fast so groß wie sein ungläubig aufgerissener Mund. Aus seiner Kehle drang nur noch ein heiseres, halb ersticktes Krächzen.

Der Anführer der Bande sprang im selben Augenblick auf dem wild hin und her schwankenden Wagen hoch und stieß sich den behelmten Kopf am oberen Gestänge. Er fluchte abgehackt und versuchte zu erfassen, was sich gerade abspielte. Ich selber lag flach auf dem Boden des Karrens und sah, dass die beiden anderen noch gar nichts mitbekommen hatten, obwohl das seltsame Leuchten alles rings um mich herum erhellte.

Da war es auch schon wieder vorbei.

Alles geschah so rasch, innerhalb des Bruchteils eines erschreckten Lidschlags, so dass ich nur Auswirkungen mitbekam, jedoch kaum Einzelheiten von dem, was sich so überraschend ereignet hatte.

Es war, als hätte ein feuriger Arm - es war, als hätte der Teufel persönlich! - nach dem vor Feuchtigkeit triefenden, zahnlosen Reiter gegriffen. Die gewaltige höllische Macht zeigte sich allein darin, dass es nur eine ganz kurze Berührung war, und dass ich sie mit meinen armseligen menschlichen Sinnen kaum zu erkennen vermochte.

Jedenfalls hob es den Reiter vom Pferd, schleuderte ihn herum wie einen wild durch die Luft tanzenden Kreisel, wobei er durch die Heftigkeit der Bewegung den Regen wie sprudelnde Gischt versprühte.

Es stank, wie es wohl im Fegefeuer riechen mochte, jedenfalls musste ich heftig schlucken vor Ekel. Dieses fahle Leuchten, dessen Widerschein ich im Gesicht des Mannes gesehen hatte und das für einen kurzen Moment alles rings um uns herum in ein unheimliches, durchdringendes Licht getaucht hatte, musste der Atem Satans gewesen sein.

Doch all dies war erst die eine Hälfte des Geschehens.

Denn genau zur gleichen Zeit, als der Reiter von dieser bösen Kraft berührt wurde, fegte es auch den Anführer von den Beinen. Er flog, wie von einem gewaltigen, unsichtbaren Katapult fortgeschleudert, dem Zahnlosen hinterher. Sie schrieen wie Vieh auf der Schlachtbank, aber ihr gellendes Geheul wurde fast gänzlich von einem tosenden Rauschen übertönt, das die Luft erfüllte. Nebel quoll wie Dampf empor und die panikerfüllten Pferde gingen durch.

Die beiden Landsknechte, die sich jetzt noch mit mir auf dem Wagen befanden, versuchten sich verzweifelt an der niedrigen Seitenwand festzuklammern. Abgrundtiefer Schrecken flackerte in ihren Augen. Keiner von uns hatte sehen können, wohin es den Anführer und den Reiter geschleudert hatte. Ob sie jetzt irgendwo am Wegesrand oder im Wald zwischen den Bäumen lagen oder ob sie direkt in die Hölle gefahren waren. Ich sah den verwirrten Augen meiner Peiniger an, dass auch sie nicht zu sagen vermochten, was genau geschehen war; welches Ding oder was für ein Wesen oder welche Macht die beiden ergriffen und fortgeworfen hatte - wie Kiesel, die ein Junge über die Wasseroberfläche eines Sees schleuderte. Ich weiß nicht mehr, woher ich trotz meiner Verletzung die Kraft und vor allem den Mut aufbrachte. Es verging kaum ein Atemzug, da trat ich mit meinem rechten, dem gesunden Bein heftig gegen die Fäuste des einen, der sich in meiner Reichweite an der Seitenwand des dahinrasenden Karrens festgekrallt hatte.

Durch den Tritt lockerten sich seine Finger und ein plötzliches Schlagloch, in das der Wagen rumpelte, ließ ihn endgültig den Halt verlieren. Er prallte heftig gegen seinen Kameraden. Doch der konnte ihn auch nicht mehr halten und dann waren nur noch ein dumpfer Schlag und ein leiser werdendes Fluchen zu hören. Er hatte endgültig das Gleichgewicht verloren und war aus dem Wagen gestürzt.

Der Karren jagte in ungelenkter Fahrt über den holprigen Weg, wobei er regelrechte Fontänen aus Wasser und Schlamm hinter sich herzog. Von den Wegelagerern befand sich jetzt nur noch einer zusammen mit mir auf dem heftig schwankenden Wagen. Der Bärtige, der bis zuletzt auf Georg eingetreten und mit seinem halblangen Schwert eingeschlagen hatte. Er schüttelte den Kopf. Wir waren Todfeinde und doch ging es ihm nicht anders als mir. Er begriff nichts von dem, was geschehen war. Er hockte hinten links im Wagen, während ich mich jetzt ganz nach vorne gezogen hatte. Vor der an der rechten Seite gut vertäuten Kiste war gerade noch so viel Platz, um dort sitzen zu können.

Seine Augenlider schlossen sich, bis er mich nur noch durch kleine Schlitze musterte. Während er sich mit der linken Hand festhielt, glitt seine rechte zu seinem Schwert. Der Karren schwankte gefährlich zur Seite und ich wusste nicht, ob ich mich um ihn oder die angstschnaubenden Pferde kümmern sollte. Diese Entscheidung wurde mir abgenommen. Denn er glitt näher und zog sein Schwert.

II

Bei diesem Wetter ist niemand mehr unterwegs! Wir könnten das Tor jetzt schon schließen und kein Mensch würde es merken ...", maulte Florian und lehnte sich schutzsuchend an die rückwärtige Wand. Doch auch das nützte nicht viel, denn durch die kleinen, offenen Fenster des Turms fegte der eisige Wind hinein und drang unerbittlich durch den Stoff seiner Kleider. Er bedauerte mittlerweile, dass er auf Kürass und Helm verzichtet hatte, obwohl die Wachen eigentlich dazu verpflichtet waren, sie zu tragen.

Meister Fuchs murmelte etwas, wobei er seine Lippen geschlossen hielt, als ob er auch nicht das kleinste bisschen Wärme, das sich noch in ihm befand, entweichen lassen wollte. Die Antwort von Fuchs, dem Hufschmied war völlig unverständlich. Florian sollte nie erfahren, ob ihm der Ältere, mit dem er regelmäßig zum Wachdienst am Nürnberger Tor eingeteilt wurde, zustimmte oder ob er ihn zurechtwies.

Die drei weiteren Mann, die diese Woche den Dienst der Torwache übernehmen mussten, hatten es etwas besser als sie, denn sie saßen unten im Torhaus wenigstens windgeschützt und konnten sich die Zeit mit einer Partie Tarock vertreiben. Doch jeden von ihnen traf es irgendwann. Die Wache auf dem Turm war verpflichtend, schon seit der Zeit, als der Markgraf Albrecht Achilles in seiner Fehde mit dem Nürnberger Rat viele Dörfer niederbrennen und ausplündern ließ. Forchheim selbst blieb zwar verschont, da sich der Bamberger Fürstbischof Anton von Rotenhan auf Achilles´ Seite stellte. Trotzdem wurden viele Forchheimer zu Opfern dieses tätigen Krieges, wie die hohen Herren diesen schmutzigen Konflikt beschönigend nannten, denn sie hatten Verwandte in Heroldsbach, Thurn, Kersbach, Wimmelbach, Oesdorf, Röthenbach und den anderen Flecken, durch die die Mordbrenner zogen, egal ob sie von markgräflicher oder Nürnberger Seite ausgesandt wurden. Damals traf kaum eine Streitmacht auf die andere. Dafür überfielen sie die Gehöfte und Dörfer ihrer Gegner, stahlen das Vieh, töteten, verjagten oder versklavten Bauern und Knechte und vergingen sich an den Mädchen und Frauen. Dabei galt das Kriegsmotto des Markgrafen für beide Seiten: "Der prant zyret den Krieg als das Magnificat die Vesper."

Als sich bei Effeltrich die Bauern einer Nürnberger Horde stellten und mit Knüppeln, Sensen und Dreschflegeln wehrten, so gut es ging, zeigte sich, dass die Wut der Landbevölkerung zwar groß war, ihre Erfahrung im Kampf aber über eine Kirchweihrauferei nicht hinausging. Am Ende lockten die Nürnberger Söldner sie in einen Hinterhalt und töteten 14 Mann, 11 nahmen sie gefangen und zu schlechter letzt erbeuteten sie noch eine gewaltige Herde Vieh.

Bis man Florian und Fuchs auf dem Turm ablösen würde, wäre das Unwetter wahrscheinlich schon wieder vorbei. Dem Jungen knurrte der Magen, er fror wie ein nackter Schneider im Schnee und am allerliebsten wäre er jetzt daheim in der Wohnstube im Haus seiner Familie in der Straße beim Bad, wo der Knecht den Kachelofen sicher gut eingeheizt hatte und in der Küche eine gute kräftige Suppe im Kessel über der Herdstatt köchelte.

In diesem Augenblick bekam Fuchs doch noch den Mund auf. Er rüttelte Florian am Arm und riss ihn jäh aus seinen Tagträumen.

"Da! Schau!"

Florian konnte durch die graue Wand aus Nebel und Regen zwar nicht erkennen, was Fuchs gesehen haben wollte, aber auch er hörte es jetzt genau. Da draußen wieherte ein sich rasch näherndes Pferd.

Kurz darauf ein weiteres.

"Verdammt, wer kommt da?", rief Florian.

"Mehrere Pferde, ein Wagen ...", nuschelte Fuchs, der angestrengt lauschte und genauso angestrengt versuchte, durch den vor seinen Augen wirbelnden Nebel zu blicken.

"Hey, ihr da unten!", rief Florian jetzt das schmale Stiegenhaus hinab, um seine Kameraden in der Wachstube zu warnen. Doch dann hielt er inne. Wovor wollte er sie warnen? Kam dort ein Kaufmann mit seinem Wagen, dann musste man ihm Einlass gewähren. Kam eine Horde bewaffneter Landsknechte, von denen in letzter Zeit immer mehr die Gegend unsicher machten, seit die Söldnerheere des Landshuter Erbfolgekrieges aufgelöst worden waren, dann sollten sie das Fallgitter herablassen, um die Burschen gebührend in Empfang zu nehmen.

"Da kommt jemand ...", ergänzte er seinen Hinweis.

"Wer in Dreiteufelsnamen?!", schallte es von unten herauf.

"Haltet die Pferde auf!", brüllte Fuchs nun über Florians Schulter hinweg. Da hallte bereits das Geräusch der klappernden Hufe durch das Stiegenhaus. Die Straße war innerhalb des Tores mit dicken Bretterplanken ausgelegt, auf denen die metallbeschlagenen Wagenräder und Hufeisen einen höllischen Lärm machten. Das konnte nur eines bedeuten. Es war zu spät. Wer immer in die Stadt eindringen wollte, war bereits drin.

Die beiden Turmwachen hörten, dass in der Wachstube unter ihnen Hektik begleitet von derben Flüchen ausbrach. Florian und Fuchs rannten zurück zum Fenster und blickten angestrengt in den Nebel. Doch es war nichts weiter zu sehen und auch nichts mehr zu hören.

Eilends hasteten sie die enge Treppe hinunter. Im Wachraum stießen sie auf Kuno Kreutzer, der das Kommando über die kleine Wachmannschaft innehatte. Die beiden anderen Torwachen waren längst losgerannt und verfolgten durch den Regen das Pferdegespann.

“Wohl geschlafen?!”, raunzte er Florian und Fuchs an.

“Das ist unerhört!”, rief Florian empört aus. “Ich hab euch doch gewarnt.”

“Ja, als der Wagen bereits durchs Tor fuhr!”, blaffte Kreutzer zurück, während seine Augen zornig funkelten und er seine Hand hob, um dem Jungen eine ordentliche Backpfeife zu verpassen.

“Lass Florian in Ruhe!”, mischte sich Fuchs in die Auseinandersetzung ein. “Man kann kaum eine Elle weit durch den Nebel sehen.”

Zum Glück kamen in diesem Moment die beiden anderen Torwächter schon wieder zurück. Beruhigend redeten sie auf die Pferde ein. Jeder hielt eines am Zaumzeug. Dahinter waren noch drei weitere Pferde an die Doppeldeichsel eines einfachen Karren gespannt.

“So viele Gäule für einen einzigen Wagen”, sagte Florian. Doch bevor er dazu kam, seiner Verwunderung weiteren Ausdruck zu verleihen, unterbrach ihn Karl, der Mühe hatte, das Pferd an seiner Hand ruhig zu halten:

“Das müsst ihr euch anschauen!”

“Seltsame Fracht ...”, sagte Kuno, als er die Plane des Wagens zur Seite geschlagen und ins Innere geschaut hatte.

Nun sahen es auch die anderen. Auf den Bohlen, aus denen der Boden des Karrens bestand, lagen zwei Leichen in ihrem Blut. Daneben ein Schwert, eine Lanze, eine Armbrust, blut- und dreckverschmierte Kleider und weitere aus einem Reisesack herausgefallene Kleidungsstücke.

Einer der beiden toten Männer hatte sich an eine große Kiste geklammert, die mit einigen Stricken an der Seitenwand des Wagens befestigt worden war.

“Das sieht böse aus, sehr böse”, sagte Fuchs und bekreuzigte sich.

Ruhalm, der gemeinsam mit Karl die in wilder Fahrt in die Stadt galoppierten Pferde und den Wagen eingeholt, die Tiere zum Halten gebracht und mitsamt dem Karren zum Torhaus zurückgeführt hatte, seufzte und holte tief Luft. Er war von allen Torwächtern der Älteste und die kurze, aber schnelle Rennerei, ließ ihn hektisch nach Luft schnappen. Schon viele Jahre versah er immer, wenn er vom Rat eingeteilt wurde, seinen Dienst auf den Mauern und an den Toren seiner Stadt. Anders als mancher reiche Bürger konnte er es sich nicht leisten, Knechte zu schicken oder sich ganz von der Verpflichtung loszukaufen.

Deshalb hatte er an den Toren Forchheims schon viel gesehen. Doch so etwas, wie gerade eben, hatte er noch nicht erlebt. Allein das Wetter war ungewöhnlich. So düster bereits am helllichten Tag; dann der Nebel, der von heftigem Regen begleitet wurde und die ungewöhnliche Kälte für einen Frühsommertag.

Und nun dies, ein offensichtlich herren- und führerloses Gespann aus fünf Pferden, vier davon als Reitpferde gesattelt, an einem kleinen vierrädrigen Karren, den zur Not auch ein Esel hätte ziehen können. Das war schon erstaunlich genug. Doch die größte und schaurigste Überraschung verbarg sich unter der regennassen Plane. Zwei tote Männer, einer von ihnen noch ganz jung, kaum älter als Florian und beide waren erschlagen worden. Das Blut und die Waffen verrieten deutlich, dass sie keines natürlichen Todes gestorben waren.

Doch was war geschehen?

Diese Frage schien, obwohl unausgesprochen, alle fünf Torwächter zu bewegen. Denn sie blickten sich stumm und ratlos an, während sie auch immer wieder verstohlen zu dem kleinen Schlachtfeld auf dem Wagen sahen.

“Er, er ... er”, stammelte Florian auf einmal aufgeregt, “der eine lebt. Da! Er bewegt sich.”

Rasch beugte er sich über den Wagenrand zum Kopf des jungen Mannes hinunter, der neben der Kiste lag.

"Er atmet!", rief er.

"Tatsächlich", bestätigte der Kommandant. "Florian, Fuchs bringt ihn so schnell wie möglich ins Katharinenspital, sollen die Schwestern sehen, ob sie ihm noch helfen können."

Anderenfalls kann ihm der Priester von St. Katharina die letzte Ölung reichen.

Doch diesen Gedanken sprach Kuno Kreutzer nicht laut aus.

"Lasst ihn auf dem Wagen. Du", er wandte sich an Karl, "steigst auf den Turm und du Ruhalm bewachst das Tor, während Florian und Fuchs den Verletzten und den Toten ins Spital bringen. Ich gehe derweil zum Schultheiß und berichte ihm, was geschehen ist!" Mit diesen Worten schlug er die Kapuze seines langen Mantels über seine Kappe und stapfte in den Regen hinaus.

Der hatte die Straße, die unmittelbar hinter dem Tor wieder ungepflastert war, bereits völlig aufgeweicht. Da erwies sich als sinnvoll, dass insgesamt fünf Pferde vor den Karren gespannt waren.

Doch warum davon vier mit Sätteln?, überlegte Florian.

"Setz dich unter die Plane", sagte Fuchs, "ich reite auf dem ersten Pferd."

Kaum hatte sich Florian auf die Kiste gehockt, setzte sich der Karren bereits in Bewegung. Rasch fuhren sie quer durch ihre Stadt, um sie am entgegengesetzten Ende am Bamberger Tor wieder zu verlassen. Unmittelbar dahinter fuhren sie über die Wiesentbrücke und bogen in den Hof des am jenseitigen Ufers gelegenen Spitals. Hier versorgten die barmherzigen Schwestern nicht nur Kranke und Sieche, sondern verteilten auch einmal in der Woche Körbe voller Lebensmittel an Bedürftige, die der Rat der Stadt in ihrem Namen eingesammelt hatte.

Gerade ging die wöchentliche Ausgabe der milden Gaben zu Ende und trotz des starken Regens drängten sich noch eine

Menge zerlumpter und erbärmlich aussehender Gestalten auf dem Hof. Erwartungsvoll blickten sie zu dem Karren hoch. Doch als Florian die Plane zur Seite schlug, erkannten sie, dass der Wagen statt der erwarteten Wohltaten nur die Ernte des Grauens mit sich führte. An ihrer durchnässten und zerlumpten Kleidung hätte er sie nicht erkannt. Aber an den spitzen Schreien, die sie ausstießen, als sie die blutüberströmten Körper sahen, bemerkte Florian, dass sich viele Frauen unter den Bedürftigen befanden. Und nicht nur Frauen waren auf die Eier, Rüben, Gurken, den Grieß und die Schweinesulz angewiesen, die ausgeteilt worden waren. Zahllose schmutzige, ebenfalls völlig durchnässte Kinder, von denen die meisten barfuß gingen, drückten sich weinend oder still erschrocken in die feuchten Kleider ihrer Mütter und suchten deren Hände, als sie die beiden so furchtbar zugerichteten Männer sahen.

Meister Fuchs war, kaum dass sie angehalten hatten, vom Pferd gesprungen. Er verschwand in dem Gebäude, das direkt an die Spitalkirche angebaut war und von vier mächtigen Säulen getragen fast über den halben Fluss hinausragte. Jetzt kam er in Begleitung einer resolut wirkenden, älteren Schwester wieder. Offensichtlich kannten sich Fuchs und die Ordensfrau. Die im Hof herumstehenden Gestalten wichen auf ein Zeichen der Schwester zurück und verschwanden schließlich nach einem weiteren Wink von ihr endgültig vom Hof.

Wortlos schwang sie sich auf den Wagen und beugte sich zu dem Verletzten herab. Sie horchte auf den unregelmäßigen Atem, ertastete den Herzschlag und fühlte schließlich den ganzen Körper ab.

Florian und Fuchs, die neben dem Karren standen, beobachteten die erste Untersuchung des Bewusstlosen misstrauisch. Schließlich handelte es sich um eine Ordensfrau, die ein Gelübde abgelegt hatte und den jungen Mann nun intensiv abtastete.

Fuchs räusperte sich.

“Meint Ihr nicht, wir sollten auf den Medicus warten?”, fragte er schließlich.

“Der Medicus ist vor ein paar Tagen nach Mainz gefahren”, sagte die Schwester mit einem wenig freundlich klingenden Unterton. “Wenn wir auf seine Rückkehr warten wollen, gebe ich für das Leben dieses jungen Mannes keinen Pfifferling mehr. Und statt hier Maulaffen feilzuhalten, könntet ihr euch nützlich machen”, fuhr sie fort, “bringt die Pferde zu Mathilda in den Stall und dann kommt mit ihr zurück, um tragen zu helfen.”

Wortlos schnallten Fuchs und Florian die Tiere los.

Kaum waren sie in Begleitung der für den Stall zuständigen Konversin zurück, rief die ältere Schwester, zu der sich mittlerweile noch eine jüngere gesellt hatte, voller Erstaunen: “Holla, der stinkende Bursche hinten auf dem Wagen lebt ja auch noch!”

Die jüngere Schwester drückte Florian und Fuchs je ein Ende einer grob gewebten Decke in die Hände. Sie ließ es sich mit keinem Blick oder einer sonstigen Regung anmerken, dass sie Florian schon lange kannte. Der Junge wiederum tat viel zu beschäftigt, als dass er sie seinerseits begrüßt hätte.

“Hier hin.”

Sie dirigierte die beiden Turmwächter mit der zwischen ihnen gespannten Decke unmittelbar neben den Wagen. Dann schwang sich Mathilda, die dies wohl nicht zum ersten Male tat, zu der älteren Schwester auf den Wagen. Mit einem kräftigen Ruck riss sie die Plane gänzlich zur Seite. Sie und die ältere Schwester hoben den Ohnmächtigen behutsam aus dem Wagen und ließen ihn in die Decke sinken. Dabei rutschte dem jungen Mann das elegante Barett vom Kopf. Die junge Schwester fing es auf, bevor es auf den schlammigen Boden fiel und drückte es dem Ohnmächtigen wieder auf die lockigen, halblangen Haare. Dann rannte sie los. Keuchend liefen Florian und Fuchs mit ihrer Last hinterher.

Mittlerweile regnete es nicht mehr so heftig. Dennoch waren sie froh, ins Trockene zu gelangen. Die Schwester zeigte ihnen in einem dunklen Raum ein leeres Bett, in das sie den Verletzten legten.

“Wie ich hörte, weilt der berühmte Medicus Johann Cuspinian im Palast des Bischofs. Vielleicht lässt er sich bitten und untersucht die beiden Verletzten”, flüsterte die Schwester ihnen zu. Dabei schob sie leicht errötend eine dunkel-gelockte Strähne ihres Haars zurück unter die Haube.

Sie eilten wieder auf den Hof, um den anderen Mann zu holen, von dem die ältere Ordensfrau vorhin behauptet hatte, dass er ebenfalls noch lebe.

“Zuerst dachten wir, beide wären tot und nun sind beide wieder lebendig. Das ist doch sicher ein Wunder nach deinem Geschmack?”, versuchte Fuchs zu scherzen.

Doch er erntete nur einen finsteren Blick. Stattdessen sagte die ältere Schwester: “Du hast ein schönes Messer im Gürtel stecken, gib doch mal her ...”

Fuchs zögerte. Doch als die Schwester ungeduldig winkte, zog er seinen Dolch hervor und reichte ihn ihr.

“Eine gut gepflegte Waffe, die du sicher häufiger polierst als deine Frau”, spottete die Schwester und drehte die silberne Schneide. Florian versuchte ein Auflachen zu unterdrücken, doch es gelang ihm nicht. Aus den Augenwinkeln sah er, dass Fuchs ihm zornig eine Schellen verabreichen wollte. Kichernd bückte er sich weg.

“Lass den Jungen in Ruhe, Meister Fuchs”, sagte die Schwester nun in einem etwas freundlicheren Ton, ohne zu ahnen, dass es Fuchs selber gewesen war, der Florian heute schon einmal vor einer Ohrfeige bewahrt hatte.

“Ich will euch doch nur zeigen”, fuhr sie fort, “wie ihr selbst hättet drauf kommen können, dass der Kerl dort noch nicht in die Grube gehört ...” Mit diesen Worten hielt sie die spiegelnde Schneide des Messers über die von einem ungepflegten, dunklen Bart umwucherten, leicht geöffneten Lippen.

“Da!”, sagte sie und winkte die beiden näher heran.

“Es beschlägt und das bedeutet, es steckt noch Odem in ihm und so lange ein Mensch atmet, ist er nicht tot. Jetzt nehmt auch ihn und tragt ihn ins Haus.”

Die jüngere Schwester erwartete sie bereits und dirigierte sie in einen anderen, größeren Saal. Lagen in dem Raum, in dem sie den ersten Verwundeten gebracht hatten, gerade mal fünf weitere Kranke, so war dieser Saal mit fast zwei Dutzend Personen belegt.

“Sobald einer der beiden wieder erwacht und ansprechbar ist, teilt es bitte unserem Kommandanten Kuno Kreutzer mit oder einem von uns”, begann Fuchs auf die junge Schwester einzureden.

“Wir müssen wissen, was geschehen ist. Weshalb sie in diesem Zustand sind und wer sie derart zugerichtet hat. Wer sie überhaupt sind! Es ist wichtig!”

“Mach dir keine Sorgen, Meister Fuchs. Eine von uns wird euch informieren, sobald wir etwas wissen oder sich etwas Neues ergibt”, erwiderte die Schwester und bat dann die beiden Turmwächter, das Spital zu verlassen.

Draußen hatte es jetzt aufgehört zu regnen, aber noch immer war es diesig und bedeckt.

“Der Wagen?”, rief Florian. “Wo ist der Wagen?”

“Mathilda und ich haben ihn hinter den Stall gezogen, dort ist er in Sicherheit”, antwortete die ältere Schwester. Sie stieg gerade einige Stufen hoch, die zwischen der Kirche und der Brücke zum Fluss hinunterführten und trug einen Eimer Wasser, den sie aus der Wiesent geschöpft hatte.

“Bitte gebt auf die Sachen acht, die sich in dem Wagen befinden. Eine Kiste und ein oder zwei Reisesäcke habe ich gesehen ...”, sagte Fuchs und fügte etwas leiser hinzu, “es darf nichts davon wegkommen!”

Ich sah noch seine Augen, die er zu schmalen Schlitzen zusammengepresst hatte. Er bewegte sich trotz der rasenden Geschwindigkeit des Wagens mit einer Langsamkeit, als hätte er alle Zeit der Welt. Genau das war es, was mir Angst machte und er schien es genau zu wissen. Diese Ruhe, diese Gelassenheit, diese scheinbare Gemächlichkeit.

Dann aber hatte er mit einer plötzlichen Bewegung sein Schwert in der Rechten und kroch auf den Knien näher. Die Plane des Wagens war nach vorne und hinten offen und flatterte knatternd im Fahrtwind. Unter der Plane war es noch dunkler als draußen, so dass es mir vorkam, als sei es mitten in der Nacht und nicht erst kurz nach *none*. Trotzdem blitzte es in seinen Augen und ich wusste: Jetzt stößt er zu.

Er schien damit gerechnet zu haben, dass ich seine Bewegung vorausahnte und versuchen würde, ihr auszuweichen.

Als er noch in Sold war, musste er ein guter Landsknecht gewesen sein, einer, der das Handwerk des Tötens in allen Einzelheiten beherrschte.

Ich fiel ihm direkt in sein Schwert, das er nur zum Schein gegen mich stieß, um es dann noch vor meiner, von ihm offensichtlich vorausgeahnten Bewegung, dorthin zu schwenken, wohin ich mich wegzuducken versuchte. Das Blitzen in seinen Augen zeigte mir, dass er mit mir spielte wie eine Katze mit einer Maus.

Aber er vermochte entgegen allen kriegerischen Könnens nicht vorherzusagen, wohin es ihn auf dem schwankenden Wagen in diesem Augenblick schleudern würde. So traf mich zwar die Spitze seines Schwerts, aber nicht ins Herz, sondern nur in die Schulter. Sie glitt ab und die mörderische Klinge tanzte beinahe aus seiner Hand, als der Wagen in ein tiefes Schlagloch rumpelte und sich gefährlich zur Seite neigte.

Doch erneut zeigte sich, dass er es trefflich verstand, gefährliche Situationen zu meistern. Denn anstatt krampfhaft zu versuchen, sein Schwert in der Hand zu halten - so wie es jeder andere an seiner Stelle getan hätte - und sich dergestalt vielleicht die Blöße der Ungeschicklichkeit zu geben, ließ er es einfach fliegen. Es sprang regelrecht durch die Luft und landete sicher in seiner anderen Hand. Diese ungewollte und dennoch vollkommene Zurschaustellung seiner Geschicklichkeit verblüffte mich. Ihn aber schien sie zu begeistern, denn er lachte so laut, als ob ich ihn mit meinem Applaus befeuerte.

Ich war starr vor Entsetzen und vor allem waffenlos. Zu meinem Reisegepäck gehörten zwar zwei Dolche und ein Schwert, doch sie ruhten gut verpackt in meinem Reisesack. Unmöglich jetzt daran zu kommen.

Ich fragte mich, wie viele Wunden, Stiche und Prellungen ich noch würde erdulden müssen und schalt mich zugleich insgeheim einen unverbesserlichen Krämer, der mitten im Händel nichts besseres zu tun weiß, als zu zählen, was er bisher einstecken durfte. Da warf sich der böse lachende Kerl mit einem gewaltigen Satz nach vorne.

Wahrhaft, diesmal hätte er mich endgültig erwischt, wenn nicht die Pferde auf einmal, dem krummen Verlauf der Straße folgend, irgendwo in der Nähe des Weilers Kersbach in eine jähe Rechtskurve galoppiert wären, die den Wagen fast zur Seite kippen ließ. Dadurch verwandelte sich seine Vorwärtsbewegung in ein Zurücktaumeln. Er griff an mir vorbei, das Schwert zischte fingerbreit vor meinen Augen durch die Luft und mit einem hartem Schlag schleuderte der Kerl gleichzeitig mit seinem Hinterkopf gegen das seitliche Gestänge.

So viel geschah zweifach auf dieser teuflischen Fahrt. Eine Feuersäule fegte den Reiter und zugleich den Anführer des Gesindels in die Hölle. Und war kurz davor der Anführer mit seinem Helm gegen das Gestänge gestoßen, so war es nun der Bärtige.

Ich glaube, er hat das Eisen mit seinem Schädel verbogen. Die daran befestigte Plane hing auf einmal ganz schief. Dieser Schlag war jedenfalls mehr, als selbst ein Landsknechtschädel verkraften konnte. Er riss die Augen ganz weit auf und rutschte mit einem Ausdruck grenzenlosen Erstaunens auf den Karrenboden. Aber noch immer hielt er sein Schwert fest umklammert.

Was nun folgte, war die Tat eines Feiglings und ich schäme mich dafür. Doch was sollte ich tun? Ich entstamme einer Kaufmannsfamilie, keiner kampferprobten Landsknechtsrotte wie mein Gegner. Zudem war ich Teil einer Kaufmannsfamilie, die nicht mit der glücklichen Hand unserer Nachbarn gesegnet war. Das bedeutete nicht, dass es im größeren Kreis unserer Sippe nicht den ein oder anderen gab, der wohl begütert war. Unser Haus aber war es nicht. Doch mangelte es uns nicht nur am Geld, auch in der Kunst des Kampfes gab es Beschlagenere als meine Brüder und mich.

Schon mein Großvater väterlicherseits, der als Kaufmann von Bremen nach Nürnberg kam und sich dort schließlich niederließ, zahlte lieber Abfindungen und Handgeld an waffentüchtige Männer, als sich selbst mit dem Handwerk und der Kunst des Kampfes zu beschäftigen. Ich hatte wohl mehr mit meinem Großvater gemein als nur den Namen Arndt Beucker.

Ein Kaufmann ist kein Ritter, auch wenn mein Großonkel, den ich in Lissabon aufgesucht hatte, für seine Verdienste vor vielen Jahren von König Jão zum Ritter geschlagen worden war. In Wirklichkeit blieb auch er zeitlebens ein Kaufmann, selbst nachdem er die Politik und manches andere zu seinem Geschäft gemacht hatte.

Mit wenig Fortune übrigens. Darin ähnelte ich diesem Verwandten, so dass es mir vorkam, ich hätte von allen nur die Unzulänglichkeiten geerbt. Denn offensichtlich wirkte seine Neigung, das Unglück magisch anzuziehen noch über seinen Tod hinaus auf mich ein.

Mit dieser Reise erfüllte ich seinen letzten Willen. Einen Wunsch, den er mir in allen Einzelheiten am Ende seines Siechtums so flehentlich und voller Inbrunst ans Herz gelegt hatte, dass ich es niemals gewagt hätte, auch nur einen Fußbreit von seinem Auftrag abzuweichen ...

Doch ich schweife ab, da mir das Folgende wenig angenehm zu schildern ist.

Mit weit aufgerissenen Augen saß der Bärtige nun auf dem Karren und starrte ins Leere. Mir war augenblicklich klar, dass er - trotz seiner offenen Augen - nichts mehr wahrnahm und als hätte sein heftiger Schlag gegen das Gestänge den Pferden mitgeteilt, dass kein Grund mehr zur Panik vorhanden war, drosselten sie ihren wilden Galopp. Sie blieben nicht stehen, obwohl sie längst völlig außer Atem sein mussten. Doch der Wagen raste jetzt glücklicherweise nicht mehr völlig unkontrolliert über Stock und Stein.

Ich rutschte dorthin, wo der Bärtige zusammengesackt war und entwand seiner Hand das Schwert. Er war völlig willenlos und ließ es mit sich geschehen. In dem Augenblick, da ich das Schwert in der Hand hielt, tauchte in meiner schmerzumnebelten Erinnerung das Geschehen wieder auf, als uns die Bande überfiel. Und so deutlich, als würde es sich gerade jetzt ereignen, sah ich, wie sie auf Georg einhieben, einstachen und ihn mit Füssen traten und selbst dann nicht von ihm abließen, als er längst laut- und regungslos zusammengebrochen war und sich sein Blut mit dem Regen mischte. Es zog mir das Herz zusammen und ich glaubte, vor Schmerz und Ohnmacht nichts dagegen tun zu können und vor Kummer ersticken zu müssen.

Ich gestehe, in eben diesem Augenblick rammte ich das Schwert mit der ganzen Kraft, zu der ich noch fähig war, in die Brust des Bärtigen, der wehrlos vor mir saß. Manchmal geschehen wunderliche Dinge. Am heutigen Tage hatte ich mehr Wunder erlebt, als die meisten Menschen in ihrem ganzen Leben. Wunder freilich, die diese Bezeichnung kaum verdienen. Denn darf man das, was aus der Hölle kommt, überhaupt so nennen? Was nun geschah, war sicher ebenso wenig ein Wunder wie das teuflisch-flammende Licht, das mich gerettet und zwei aus der Bande vernichtet hatte, doch wunderlich war es dennoch allemal. Der Ohnmächtige starb nicht an der Wunde, die ich ihm schlug, sondern er erwachte. Zuerst lautlos, dann aus vollem Halse schreiend, beobachtete er, wie das Blut aus seiner Brust hervorschoss wie eine Fontäne. Augenblicklich fielen die Pferde wieder in Galopp. Und er stürzte sich mit seinem ganzen Gewicht auf mich. Ich spürte, wie mich sein Blut besudelte und ich spürte, wie er versuchte, mir das Schwert zu entwinden. Er war so schwer, dass ich kaum noch Luft bekam. Dann gelang es ihm, sich zu drehen und er bekam die Waffe mit beiden Händen zu packen. Ich sah seinem aschfahlen Gesicht an, dass er mit dem Tode rang. Dennoch entwickelte er übermenschliche Kräfte. Schließlich riss er mir das Schwert aus der Hand. Die blutbesudelte, auf beiden Seiten messerscharf geschliffene Klinge zischte durch die Luft auf mich zu. Ich spürte, dass sie meinen rechten Oberarm traf. Wie heftig, wie tief sie mich verletzte, konnte ich in diesem Moment nicht abschätzen. Ob auch ich schrie, weiß ich nicht mehr. Der Bärtige jedenfalls erhob sich nun brüllend, um mir den endgültigen Todeshieb zu versetzen.

Doch er zögerte. Seine Augen verdrehten sich und ich versetzte ihm einen heftigen Tritt in den Unterleib - ausgerechnet mit meinem verletzten Bein. Jetzt schrie ich sicherlich. Denn der Schmerz, der mich durchfuhr, pulsierte von meinem pfeildurchbohrten Bein durch den Rest meines Körpers, wie ein rasendes, eingekesseltes, wildes Tier.

Der Bärtige blies die Backen auf und verstummte. Lautlos drehte er sich halb zur Seite und stürzte nach hinten. Blieb er auf dem Karren liegen? Ich wusste es nicht, denn auch das, was nun folgte, geschah am heutigen Tage bereits zum zweiten Mal. Um mich herum wurde alles schwarz, während die Pferde weiter durch den Regen rasten.

III

Als ich wieder erwachte, wollte ich es zuerst nicht wahrhaben, im Gegenteil, ich war fest davon überzeugt zu träumen. Sanft flackerndes Kerzenlicht erhellte den Raum, der durch einige in Kopfhöhe angebrachte Vorhänge so unterteilt war, dass ich nichts von dem zu sehen bekam, was sich dahinter sonst noch befinden mochte. Ich lag in einer kleinen, stoffverhangenen Welt in einem sauberen und bequemen Bett. Mein Kopf ruhte auf weichen Kissen und seitlich von der Kerze beleuchtet saß eine junge Frau in Schwesterntracht neben mir und las in ihrem Brevier.

Sie war so in die Lektüre versunken, dass sie mein Aufwachen nicht bemerkt hatte. Mit meinen Händen fuhr ich allmählich unter die Decke, tastete mich mit übertriebener Vorsicht zu meinem Bein und bemerkte, dass es frisch verbunden war.

Der Armbrustbolzen war fort. Eine große Erleichterung machte sich in mir breit.

Nur das dumpfe Pochen erinnerte mich daran, dass ich verletzt worden war, aber kein Schmerz quälte mich. Im Gegenteil, ich fühlte mich heiter, dabei schläfrig und beschwingt zugleich und ich hätte mich nicht gewundert, wenn sich das Bett, in dem ich lag, selbständig gemacht und vom Boden erhoben hätte und durch den Kamin fortgeflogen wäre, wie man es sich von gewissen Frauen erzählt.

Solche Gefühle und Gedanken wären normalerweise dazu angetan, mich zu beunruhigen. Aber jetzt empfand ich nichts dabei. Im Gegenteil, sie erheiterten mich und bereiteten mir eine Art von Vergnügen, wie ich dergleichen noch nie erlebt hatte. Würde man solches unter Freunden zum Besten geben, dann würde jeder glauben, es handele sich um eine Beschreibung von den Eingangshallen des Paradieses oder - schlimmer noch - eine böse Wendung müsse folgen und das Ganze entpuppte sich als das schiere Gegenteil, den ersten Kreis der Hölle. Man wird es nicht glauben, aber selbst diese Gedanken bewirkten nichts anderes, als mich zu erheitern. Ich fühlte mich so leicht, beinahe schwerelos und in gewisser Weise von allen Lasten befreit und glücklich. Ich kicherte.

"Oh, der junge Herr ist aufgewacht! Und ich sehe, es geht ihm gut!", flüsterte die junge Schwester, die ihr Brevier zuklappte und zur Seite legte. Mit einer flüchtigen Geste strich sie mir mit ihrer Hand über die Stirn und wieder musste ich ganz albern kichern. Sie stand auf.

"Ich muss mich beeilen, um den edlen Herren im Palast Bescheid zu geben!" Mit diesen Worten verschwand sie leise. Doch dann machte sie auf dem Absatz kehrt, zog noch einmal den Vorhang zur Seite und ermahnte mich, ruhig liegen zu bleiben und ja nicht aufzustehen. Diese Mahnung wäre nicht nötig gewesen. Denn ich spürte, dass es mir unendlich schwer fiel, mich zu bewegen. Nicht dass ich es nicht gekonnt hätte, ich wollte es einfach nicht. Diese Trägheit machte es mir leicht, ihrer Aufforderung nachzukommen.

Als sie fort war, ärgerte ich mich einen flüchtigen Augenblick lang, sie nicht gefragt zu haben, wo ich mich befände. Doch dann erschien mir jede mögliche Antwort auf diese Frage unwesentlich zu sein, sie war mir gleichgültig, nachgerade unwichtig. Auch alles andere schien mir auf einmal völlig unbedeutend zu sein. Die Fragen, die Antworten, das, was geschehen war und die Erinnerung daran, die noch vorhanden war. Das Vergangene ebenso wie das Gegenwärtige und das Zukünftige. Ich begann mir völlig absurde Gedanken zu machen, etwa, ob ich mich an das, was einmal sein *wird*, jetzt oder auch früher würde erinnern können, so als ob die Zeit sich im Kreise dreht.

Und dann drehte sich die Zeit tatsächlich zurück in die Vergangenheit.

Ich hörte ein seltsames, schlurfendes Geräusch.

Jemand kam in das stoffverhangene Zimmer. Ich hörte die Schritte überdeutlich, aber gleichzeitig so, als wären sie weit, weit weg. Dann wurde der Vorhang ein Stück zur Seite gezogen. Auch das damit verbundene Geräusch klang irgendwie überhaupt nicht echt. Zuerst sah ich nur eine große, schmutzige Hand, die sich in das Leinen verkrallte. Es war mir zu mühselig, den Kopf zu drehen oder gar anzuheben, um zu schauen, ob ich mehr erkennen könne. Diese Mühe sollte auch nicht notwendig sein. Denn schon wenig später schob sich ein allzu bekanntes und mir doch gleichzeitig fremdes Antlitz in mein Blickfeld.

Ich muss wohl doch im Reich der Toten sein, wenn mir andere Tote begegnen, dachte ich und spürte dabei, dass mich die wohlige Gleichmut verließ. Trotzdem fiel es mir immer noch unendlich schwer, mich zu bewegen. Die kleinste Geste, um das schreckliche Gesicht des Bärtigen von mir fortzuschieben, wollte nicht gelingen. Auch dann nicht, als er sich, der über den Fußboden gekrochen sein musste, an meinem Bett hochzog. Und auch dann nicht, als er mich ansah, wie ein Schlachter ein störrisches Rindvieh mustern mag. Und auch dann nicht, als er mir seine gewaltigen, eisenharten Pranken um die Kehle legte und sofort begann, gnadenlos zuzudrücken.

Gerade eben war mir noch so leicht gewesen. Jetzt drückte mich auf einmal eine Last wie von Mühlsteinen zu Boden. Vorhin war ich in der Lage gewesen zu lachen, doch jetzt blieb ich stumm wie ein Fisch, obwohl alles in mir darum kämpfte zu schreien.

Statt meines Hilfeschreis erklang ein schriller Ausruf des Schreckens vom anderen Ende des Raumes. Die Schwester war zurückgekehrt und rannte durch das Zimmer. Auch der Galgenvogel konnte sich nicht mehr so leicht bewegen wie zuvor. Die mutige junge Schwester fiel ihm in den Arm. Und tatsächlich, sein Griff lockerte sich, als er sich zu ihr umwandte.

Dann ließ er mich vollends los. Doch nur, um sie mit einem wuchtigen Hieb seiner Linken von sich zu stoßen. Sie taumelte rückwärts und verfing sich in einem der Vorhänge. Nun traf sie ein noch heftigerer Schlag mit der anderen Faust. Sie klammerte sich an den Vorhangstoff, riss ihn aus der Verankerung und prallte hart gegen die Wand. Nach einem Moment der Bewegungslosigkeit glitt sie lautlos zu Boden. Ich sah, dass die Vorhänge andere Betten von dem meinen abtrennten. Betten, in denen Kranke und Verletzte lagen und tief schliefen. Bis gerade eben noch tief schliefen. Direkt neben mir erhob sich mit wütendem Blick ein älterer Mann und griff nach seiner Krücke. Mit ungeahnter Behändigkeit schwang er sich aus dem Bett und hüpfte auf den Bärtigen zu, der noch immer die Schwester anstarrte, die vor ihm lag. Der ältere Mann hüpfte auf einem Bein. Ich sah, dass er nur noch dieses eine besaß. Er stützte sich nicht auf seine Krücke, sondern hob sie hoch über den Kopf, um sie sogleich auf den Rücken des Bärtigen herunterkrachen zu lassen.

"Niemand schlägt ungestraft Schwester Gertrudis!", schrie er. Doch es war, als hätte er mit seiner Krücke auf eine Mauer eingedroschen. Der Bärtige schwankte noch nicht einmal. In diesem Augenblick konnte man durchs Fenster Lichter sehen, die größer und heller wurden. Jemand näherte sich mit Fackeln.

Der Bärtige drehte sich zu dem alten Mann um und trat ihn heftig gegen sein einziges Bein. Noch bevor der Alte auf den Boden aufschlug, wandte sich der Bärtige wieder zu mir und blickte mir direkt in die Augen. Dabei atmete er schwer. Dann riss er mit einer ebenso knappen wie wütenden Geste die restlichen Vorhänge hinunter. Dies alles geschah so rasch, der Angriff auf die junge Schwester und die unmittelbar darauf nachgerade linkerhand erledigte Abwehr des älteren Mannes, der mit Tränen in den Augen auf dem Boden herumkroch. In dieser kurzen Zeit kam ich kaum einmal zum Luftholen. Noch röchelte ich völlig benommen von der brutalen Würgeattacke, da war die Ablenkung durch die Schwester und den Einbeinigen schon wieder vorbei und ich musste befürchten, dass ich jetzt endgültig an der Reihe sei. Nun gab es niemanden mehr, der mir helfen konnte. Aus den anderen Betten starrten uns noch weitere Augenpaare an, aber ich sah, dass es ihnen - siech und elend wie sie aussahen - bestimmt noch schlechter gehen musste als mir. Immer noch kämpfte ich gegen die unbeschreibbare Lähmung, die mich ergriffen hatte und gegen die ich nichts ausrichten konnte.

"Im Namen aller Heiligen, was ist hier los?!", donnerte es in diesem Moment von der Tür. Ein zwar nicht sehr großer, aber alle Autorität dieser Welt ausstrahlende Mann stürmte mit wehender *Almuzia* in den Raum, dicht gefolgt von zwei weiteren, Fackeln tragenden Männern, hinter denen sich weitere Personen in den Raum drängten.

"Oheim ...", flüsterte ich ungläubig mit einem kaum hörbaren, dünnen Stimmchen.

Ein frischer Luftzug ließ die Fackeln aufflackern. Das Fenster zum Hof des Spitals stand sperrangelweit offen. Und von dem bärtigen Mörder war nichts mehr zu sehen.

Ich war erleichtert und dankte im Stillen, dass Schwester Gertrudis und dem Einbeinigen nichts Schlimmeres als ein paar blaue Flecken während der Auseinandersetzung mit dem von den Toten auferstandenen Bärtigen zugestoßen waren. Noch immer fiel mir das Sprechen schwer und auch die Bewegungen meiner Hände, mit denen ich versuchte, meine Erzählung zu unterstreichen, waren unkoordiniert. Doch immerhin erfuhr ich, warum ich mich in diesem seltsamen, eigentlich segensreichen Zustand befand. Er war auf die betäubende Wirkung einer Tinktur zurückzuführen, die mir Johannes Cuspinian Stunden zuvor in den Mund geträufelt hatte, während ich bewusstlos war.

Der berühmte Medicus und Berater seiner allergnädigsten, erlauchten Hoheit Kaiser Maximilian war für eine Nacht im Palast des Bischofs abgestiegen. Er weilte dort auf Einladung meines Onkels und führte gerade mit ihm eine angeregte Unterhaltung, als Mathilda von Schwester Gertrudis geschickt, die Mitteilung überbrachte, dass ein junger Mann, seiner Kleidung nach patrizischer Herkunft, ohnmächtig und schwerverletzt in das Spital gebracht worden war.

Lorenzo, wie ich meinen Lieblingsonkel, wenn wir unter uns waren, wegen seines langjährigen Aufenthalts in Italien nannte, begleitete Cuspinian zum Spital. Und wie groß war sein Erschrecken, als er mich, den er ja erwartet hatte, halbtot und bewusstlos dort liegen sah. Doch der Medicus behandelte mich mit Gottes Hilfe und unter Einsatz seines ganzen Wissens und seiner Fähigkeiten. Er entfernte den Armbrustbolzen aus meinem Oberschenkel, stoppte die Blutungen, nähte meine Wunden und verband mich nach allen Regeln der ärztlichen Kunst, die - das muss man leider beklagen - nur wenige so vollendet beherrschten wie er. Und immer wieder träufelte er einige Tropfen jener geheimnisvollen Tinktur zwischen meine Lippen, die mich aus einem Zustand der Ohnmacht zum Tode glücklich hinüberleitete in einen tiefen, heilsamen Schlaf, der alle Schmerzen bekämpfte.

Doch jetzt hielt sich der berühmte Mann im Hintergrund. Er hatte mir nur kurz über die Stirn gestrichen und den Puls gefühlt und war dann zurückgetreten. Sein Anblick war mir, obwohl ich ihm bisher nicht begegnet war, auf irgendeine Weise vertraut. Wahrscheinlich waren die heilsamen und hilfreichen Handlungen, als er mich von dem Pfeil befreite, durch den Schleier meiner Bewusstlosigkeit gedrungen. Er war großgewachsen, hatte ausgesprochen dünnes, halblanges und hellblondes Haar, das zum größten Teil von einer roten Samtkappe bedeckt war. In seinem frischen, offenen, noch ausgesprochen jugendlich wirkenden, etwas rundlichen Gesicht bildeten seine blitzenden grün-blauen Augen einen deutlichen Kontrast. Ihr scharfer Blick verriet, dass sich hinter den weichen Zügen eine entschlossene, starke Persönlichkeit verbarg. Die kräftige Gestalt war in einen reich mit Pelz besetzten Mantel gehüllt, der die Bedeutung der durch ihn bekleideten Person deutlich herausstrich.

Zuerst hatten alle durcheinander geredet, der Einbeinige, Schwester Gertrudis und die anderen Kranken, sofern sie dazu in der Lage waren. Dann hatte ich mit schwerer Zunge erzählt, so gut ich es konnte, was mir, genauer, was uns im Verlauf dieses unglückseligen Tages widerfahren war. Niemand unterbrach mich, selbst als ich von der feurigen Erscheinung berichtete. Nur das Gesicht meines Onkels verfärbte sich dunkelrot vor Zorn, je mehr er zu hören bekam. Ich verschwieg lediglich die Tatsache, dass der Bärtige bereits bewusstlos war, als ich ihm das Schwert entwand und ihn damit durchbohrte. Meinem Oheim allein, der immerhin einmal Familiar des Papstes gewesen war und dort ohne Zweifel schlimmere Dinge zu hören bekommen hatte, meinem Oheim allein hätte ich es gesagt. Aber es standen, saßen und lagen einfach zu viele Leute um mich herum, alle bemüht, meiner leisen Stimme zu lauschen und jedes Wort zu verstehen.

“Es ist wahrhaft zu schade, dass der Schurke entflohen ist. Ich hoffe, man wird ihn wieder einfangen und herbringen”, schimpfte mein Onkel schließlich, dabei schob er sich die Kapuze des altmodischen Schultermäntelchens vom Haupt, das er in aller Eile übergeworfen hatte, bevor er erneut ins Spital geeilt war. Die Erscheinung meines Onkels stand in einem auffälligen Widerspruch zu der seines Freundes Cuspinian. War dieser hochgewachsen und überragte die meisten Menschen an Körpergröße, so entsprach mein Onkel eher dem Bild, das man sich von Leuten aus Italien machte. Tatsächlich stammte er ja wie ich aus Nürnberg und hatte in Italien nur viele Jahre verbracht. Er war nicht sonderlich groß, von beinahe schmächtiger Statur, aber zäh, so wie die Leute jenseits der Alpen. Seine dichten, lockigen, schwarzen Haare, die mittlerweile von zahllosen grauen Strähnen durchzogen wurden, reichten ihm bis fast zur Schulter. Obwohl er, seit ich ihn das letzte Mal gesehen hatte, nun einen kleinen, runden, nach vorne beinahe spitzen Bauch vorwies, konnte man ihn davon abgesehen noch immer als hager bezeichnen, vor allem im Gesicht.

Tatsächlich wirkte sein Bäuchlein wie angenäht, so als ob es nicht zu ihm gehörte. Die scharfgeschnittenen Züge mit den tief um die Mundwinkel eingegrabenen Falten, die schmale, kantige Nase und die derzeit nicht gerade freundlich dreinschauenden, kleinen, etwas zu weit auseinanderstehenden, stechend-dunklen Augen unterstrichen nur die wie gezirkelt wirkenden Linien seiner Lippen.

Die genossene und ausgeübte Macht strahlte aus seiner ganzen Persönlichkeit, über der aber auch ein kaum wahrnehmbarer Schatten lag. Eine versteckte Melancholie, die jedoch wahrscheinlich nur jenen auffiel, denen er eine freundschaftliche Nähe erlaubte.

“Da hätte man ihn hier bei der heiligen Katharina beinahe gesund gepflegt”, fuhr mein Onkel mit vor Zorn bebender Stimme fort, “in der Obhut der Märtyrerin, die in Alexandrien durch das Rad den Tod der Bekennenden erleiden musste.”

Ich unterbrach meinen Onkel, denn ich konnte nicht begreifen, dass der Mann, der Georg auf dem Gewissen hatte und auch mich beinahe umgebracht hätte, überhaupt noch am Leben war. Immerhin hatte ich ihn mit seinem eigenen Schwert durchbohrt.

“Cuspinian hat auch ihn untersucht, nachdem er dich versorgt hatte. Wir hatten ja keine Vorstellung davon, dass sich hinter seinem wilden Aussehen ein räuberischer Halunke verbirgt. Schließlich lehrt uns schon der weise Diogenes von Sinope, dass man die Menschen nicht nach dem ersten Schein und ihrem Aussehen beurteilen darf.”

Bestätigend nickte Cuspinian, der sich ins Halbdunkel zurückgezogen hatte, so als ob er im Moment alles um ihn herum nur still beobachten wollte.

“Aber warum lebte er überhaupt noch?”, fragte ich erneut.

“Weil ihn das von dir geführte Schwert nicht durchbohrt, sondern nur angeritzt hat. Unter seinem Mantel, über dem Wams trug er eine Art Brustpanzer aus dickem Leder mit aufgenähten Streifen aus Eisenblech. Freilich, das Schwert durchbohrte ihn und zwar mit solcher Wucht, dass es hinten wieder herauskam, aber es wurde durch das Metall abgelenkt und verletzte nur seine Seite ...”Ich war erschüttert, weil mir die Worte meines Onkels zu verstehen gaben, auch ohne dass er es aussprach oder andeuten wollte: Ich hatte versagt, versagt bei meiner Aufgabe, den Tod meines Freundes zu rächen.

“Gut, der Hieb wurde immerhin so mächtig geführt, dass der Panzer des Mordbuben nicht verhindern konnte, dass ein, zwei Rippen zerschmettert wurden”, mischte sich Cuspinian nun doch in das Gespräch ein. Das mochte mich zwar nicht wirklich trösten, aber es linderte meine Erschütterung ein wenig. “Viel ärger aber muss ihn ein Schlag auf den Kopf getroffen haben. Eine gewaltige Beule befindet sich auf seinem Hinterkopf. Dieser Schlag - so bin ich überzeugt - war die eigentliche Ursache für den totengleichen Zustand des Schurken. Und es hätte sein können, dass er nie wieder daraus erwacht wäre.”

Ich schwieg, obwohl ich es besser wusste.

“Wie auch immer. Es ist bemerkenswert, dass er ausgerechnet hierher in die Obhut der heiligen Katharina gebracht wurde ...”, ergänzte mein Onkel.

Er blickte um sich, aber niemand wagte, etwas zu sagen. Ich ahnte, worauf er hinauswollte.

“So uneins sich Nürnberg und Bamberg oft sind, hierin besteht Einigkeit”, erklärte er streng, “für räuberisches Gesindel wie ihn und seine Spießgesellen gibt es in Nürnberg wie in Bamberg und deshalb auch in Forchheim nur eine Strafe: Man zerschmettere ihre Glieder mit dem Rad und flechte ihre Leiber auf dasselbe, damit sie den Krähen zur Nahrung dienen!”

IV

Dank einiger Tropfen von Cuspinians Medizin, die mir Schwester Gertrudis verabreichte, schlief ich trotz all der aufregenden und erschütternden Vorfälle, die sich ereignet hatten, in dieser Nacht ruhig. Ob traumlos, weiß ich nicht zu sagen, da mir jede Erinnerung daran fehlt.

Mein Onkel hatte einen Teil der Palastwache abkommandiert, um auf das Spital acht zu geben. Außerdem setzte er noch in derselben Nacht gut zwei Dutzend Männer der Stadtwache in Bewegung, die mit Fackeln die nähere Umgebung um das Spital, die umstehenden Mühlen und die Rosstränke absuchen sollten. In Abwesenheit Georg Schenk von Limpurgs vertrat mein Onkel im bischöflichen Palast den kirchlichen Fürsten. Angesichts der Ereignisse kamen die Bürger, die man zum Teil bereits aus dem Schlaf gerissen hatte, dem Ansinnen nach. Das verwunderte mich offen gesagt, als ich am nächsten Tag davon erfuhr. Obwohl die Stadt zum Herrschaftsgebiet des Bamberger Fürstbischofs gehörte, wusste ich genau, dass sich Forchheims Freibürger nicht wenig darauf einbildeten, niemandem hörig zu sein. Dass sie dennoch der Anweisung meines Onkels folgten, hatte wohl damit zu tun, dass er den richtigen Ton getroffen hatte.

Obwohl man also davon ausgehen konnte, dass die Männer gründlich nach dem Bärtigen suchten, der ja bedingt durch seine Verletzung auch nicht mehr so beweglich sein konnte, fand sich keine Spur des Mannes, abgesehen von den tiefen Abdrücken seiner Stiefel im aufgeweichten Boden des Spitalhofes direkt unterhalb des Fensters, durch das er sich auf und davon gemacht hatte. Doch diese deutlichen Abdrücke mischten sich schon nach einigen Ellen mit zahllosen anderen Spuren und verloren sich.

Zum *jentamen*, dem Frühstück direkt nach Sonnenaufgang, reichte man nur einen Becher verdünnten Wein. Nach der Morgenandacht in der Spitalkirche, an der alle Siechen und Kranken, so sie dazu in der Lage waren, teilnahmen, gab es zum *prandium*, dem Frühmahl, erneut etwas Wein und reichlich Brot aus Roggen und Hafer, um es hineinzubrocken. Diejenigen, die sich bewegen und sitzen konnten, nahmen diese Mahlzeit im Speisesaal ein.

Jene, denen die Kraft dazu fehlte, wurden im Bett von einer der Konversinnen gefüttert, die den Schwestern bei ihrer Arbeit zur Hand gingen.

Ich konnte mich ohne Hilfe in die Kirche und auch ohne Hilfe in den Speisesaal begeben und dankte Gott in meinen Gebeten dafür.

Trotzdem war ich froh, dass ich das Gebäude weder verlassen musste, um in die Kirche zu kommen, noch um in den Speisesaal zu gelangen. Vom Flur vor dem Schlafraum führte eine Tür direkt in die Kirche und gegessen wurde im ersten Stock. Die frommen Schwestern wohnten in einem weiteren Gebäude nebenan, das von einer hohen Mauer umgeben war und das außer ihnen und ihrem Beichtvater niemand betreten durfte.

Ich war noch jung, aber die Ereignisse des vergangenen Tages hatten mich vor allem eines gelehrt: Demut und Dankbarkeit für das Geschenk des Lebens.

Denn trotz meiner Jugend, meiner Gesundheit und Kraft war es ein Wunder, das ich damals nicht begriff und auch heute noch nicht verstehe, warum ich überlebt hatte und Georg nicht.

Nach dem *prandium* wollte ich wieder ins Bett steigen, doch Schwester Gertrudis erwartete mich mit frischen Kleidern, die mein Onkel hatte ins Spital bringen lassen.

"Der gnädige Herr Kanonikus wünscht, dass deine weitere Pflege bei ihm im Palast erfolgt. Er hat uns aufgetragen, dich zu ihm bringen zu lassen, sobald du dazu in der Lage bist."

Sie sah mich mit großen, dunklen Augen an und für einen Moment fürchtete ich, dass sich die Schwäche, die mich nach wie vor derart lähmte, als wäre ich ein Greis, dass diese Schwäche wieder Oberhand über mich gewinnen könne. Sie schlug die Augen nieder und verließ den Teil des Raumes, in dem mein Bett stand.

Die Vorhänge hatte man schon letzte Nacht notdürftig wieder aufgehängt. Ihr Blick, der mich tief berührt hatte, mochte mir zittrige Knie bescheren, doch zugleich wirkte er auch erfrischend und so zog ich mich, wie es gewünscht worden war, um.

Draußen erwartete man mich bereits. Es war eine Wohltat, dass die Sonne wieder schien. Fünf Mann hatte mein Onkel geschickt, um mich zu holen. Dann sah ich auch warum. Vier von ihnen hatten Befehl, den Tragestuhl zu schleppen, in den ich mich setzen sollte.

Ich lehnte ab.

"Der junge Herr ist krank, schwerverletzt, wir haben Order dich zu tragen", versuchte man mich zu überzeugen. Doch ich weigerte mich und wollte mich keinesfalls auf diesen Stuhl setzen und durch die Menge tragen lassen, die an diesem schönen Sommertag in die Stadt zum Markt strömte.

"Die paar Schritte bis zum Palast werde ich auch zu Fuß schaffen", sagte ich, "schließlich war ich heute bereits in der Kirche." Ich verschwieg, dass ich mit den anderen Kranken nur in der Spitalkirche gewesen war und nicht Sankt Martin innerhalb der Stadtmauern aufgesucht hatte. Ich hoffte allerdings, dass die Männer das annahmen.

Sie zuckten mit den Schultern. Zwei von ihnen nahmen den leeren Stuhl wieder hoch und gingen los. Ich folgte mit den drei anderen.

Langsam.

Das Gehen fiel mir schwer. Wegen der Verletzung durch den Armbrustbolzen musste ich hinken und schon bald begann ich, meinen Stolz zu verfluchen. Schwester Gertrudis hatte ich bei meinem Abschied vom Spital nicht noch einmal zu Gesicht bekommen. Dieser grußlose Aufbruch hinterließ in mir ein Gefühl der Leere.

Stadtauswärts, unmittelbar neben dem Spital und schräg gegenüber auf der anderen Seite des Flusses befanden sich drei Mühlen, deren Wasserräder in ganz unterschiedlichen Rhythmen klapperten. Jede Mühle für sich genommen erzeugte ein eintöniges, sich ständig wiederholendes Geräusch. Da sich die drei Wasserräder jedoch nicht einig waren, wer den Takt angeben durfte, erzeugten sie eine Art leise, aber mit einer gewissen Aufdringlichkeit trotzdem lärmende Unruhe in mir. Ich war froh, als wir an der Rosstränke vorbei, über die Brücke und schließlich durch das enge Tor gingen, und das Geklapper endlich leiser wurde.

Kaum waren wir innerhalb der Stadtmauer, stürmten andere Eindrücke in einer Vielfalt auf mich ein, dass es mir beinahe schwindlig wurde. Es war Markt. Links drängten sich mehrere Schweineherden, die nur durch kaum kniehohe, geflochtene Weidenzäune voneinander getrennt waren. Direkt vor uns wurden Geflügel, Eier und Käse feilgeboten, weiter hinten Rüben, Gurken, früher Kohl, Erbsen, Bohnen, sowie Gewürze und Kräuter. Noch ein Stück weiter, schon über das Rathaus hinaus, in dessen offener Halle Bäcker und Fleischer ihre Waren ausgebreitet hatten, verkauften noch Krämer ihre Stoffe, Garne, Knöpfe, Schnallen, Gürtel, Kappen und Mützen.

Die Fenster im ersten Stock des Rathauses standen weit offen. Leute schauten von dort auf das bunte Treiben herab, unterhielten sich, lachten und tranken aus großen Krügen Bier oder Wein. Überall schrieen, feilschten und unterhielten sich die Menschen. Kaum gingen sie ein paar Schritte, trafen sie den nächsten, dem sie etwas mitzuteilen hatten. Die vielen Tiere fügten ihre Laute hinzu. Die zahllosen Kinder rannten trotz des Gedränges wie wild herum und ließen sich noch weniger bändigen als das Vieh. Sie kreischten vor überschäumendem Vergnügen, wenn es ihnen gelang, eines der Tiere mit einem Stock zu pieken. Dann steigerte sich der Lärm um das Schimpfen der Händler, die ohnedies alle Hände voll zu tun hatten, die aufgeregten Herden ruhig zu halten. Manche Maulschelle, die einem der Buben gegolten hatte, zischte ins Leere oder traf einen anderen.

"Wir müssen da durch, es geht nicht anders, Herr", sagte der Anführer meiner Begleiter. "Das Nordtor vom Schloss ist leider schadhaft und muss deshalb geschlossen bleiben."

Ein Metzger hatte ein Dutzend Schweine erstanden und über ein breites Brett auf einen flachen Karren getrieben, der von einem Ochsen gezogen wurde. Jetzt versuchte er durch das Gedränge und die Enge mitten in der Stadt zu fahren. Die Leute fluchten. Er fluchte und auch der Ochse wollte nicht so wie sein Herr. Da halfen auch die Hiebe mit der Rute nicht. Bei diesem Anblick fiel mir mein Wagen wieder ein.

Ich fragte meine Begleiter nach seinem Verbleib, sowie nach der Fracht und den Pferden und ich fragte mich, wie ich das alles hatte vergessen können.

"Der Herr Kanonikus hat heute bereits in der Früh befohlen, alles in die Stallungen des Schlosses zu bringen", antwortete einer der Männer. Dann bogen wir nach rechts und bekamen den Ausgang des Streits um den Schweinekarren nicht mehr mit. Wir drängten uns weiter durch die Menschenmenge, bis wir schließlich zum Schloss gelangten, das mit einer Seite direkt an die Stadtmauer grenzte. Direkt daneben erhob sich der Turm des Saltors. Der bischöfliche Palast war von einem breiten Wassergraben umgeben. Ich sah, dass man in das wuchtige Anwesen über eine Zugbrücke gelangte.

Schon als Kind wurde ich oft ausgeschimpft, weil ich die Augen nicht sittsam zu Boden richtete und still darauf wartete, dass man mich ansprach oder mir etwas auftrug. Ich rannte vielmehr herum wie ein junger Hund, war neugierig wie eine Katze und wollte am liebsten sein wie ein Vogel. Denn ich kletterte auf die höchsten Bäume und stieg - obwohl es strengstens verboten war - auf das steile Dach unseres Hauses in Nürnberg am Markt beim Schönen Brunnen. Doch nicht das Treiben tief unter mir interessierte mich, sondern das, was sich in der Ferne, in der Weite und in der Höhe abspielte.

Wäre ich zur See gefahren, wie mein verstorbener Großonkel, ich wäre freiwillig in den höchsten Mastkorb geklettert. Schon immer wollte ich den Horizont sehen, die Wolken verfolgen und dem Flug der Vögel hinterher träumen. Man verspottete mich gerne und nannte mich einen Luftikus, weil ich die Nase in den Himmel reckte. Aber es war mir gleichgültig, sollten die anderen doch den Schmutz zu ihren Füßen nach einem verlorenen Heller absuchen, ich fand lieber das Gold im Himmel. Besonders dann, wenn die Sonne aufging oder versank oder mir ein Regenbogen zeigte, wo gerade ein Engel übers Firmament geflogen war.

Doch dieser Blick nach oben, den ich mir einfach nicht abgewöhnen konnte und auch nicht abgewöhnen wollte, war neben all der geschilderten Schwärmerei auch nur eine Form hochnäsigen Hochmuts. Und dieses Verhalten war hier und heute ganz besonders unangebracht, angesichts dessen, was erst vor weniger als vierundzwanzig Stunden geschehen war. Und genau daran sollte ich - ausgelöst durch meine Hochnäsigkeit - in genau diesem Augenblick auf beschämende und schmerzhafte Weise erinnert werden.

Wir erreichten gerade den Wassergraben, der das bischöfliche Schloss von drei Seiten umgab. Ein Zaun, ähnlich geflochten wie jener auf dem Schweinemarkt und im Verhältnis Sau zu Mensch ähnlich niedrig, sollte die Leute davon abhalten, in den Graben zu fallen. Zur Freude und begleitet von dem Gelächter einer Reihe von Kindern und Erwachsenen tat ich genau dies. Ich stolperte über den Zaun und stürzte zum Entsetzen meiner Begleiter in das brackige, stinkende Wasser.

Der Graben war tief genug, um darin jämmerlich zu ersaufen, aber das Wasser war auch kalt genug, um mich so weit abzukühlen, dass ich mich an der steilen Böschung festhielt, bis die Männer mich wieder herauszogen.

Hätte ich mich doch in den verdammten Stuhl gesetzt! Möglicherweise hätte ich das gleiche, erschreckende Bild gesehen, das mich aus dem Gleichgewicht warf, aber ich wäre nicht in die schlammige Brühe gekippt und ich wäre nicht dem Gespött der umstehenden Leute ausgesetzt gewesen, die meinen tollpatschigen Flugversuch mit höhnischem Lachen quittierten. Die Leute wussten ja nicht, was mir tags zuvor widerfahren war. Sie sahen nur einen hinkenden Fremden, der trotz seiner Behinderung mit in den Nacken geworfenem Kopf durch die Straßen stolzierte, den Blick himmelwärts gerichtet, wo doch ein jeder brave Bürger weiß, dass der Blick nach oben nur den geweihten Herren des geistlichen Standes vorbehalten ist.

Aber ich muss schildern, was ich gesehen und was mich auf so lächerliche Weise das Gleichgewicht gekostet hatte.

Ganz oben in der Ecke des bischöflichen Palastes saß ein steinernes Ungeheuer. Nein, es war nicht groß genug, um einen tatsächlich erschrecken zu können, aber doch so hässlich, um bei empfindsamen Leuten ein Schaudern hervorzurufen. Das allein aber hätte mich sicher nicht ins Wanken gebracht. Doch gerade in dem Moment, wo ich dieses abstoßende Wesen entdeckte, entdeckte es auch mich ...

Sein Auge verfolgte meinen unsicheren Gang. Heiße Wellen von Panik und Entsetzen durchfluteten mich. Denn dieses, dieses Mittelding aus Tier und Höllenkreatur bewegte sich ganz offensichtlich, obwohl es doch in Stein gemeißelt war. Und dann glühte dieses Auge in einer Farbe und Kraft, die mein Erschrecken auf der Stelle noch weiter steigerte, aber auch erklärte. Wie so oft war die Einsicht nicht dazu angetan, das Entsetzen zu mildern - im Gegenteil. Sie verstärkte das Sammelsurium aus Panik, Angst und Erinnern. Diese Farbe, das pulsierende Glühen, das unheimliche Strahlen, das alles hatte ich schon einmal gesehen. Es war jetzt nicht so stark und machtvoll und vor allem nicht so tödlich wie am gestrigen Tage, als es mit zerstörerischer Kraft zwei Männer ergriff und als feurige Puppen durch die Luft tanzen ließ.

Nein, es war gewiss, dass es mich nicht töten wollte, so wie es gestern getötet hatte. Es wollte mich nur daran erinnern, dass es da war, dass es dazu in der Lage war, jeden beliebigen mit diesem Glühen bis zur Unkenntlichkeit zu versengen, dass es aber über mich wachte, aus welchem Grund auch immer. Es war eindeutig die gleiche böse Energie wie gestern, mit der mir das steinerne Wesen hoch oben in der Mauer des Schlosses zublinzelte wie einem Verschwörer. Ich spreche so leichtfertig von einer bösen Energie, dabei müsste ich der geheimnisvollen Macht doch zutiefst dankbar sein. Hatte sie mir doch auf ebenso wundersame, wie unerklärliche Weise zwei der vier mörderischen Kerle vom Hals geschafft. Aber ich bin fest davon überzeugt, dass hier das Böse mit den Mitteln des Bösen bekämpft wurde und ich nur deshalb davon profitierte, weil ich zuvor in diesen höllischen Konflikt hineingeraten war, der gar nicht meine oder Georgs Angelegenheit gewesen war.

V

Er fiebert”, sagte eine dunkle Stimme. Sie klang, als stünde der Sprecher oben am Rand eines tiefen Brunnens, und ich läge ganz unten im seichten Wasser und blicke hinauf, wo mir eine kleine runde Öffnung zeigte, dass es vielleicht ein Entkommen aus dieser Falle geben könnte, wären die Wände des Schachts nicht so glatt und steil.

“Ich werde meine Tochter herschicken, sie bringt eine starke Medizin, die dieses Fieber senken kann”, erklang die Stimme erneut. “Von einem Aderlass jedoch rate ich ab. Der junge Herr hat, bedingt durch seine Verletzung, schon genug Blut verloren. Sollte das Fieber aber nicht zurückgehen, müssen wir ihn zur Ader lassen. Es bleibt uns dann nichts anderes übrig, denn es ist ja nur die Sprache der Natur ....”

“Was will Er, respektive die Natur, auf deren Geist Er abhebt, damit sagen?” Ich erkannte die befehlsgewohnte Stimme meines Onkels. Auch sie klang, als stünde er am Rand des Brunnens. “Verzeiht hochwürdiger Herr, aber die Natur teilt uns durch das heftige Fieber mit, dass das Blut des jungen Herrn durch Hitze erzeugende Miasmen vergiftet ist. Und dagegen hilft eigentlich nur, ihm dieses böse Blut abzuzapfen. Aber - wie gesagt - er hat bereits so viel Blut verloren und deswegen ist es im Moment nicht angezeigt, ihn zur Ader zu lassen. Vielleicht gelingt es, das Fieber mit Hilfe der Medizin, die ich zubereiten werde, zu senken.”

"Dann geh Er und beeile sich!"

Als ich meine Augen aufschlug, hatte der Mann, mit dem mein Onkel gesprochen hatte, das Zimmer bereits mit eilenden Schritten verlassen.

"Verstehst du mich?" Lorenzo beugte sich vor und blickte mich mit sorgenvoller Miene an. Ich nickte. Dann sah ich, dass man mir die nassen Kleider ausgezogen und mich in einen weiten Umhang gewickelt hatte. Ich konnte mich nicht mehr daran erinnern, wie ich in dieses Zimmer gekommen war.

Es war nicht sonderlich groß, aber feine Malerei schmückte die Wände. Durch das Fenster, das man geöffnet hatte, sah ich auf einen sonnenbeschienenen Hof hinab. Halb lag, halb saß ich auf den Polstern einer breiten Bank, die fast über die gesamte Wandfläche reichte. Man hatte mir Polster und Kissen hinter meinen Rücken gestopft. Bis zur Brust war ich zusätzlich von wollenen Decken umhüllt und meine Füße ruhten auf einem Hocker. Ein leises Zittern durchschauerte mich, es war, als sei mir kalt und heiß zugleich. An der einen Seite des Raums lehnten einige zusammengeklappte Scherenstühle an einer großen Truhe. Neben der Tür befand sich in Kopfhöhe ein schmales hölzernes Bord, auf dem einige Becher und ein Krug standen.

"Es geht mir gut", krächzte ich wenig überzeugend.

"Du kannst reden, das ist gut. Dann sag mir, warum du in den Graben gestürzt bist", fragte mein Onkel, "denn ich muss noch die Männer bestrafen, die dich in den Palast begleiten sollten."

Ich schüttelte heftig den Kopf.

"Das wäre nicht gerecht", erwiderte ich, "sie können nichts dafür."

"Sie sollten dich hierher tragen und bewachen ..."

"Ich habe es abgelehnt, mich in den Tragestuhl zu setzen."

"Dann muss ich sie bestrafen, weil sie es zuließen, dass du dich überfordert hast."

“Nein, Onkel, sie sind nicht daran Schuld, dass ich in den Graben stürzte ...”

“Willst du etwa den jämmerlich niedrigen Zaun um den Graben dafür verantwortlich machen?”

“Nun ein höherer Zaun oder eine Mauer hätten meinen Sturz wahrscheinlich verhindert. Aber der Grund dafür war ein anderer.”

Mein Onkel schob einen Stuhl neben mich und setzte sich.

“Ich habe dir gestern schon erzählt”, versuchte ich ihm zu erläutern, “dass durch einen seltsamen Vorfall, für den ich keine Erklärung weiß, zwei der Mörder getötet wurden.”

“Es klang, als hätte Gott die beiden mit einem Blitz gestraft”, sagte mein Onkel.

“Nein, es war kein Blitz”, widersprach ich heftig und wollte mich aufsetzen. Doch er drückte mich sacht aber bestimmt wieder in die Kissen zurück.

“Ein Blitz wird immer von Donner begleitet. Doch davon war nichts zu hören”, fuhr ich fort. “Hinzu kommt, dass ich noch nie einen Blitz gesehen habe, der wie eine Feuerfaust fast waagerecht und parallel zum Erdboden dahin rast ...”

“Ein Blitz entsteht so schnell und ist so rasch wieder vergangen, dass kein menschliches Auge dazu in der Lage ist, ihn in seinem eigentlichen Wesen wahrzunehmen”, sagte Lorenzo und fügte noch hinzu: “Kein Wunder, dass unsere Ahnen glaubten, ein Blitz sei die Lichtspur eines Hammers, den ein zorniger Gott auf die Erde herabdonnern ließ. Doch was hat das alles mit deinem unfreiwilligen Bad zu tun?”

“Das will ich ja erklären, Onkel”, antwortete ich, “das gleiche Licht sah ich vorhin, als wir den Palast erreichten.”

“Willst du mir etwa erzählen, dass dich ein Blitz in den Wassergraben geworfen hat?

Die Männer, die dich begleiteten, haben mir nichts davon berichtet.”

Die Stimme meines Onkels klang nicht nur vorwurfsvoll, sondern auch ausgesprochen skeptisch.

“Nein. Ich verstehe nichts mehr. Habe ich dieses fürchterliche Wesen denn nur allein gesehen?” Allmählich machte sich ein Gefühl der Verzweiflung in mir breit.

“Sag einfach, was du gesehen hast”, forderte mich Lorenzo in deutlich ruhigerem Ton auf. Ich erzählte ihm, so gut ich konnte, von dem kleinen, steinernen Ungeheuer, das auf einmal wie lebendig gewesen war und mich mit schrecklich glühenden Augen angestarrt hatte. Beinahe ebenso unverwandt blickte mich jetzt mein Onkel an.

“Der Basilisk”, murmelte er schließlich, “der Basilisk, den Bischof Otto einmauern ließ.”

“Basilisk?”, fragte ich ohne irgendetwas von dem verstanden zu haben, was mein Onkel gerade erzählte. “Eingemauert? Wer wurde hier eingemauert?”

“Niemand, nur ein Stein, ein steinernes Bildnis ...”

Diese Äußerung erklärte zwar nichts, weckte aber meine Neugier. Man musste sie mir deutlich ansehen, denn mein Onkel lächelte. Doch nur einen Lidschlag später verschwand das Lächeln wieder und wich einer äußerst nachdenklichen Miene.

“Dieses hohe Haus, ja die ganze Stadt Forchheim”, erklärte er nach einer kurzen Pause, “war schon vor vielen Hunderten von Jahren Schauplatz bedeutender Ereignisse. Ereignisse, die den Erbauer dieses Palastes dazu bewogen haben, das alte, steinerne Bildnis in die Wand der Veste mauern zu lassen. Es handelt sich um jenes Bild, das dich bei deiner Ankunft vorhin so nachhaltig erschreckt hat ...”

“Welche Ereignisse?”, fragte ich, “und wer oder was ist ein Basilisk?”

“Das lässt sich nicht mit ein paar Worten erläutern”, antwortete mein Onkel.

“Vor allem muss ich erst einmal gründlich darüber nachdenken, was du mir erzählt hast.”

Er erhob sich und schob den Stuhl wieder an seinen alten Platz. Dann legte er mir die Hand auf die Stirn.

“Du hast tatsächlich Fieber”, sagte er, “ich hoffe, dass der Apotheker so bald als möglich die Medizin herbringen lässt, die er versprochen hat.”

“Was ist mit dem hochwohlmögenden Cuspinian?”, fragte ich.

Mein Onkel seufzte. “Er musste heute in aller Frühe wieder aufbrechen. Seine Majestät Kaiser Maximilian wäre sicherlich sehr zornig, wenn er länger als unbedingt nötig auf seinen Rat verzichten müsste.”

“Das ist sehr schade, ich hätte ihm gerne von Herzen meinen Dank ausgesprochen.”

“Wenn es dir besser geht, kannst du ihm schreiben. Er hat noch etwas von dem türkischen Schlaftrank dagelassen”, sagte mein Onkel, “falls dich die Schmerzen zu sehr quälen sollten.”

Ich atmete sichtlich erleichtert auf. Und sofort fügte mein Onkel hinzu: “Er hat mich aber ausdrücklich gewarnt, dir zu viel und zu oft von dieser heidnischen Medizin der Muselmanen zu geben. Sie könne in diesem Fall den Zustand deines Geistes nachhaltig verwirren und dich mit einem unstillbaren Verlangen nach diesem Trank erfüllen, so dass dein Verstand erlischt und du an nichts anderes mehr zu denken vermagst. Also bekommst du davon nur, wenn es sich nicht vermeiden lässt.”

Ich nickte stumm.

Später jedoch, als die Schmerzen wieder zunahmen und sich mit dem hartnäckigen Fieber mischten, erhielt ich noch etliche Mal von den betäubenden Tropfen. Und ich muss gestehen, dass ich ihre Einnahme zunehmend herbeisehnte, wobei mir erst nach einiger Zeit bewusst wurde, dass dies keine Folge meiner Verletzungen mehr war. Mein Verlangen hatte sich längst verselbständigt, zu angenehm waren die Gefühle und Träume, die sich als Folge des türkischen Tranks bei mir einstellten. Ich greife vor, wenn ich bereits an dieser Stelle meiner Erzählung anmerke, dass schon bald eine Zeit kommen sollte, wo sich der türkische in einen tückischen Trank wandeln sollte, der mir auch noch, als ich fast wieder gesund war, noch einige Probleme bereiten sollte.

"Du weißt", sagte mein Onkel, "dass ich mich selbst schon seit vielen Jahren mit allerlei Wissenschaften beschäftige. Alchemie, Medizin, Astrologie, die Juristerei und Kabbala. Ich habe, als ich noch etwas jünger war, zusammen mit Johannes Reuchlin in Rom extra die hebräische Sprache studiert, um mich in dieser Disziplin vertiefen zu können. Alle diese Wissenschaften sind eng miteinander verknüpft und münden schließlich in die beiden bedeutendsten Bereiche des Wissens, die sich der Mensch auf Gottes Erde aneignen kann." Er machte eine Pause und fuhr dann fort: "Ich rede von der Philosophie und natürlich von der Theologie."

"Stellst du die Philosophie mit der Theologie auf eine Stufe?", ich versuchte meinen Worten einen entrüsteten Klang zu verleihen, glaube aber nicht, dass mir das gelang. Denn Lorenzo begann auf meine Frage hin schallend zu lachen.

"Klang das so? Habe ich das gesagt?"

Mit diesen Worten verließ mein Onkel das Zimmer. Obwohl er die Tür hinter sich schloss, sprang sie sofort wieder einen Spalt auf, denn das Holz war verzogen. Aus diesem Grund vernahm ich deutlich, dass er nach wenigen Schritten von jemandem angesprochen wurde. Gleichzeitig ertönte vom Hof lautes Kindergeschrei und wenig später schlich sich der Grund des Geschreis durch den kleinen Spalt der Tür in das Zimmer. Offensichtlich stand unten im Hof die Tür des Treppenturms offen. Eine kleine bunte Katze war wohl der derben Kinderspiele überdrüssig geworden und ins Treppenhaus entwichen und von dort schließlich von niemandem außer mir bemerkt in mein Zimmer geschlichen. Ich musste, obwohl ich am ganzen Leib zitterte und mir heiß und kalt zugleich war, über das ebenso kleine wie muntere Tier lachen. Sie verstand mein heiseres Gelächter wohl als Aufforderung und sprang mit einem Satz auf die Kissen, in die man mich gebettet hatte. Dann begann sie zu schnurren, stampfte mit ihren dünnen Beinchen und mir schien, als verziehe sich ihr weiß, rot und schwarz gesprenkeltes Schnäuzchen zu einem verschwörerischen Lächeln. Sie sah mich kurz mit ihren grün-gelben Augen an, blinzelte und sagte schließlich: “Du wirst sehen, es wird alles wieder gut. Aber nicht direkt und nicht ohne Aufregung.” Dann rollte sie sich an mich gekuschelt zusammen und fiel mit einer Schnelligkeit in einen so tiefen Schlaf, als habe sie alle ihr für heute verbliebene Kraft in diese Worte gelegt. Ich beneidete das Kätzchen so sehr um die Plötzlichkeit, mit der es einschlafen konnte, dass ich keinen einzigen Gedanken daran verschwendete, woher es die menschliche Sprache erlernt hatte.

Vor der offenen Zimmertür hatte sich mittlerweile dessen ungeachtet ein allmählich lauter werdendes Gespräch entwickelt.

“Verzeiht den Lärm, hochwürdiger Herr, ich werde die Kinder ermahnen, leise zu sein. Ich wollte nur wissen, wie es dem jungen Herrn geht und was vorgefallen ist.”

“Ich werde Ihm später berichten, da ich selbst noch nichts Genaues weiß. Der gestrige Befehl bleibt bestehen, bis der aus dem Spital entwichene Kerl gefasst ist”, hörte ich meinen Onkel antworten.

“Meine Männer sind weiterhin auf der Suche. Ich wies sie an, sorgfältig und doch vorsichtig vorzugehen.”

Es war deutlich zu hören, dass diese Antwort meinem Onkel aus irgendeinem Grund nicht gefiel, denn er stieß so heftig die Luft durch die Nase aus, dass es wie ein Schnauben klang. Dann antwortete er: “Die Vorsicht gilt wohl weniger dem Halunken, als den vielen verschiedenen Obrigkeiten rings herum, mit denen man sich hier wohl nicht anlegen will.”

“Ich denke, dass es im Interesse aller Herren zwischen Bamberg, Forchheim und Nürnberg ist, dass das Gesindel, welches die Wege unsicher macht, eingefangen und unschädlich gemacht wird ...”

“Tatsächlich? Glaubt Er das wirklich? Er entschuldigt, wenn ich lache. Ich sehe, der Herr ist jung, aber ich ahnte nicht wie jung. Hat Er die Verwüstungen vergessen, die vor wenigen Jahren dieser Raubritter Götz von Berlichingen im Bamberger Land angerichtet hat? Die Interessen *aller* Herren kann er also nicht meinen.”

Später erfuhr ich, dass es Hans von Egloffstein gewesen war, der Schultheiß und Festungskommandant, mit dem mein Onkel gesprochen hatte. Mitsamt seiner Frau, seinen munteren Kindern sowie einem Teil seines Viehs bewohnte er ein baufälliges Haus direkt auf der anderen Seite des bischöflichen Anwesens, das ich von meinem Fenster aus auf der gegenüberliegenden Seite des Hofes sehen konnte. Man hatte es unmittelbar an die Stadtmauer gebaut und man konnte von dort direkt auf den Wehrgang der Mauer gelangen. Was genau meinem Onkel an diesem Mann nicht schmeckte, erfuhr ich auch später nie. So konnte ich nur blind vermuten, dass es ihn ärgerte, dass Hans von Egloffstein seine Familie mitgebracht hatte oder ihn bei der Suche nach dem Bärtigen nicht so unterstützte, wie er es erwartet hatte. Und ihn so gezwungen hatte, auf Männer der Stadtwache zurückgreifen zu müssen. Nun war der Schultheiß von Forchheim ein wichtiger Mann - innerhalb wie außerhalb der Mauern dieser Stadt. Umso mehr wunderte mich die Abneigung, mit der mein Onkel ihm begegnete.

Aus den vielen Erzählungen meiner Brüder, Schwestern und anderer Verwandter wusste ich gut, dass es mein Onkel nach den langen Jahren, die er in den Diensten Papst Alexanders VI. in Rom verbracht hatte, nicht mehr gewohnt war, von Menschen, mit denen er wenig Umgang pflegte, so geradeheraus angeredet zu werden.

Schon als Kardinal hatte Rodrigo Borgia die Dienste meines Onkels geschätzt. Gleiche Augenhöhe war deshalb ein Privileg, dass Onkel Lorenzo nur wenigen gewährte. Etwa einigen privilegierten Verwandten wie mir, die er aus welchen

Gründen auch immer bevorzugte, und ansonsten nur seinen hochgebildeten Freunden wie Cuspinian, Reuchlin oder Pirckheimer, mit denen er zur Ermüdung aller anderen, die anwesend waren, stundenlang lateinisch, vermischt mit griechischen Sentenzen zu parlieren pflegte. Schließlich kannte er die feinen Regeln des Umgangs mit Personen von Rang und Stand besser, als jene, die den engen Umkreis ihrer Heimat niemals verlassen hatten. Für ihn wie viele andere galt seine patrizische Herkunft und das, was er aus dieser Stellung heraus erreicht hatte, als mindestens ebenso nobel wie einfacher Adel, auch wenn er sich hüten würde, dies einem Ritter oder Grafen mit wohlgesetzten Worten erklären zu wollen. Stattdessen begegnete er allen, egal welche Ämter sie innehatten und die sich mit ihm auf die gleiche Stufe stellen wollten, ohne von ihm dazu eingeladen worden zu sein, in jener Weise, die er in Rom gelernt hatte: mit einer gelegentlich völlig unbegründeten Ablehnung und Überheblichkeit. Es war schon erstaunlich, dass er einfachen Bürgern und selbst Bauern oft mit größerer Herzlichkeit gegenübertrat als Personen von Adel. Deshalb wunderte es mich wenig, dass das Gespräch sofort eine andere Wendung nahm. Er redete weiter mit barschen Worten auf den Kommandanten ein:

“Dann bring Er mir das Pack! Bei der Gelegenheit teile ich Ihm noch etwas anderes mit. Ich werde einige weitere Tage hier verweilen. Wie schon bei meiner Ankunft nutze ich meinen Aufenthalt, die Befestigungsanlagen dieser Stadt weiter zu inspizieren. Es versteht sich von selbst, dass ich unseren allergnädigsten Fürsten, Bischof Georg Schenk von Limpurg vom erbärmlichen Zustand der Mauern und Türme unterrichten werde.”

Ich konnte es zwar nicht sehen, aber es war anzunehmen, dass Hans von Egloffstein unter diesen Worten ein wenig kleiner wurde. Er war auch erst seit kurzer Zeit im Amt, sein Vorgänger, Heinrich Stiebar von Buttenheim, war vor weniger als einem Jahr gestorben.

Mein Onkel war zwar nur noch ein Bamberger Kanonikus, aber jeder wusste, dass er zahllose Pfründe besaß und immer noch über sehr mächtige Freunde nicht nur in Rom verfügte. Seit er sich auf sein Kanonikat bei St. Stephan in Bamberg zurückgezogen hatte, widmete er seine Zeit hauptsächlich dem gelehrten Disput und zahllosen Korrespondenzen. Aber vielen war noch bekannt, dass er sich als Familiar Papst Alexander VI. vielfältige Kenntnisse in den Kriegskünsten angeeignet und dieses Wissen als Leiter des päpstlichen Festungsbau- und Geschützwesens auch praktisch eingesetzt hatte. Obwohl ihn mittlerweile ganz andere Dinge interessierten, seit er sich wieder im Kreis seiner alten Heimat befand, konnte er doch nicht von seiner vormaligen Beschäftigung lassen.

Dessen ungeachtet versuchte der Schultheiß ihm zu widersprechen. Ich ahnte das typische Lächeln, das sich im Gesicht meines Onkels ausbreitete; ein Lächeln, das alles, nur keine freundliche Gewogenheit ausdrückte und ich hörte seine Stimme, die, obwohl sie wesentlich leiser geworden war, dennoch klar verständlich blieb:

“Er glaubt also, dass die Landesherren, die Grafen und Fürsten besseres zu tun haben, als diese kleine Stadt anzugreifen? Weil die Mühe zu groß und die in Aussicht stehende Beute zu gering ausfallen würde? Möge Gott Ihm die Gnade erweisen, seinen Verstand angemessen zu gebrauchen. Es mag ja sein, dass Er heute recht hat, aber wie steht es mit morgen? Mir scheint, Er kennt die Fürsten nicht. Er weiß nicht, wie sie denken. Erst vor wenigen Wochen erhielt ich den Brief eines Freundes, eines Florentiner Diplomaten, den ich einst in Rom kennen lernte. Er schrieb mir seine Gedanken über die wahrhaftige und einzig sinnvolle Klugheit der Mächtigen mit so klaren Worten, dass ich sie mir sofort einprägte.” Mein Onkel holte Luft, dann zitierte er aus dem Schreiben: “*Ein mächtiger Mann soll also nichts anderes zum Gegenstand seines Nachdenkens machen und sich mit nichts anderem beschäf-*

tigen als mit dem Kriegswesen, den militärischen Einrichtungen und mit der militärischen Zucht; denn dies ist die einzige Kunst, die man von dem erwartet, der befiehlt. Mir scheint es, jenseits der Alpen herrscht ein verständigerer Geist."

Kaum hatte er ausgesprochen, hörte ich, wie er sich grußlos entfernte und den Schultheiß einfach stehen ließ.

Als er einige Zeit später zu mir zurückkam, begrüßte ich ihn aus dem Bett, das in der Zwischenzeit von einigen Dienern aufgebaut worden war. Die kleine Katze hatte sich zu meinem Bedauern beim ersten Anzeichen der Unruhe verzogen. Mein Onkel sah noch, wie sie aus dem Zimmer entwischte und blickte ihr misstrauisch hinterher.

Ich fragte meinen Onkel, um ihn von Nachfragen nach dem Tier abzuhalten, nach den Gründen jener Auseinandersetzung, die er gehabt hatte. Doch er winkte ab. Aber ich ließ nicht locker: "Wer ist dieser Florentiner Diplomat, den du erwähnt hast?"

"Man hat ihn an den Hof Maximilians geschickt, er hielt sich auch längere Zeit in Frankreich am Hofe Ludwigs XII. auf, kennen lernte ich ihn während meiner Dienste für Alexander VI., als er wiederum mit Cesare Borgia, dem berühmten Sohn des Papstes zu tun hatte.

Er ist einer der verständigsten und klügsten Köpfe, die mir je begegnet sind. Trotzdem konnte er aus seinem Talent bisher nicht viel machen, weshalb ihn erst recht hierzulande kaum jemand kennt. Sein Name ist Niccolò Machiavelli."

In diesem Augenblick klopfte es an der Zimmertür. Ein Bediensteter trat ein und meldete, dass die Tochter des Apothekers mit der Medizin gegen mein Fieber eingetroffen sei.

Kaum betrat dieses Wesen das Zimmer, dachte ich, obwohl es mittlerweile bereits Abend geworden war, dass die Sonne aufgegangen sei. Gleichzeitig erschrak ich, denn ich glaubte, dass mich Schimären, erzeugt vom Fieberwahn, narren wollten. Ich kannte dieses Gesicht und doch betrat sie den Raum ohne die gewohnte klösterliche Tracht. Sie trug vielmehr ein fröhliches, farbenfrohes, sanft ihre Figur umschmeichelndes Kleid, das ausgehend vom Dekolleté bis hinab zu den zierlichen Schühchen geknöpft war. Das dunkle Haar quoll in zahllosen Locken unter der kunstvoll verschlungenen Haube hervor und berührte hier und da, wenn sie sich bewegte, wie sanft im Wind schwingendes Laub die bloßen Schultern. Auch der breite, hochgeschnallte Gürtel zeichnete ihre Figur in einer Art nach, dass sich bereits durch diesen Anblick mein Fieber zu einer gleichermaßen unerträglichen wie süßen Qual steigerte. Doch erst das Gesicht, die hohe Stirn, die zarten Wangen, das vollkommene Kinn mit einem winzigen Grübchen ließ meinen Atem stocken. Dieses Gesicht, umrahmt von widerspenstigen Locken, war dazu angetan, mich völlig um den Verstand zu bringen. Sanfte, große braune Augen unter Brauen, die wie eine Wellenlinie über diesem Blick schwebten, eine lange, schmale, feingeschnittene Nase über keck aufgeworfenen, vollen Lippen, die selber beinahe ein wenig vorwitzig aus dem Gesicht ragten. Dies alles waren Einzelheiten, die sich mir auf der Stelle einprägten, die aber nur völlig unzulänglich die ganze Schönheit dieses Wesens beschreiben. Denn diese Schönheit war mit bloßen Worten unbeschreibbar.

Warum, so fragte ich mich, waren mir diese köstlichen Einzelheiten nicht schon im Spital aufgefallen? Waren klösterliche Tracht und Schleier so verhüllend, dass sie auch das verbargen, was sie nicht bedeckten? Doch! Ihr schönes Gesicht war mir schon während der vergangenen Nacht aufgefallen, aber was machte sie jetzt hier und noch dazu in diesem weltlichen Aufzug?

"Gertrudis", flüsterte ich heiser.

Sie schaute mich mit großen Augen an und ... lachte.

Dabei schüttelte sie den Kopf so heftig, dass die Locken in fröhlichem Spiel über ihre Schultern fächerten.

“Der junge Herr verwechselt mich”, sagte sie, “mein Name ist Margaretha.”

Ich wollte es nicht glauben. Was für ein Spiel wurde hier aufgeführt?

“Aber sie sieht der jungen Schwester von St. Katharina zum Verwechseln ähnlich”, schaltete sich mein Onkel ein, der ja ebenfalls Schwester Gertrudis begegnet war.

“Sie ist meine Schwester, hochwürdiger Herr”, erwiderte sie mit einer Verbeugung, “genauer gesagt, meine jüngere Zwillingsschwester.”

“Jüngere Zwillingsschwester?”, stammelte ich verwirrt.

“Unsere Mutter erzählte uns, dass ein weit heruntergebrannter Kerzenstummel in einem mehrarmigen Leuchter, der genau gegenüber ihres Gebärstuhles stand, noch leuchtete, als ich zur Welt kam, aber bereits erloschen und durch eine neue Kerze ersetzt worden war, als meine Schwester geboren wurde. Ich bin also einen Kerzenstummel älter als meine Schwester.”

Mein Onkel lächelte und bot ihr einen Stuhl an. Ich verfluchte dagegen stumm meinen angeschlagenen Zustand, der es mir unmöglich machte, ihr solcherart zu Diensten zu sein.

“Mein Neffe konnte heute keine *merenda* zu sich nehmen und wie ich hörte, war auch das *prandium* im Spital nicht sehr kräftigend. Ich habe deshalb der Küche Anweisung erteilt, die *cena* heute schon recht früh zu servieren. Wir würden uns freuen, dieses bescheidene Mahl mit ihr teilen zu dürfen. Zumal die Farbe, die in das Gesicht meines Neffen zurückgekehrt ist, seit sie diese Kammer betreten hat, deutlich zeigt, dass sie seiner Gesundung förderlich zu sein scheint”, sagte mein Onkel.

Dabei sah er die junge Frau unverwandt an und würdigte mich keines Blickes. Ich war mir sicher, dass er, auch ohne mich anzuschauen, genau wusste, welche Wirkung seine Worte hatten - auf uns beide. Doch Margaretha hatte sich besser unter Kontrolle, so dass nur eine leichte Röte über ihre Wangen glitt, wie ein flüchtiger Schatten, der ebenso schnell verschwand, wie er gekommen war. Ich dagegen musste wohl puterrot geworden sein und wünschte mir in diesem Augenblick, vollständig in den Kissen zu verschwinden und unsichtbar zu sein. In solchen Momenten empfand ich eine unchristliche Wut auf meinen Onkel, und ich fragte mich, wie ein Mann von geistlichem Stand auf solche Ideen kommen und so etwas sagen konnte. Um keinen falschen Eindruck zu erwecken, was mich verlegen machte, war natürlich nicht die Einladung zum Essen, sondern nur die Begründung, mit der er die Einladung versah.

“Man hört immer wieder von wundertätiger Medizin, deren Anwesenheit oder Anblick allein bereits reicht, um eine wohltuende Wirkung zu erzeugen”, antwortete Margaretha.

Ich überlegte, ob ich mich in das Gespräch einmischen sollte und eine fromme Sentenz der Art hinzufügen sollte, dass sich Gottes Gnade auch im Unerwarteten zeigt, hielt dann aber doch den Mund, da zwei Diener um Einlass baten und einen Tisch ins Zimmer brachten. Ich verließ das Bett, versuchte die paar Schritte durchs Zimmer möglichst aufrecht zu gehen und nahm auf einem der Stühle Platz. Schon wenig später wurde der erste Gang serviert und auf einmal spürte ich, dass meine Schwäche vor allem eine Ursache hatte, mir knurrte nämlich vor Hunger der Magen.

Bevor wir jedoch mit der Mahlzeit beginnen konnten, verabreichte mir Margaretha die Medizin, die ihr Vater gegen mein Fieber zusammengemischt hatte. Es handelte sich um eine Paste, die sie mir mit einem Holzspachtel unter den interessiert beobachtenden Blicken meines Onkels auf die Brust, den Rücken und alle Stellen, an denen ich Verletzungen erlitten hatte, also auf Schulter, Arm und Oberschenkel, auftrug. Natürlich rieb sie die Salbe nicht direkt in die Wunden, sondern sorgfältig rund um die Verletzungen herum. Als ich einmal kurz wegen eines plötzlichen Schmerzes aufstöhnte, packte sie den Holzspachtel weg und verteilte den Rest mit den Fingern. Das war wesentlich angenehmer, und ich kann mich nicht erinnern, seitdem noch einmal unter ihren Händen vor Schmerz gestöhnt zu haben. Zuerst empfand ich, wie sich überall dort, wo die Paste in die Haut eindrang, ein Gefühl der Kälte ausbreitete. Doch schon wenig später pulsierte eine angenehme, heilende Wärme durch meinen Leib.

Mit dem Servieren der Mahlzeit stellte sich ein weiterer Gast ein, der lautstark von den dargebotenen Köstlichkeiten verlangte. Es war die kleine bunte Katze, die angesichts der Essensdüfte ihre Scheu verlor. Ausgerechnet mein Onkel trug einem der Diener auf, zwei Schälchen für das Tier zu bringen, eines davon mit Milch gefüllt. In das andere ließ er im Lauf des Abends immer wieder Bröckchen von seinem Teller fallen, von denen die Katze eine für ihre Größe erstaunliche Menge vertilgen konnte.

Zuerst gab es Schweinekopf in saurer Sauce, dazu einen kräftigen roten Wein. Doch bevor mein Onkel gestattete, dass wir kräftig zulangten, zog er ein seltsames, bräunlich schimmerndes Ei aus der Tasche seines Rocks, das in einer goldenen Fassung befestigt war. Es war etwa so groß wie ein Wachtel-Ei. Durch eine Öse an dieser Fassung lief eine feingliedrige, ebenfalls goldene Kette, an der er diesen Gegenstand hielt und ihn wie ein Pendel über dem Essen kreisen ließ. Dann tauchte er das Ei in den Weinkrug und zog es kurz darauf wieder heraus. Ein Diener reichte meinem Onkel ein kleines Tuch, mit dem er den Gegenstand abtrocknete, bevor er ihn in die übrigen Mahlzeiten steckte und schließlich wieder in seiner Tasche verschwinden ließ.

Ich blickte ihn fragend an.

“Ein Geschenk seiner Heiligkeit”, nuschelte er und ließ sich das Essen auflegen.

“Aha”, erwiderte ich ratlos und fügte hinzu, “ersetzt dieses Ding das Tischgebet?”

“Nein”, lachte mein Onkel. “Aber das Geschenk seiner

Heiligkeit ist fast ebenso nützlich wie ein Gebet. Es ist ein äußerst seltener Stein. Ein Bezoar. Er ist so wertvoll, dass sein Gewicht mit der zehnfachen Menge Goldes aufgewogen wird."

"Von so einem Stein habe ich noch nie gehört", sagte Margaretha, "warum ist er so wertvoll, er sieht sehr unscheinbar aus?"

"Hat ihn dieser venezianische Seemann, der im Auftrag der spanischen Krone unterwegs war, von einer seiner Reisen mitgebracht?", fragte ich und bemühte mich, nicht mit vollem Mund zu sprechen.

"Nein, aber er stammt in der Tat aus fernen Ländern hinter Indien. Dieser seltene Stein hat eine höchst nützliche Eigenschaft, er erkennt die geringste Spur von Gift, die ein heimtückischer Feind in den Wein oder die Mahlzeiten mischt. Und falls Gift in der Nahrung sein sollte, macht der Bezoar es unwirksam."

Ich nickte kauend.

"Das wäre die rechte Medizin für die Apotheke meines Vaters", sagte Margaretha. Mein Onkel lachte.

"Eine teure Medizin, wahrhaft, aber der Schutz vor Gift ist ja auch unbezahlbar. Seine Heiligkeit hat mir erzählt, dass der Stein in den Mägen einer sehr seltenen Ziegenart in Asien heranwächst, die Gott für diesen Zweck ausgesucht hat."

Fast hätte ich den Schluck Wein, den ich gerade getrunken hatte, wieder ausgespuckt.

Dann wurden Krebse und Forellen gereicht, schließlich Kapaun in Sülze und abschließend Käse, Nüsse und kleine Honigkuchen. So viel und so gut hatte ich schon lange nicht mehr gegessen.

Das Mahl, das meine Brüder bei meiner Rückkehr aus Lissabon zu meiner Begrüßung auftischen ließen, war nach den langen Entbehrungen der Reise eine ähnliche Offenbarung gewesen. Allerdings ohne so wunderliches Beiwerk wie einen Bezoar.

Schon während des Essens begann mein Onkel vom Basilisken zu erzählen. Da mich das Thema seines Berichts von Anfang an neugierig gemacht hatte und - als er schloss - viele Fragen offen geblieben waren, bat ich ihn am kommenden Tag um ausführlichere Schilderungen.

Um es bereits hier vorweg zu nehmen, seine gelegentlich ausufernde und gewundene Erzählung entstand nicht allein an diesem Abend. Denn auf den ersten Tag meiner Genesung folgten viele weitere, aber auch finstere Stunden, in denen mich böse Rückfälle plagten. Und an jedem Abend, den mein Onkel im Palast verbrachte, erzählte er ein weiteres Stück.

Gelegentlich musste er wegen dringender Geschäfte für ein paar Tage nach Bamberg zurück. Doch als er wiederkam, hatte er in seiner Bibliothek weitere Schriften und Bücher gefunden, in denen etwas zu der Zeit und den dramatischen Ereignissen zu finden war, über die er berichtete. Eigentlich war seine Schilderung eine Erzählung ohne einen richtigen Anfang und ohne einen richtigen Schluss.

Schon bald nutzte ich die Zeit meiner Genesung, um das an vielen Abenden Berichtete niederzuschreiben. Ich tat dies aus mehreren Gründen. Einer der Gründe war, dass ich mich mit den Ereignissen, die vor langer Zeit stattgefunden hatten, in einer erstaunlichen Weise verbunden fühlte. Diese Verbindung ist nicht einfach zu erklären und ich fürchte, sie besteht tatsächlich nur in meinem Kopf.

Aber ich habe sie mir nicht ausgedacht, also bewegt mich noch heute die Frage, wer dieses feine Geflecht einer Beziehung über viele Hunderte von Jahren hinweg in meine Gedanken gepflanzt hat. Abgesehen von den furchtbaren Ereignissen, die mir und meinem armen Freund Georg widerfahren sind.

Die Halunken, die ausgerechnet uns überfielen, waren wirkliche Menschen, auch wenn sie von bösen Geistern und finsteren Gedanken und schrecklichem Tun beseelt waren.

Aber ich greife zu weit vor.

Ich habe die vielen Teilstücke der Erzählung meines

Onkels Lorenzo in einige größere Geschichten zusammengeführt und, so weit es notwendig erschien, in einer Weise geordnet, dass sie besser verständlich wurden. Ich habe aber nicht der Neigung nachgegeben, die beiden offenen Enden der Erzählung mit einem künstlichen Anfang und einem konstruierten Schluss zu versehen, obwohl es einem geschickteren Autor als ich es bin sicher möglich gewesen wäre. Bevor ich nun die Aufzeichnungen von den Berichten meines Onkels hier anfüge, möchte ich noch einen Aspekt erwähnen, der für mich als Protokollant sehr wesentlich war.

Margaretha, die Tochter des Apothekers, hatte an jenem ersten Abend der Erzählung meines Onkels ebenso gespannt gelauscht wie ich. Und an manchen, leider aber nicht allen weiteren Abenden, an denen diese Erzählung ihre Fortsetzung erhielt, war sie zu meiner unverhohlenen Freude ebenfalls anwesend. Ich schob also - kurz gesagt - die Notwendigkeit immer wieder zu erneuernder Applikationen mit der Heilpaste vor, um einen leicht zu durchschauenden Grund für ihr Kommen vorbringen zu können. Mein Onkel half mir in diesem Unterfangen einerseits mit seiner Autorität und andererseits mit seinem stillschweigenden Verständnis.

Margaretha jedoch schien die häufige Anwesenheit im bischöflichen Palast, die Erzählung meines Onkels, seine und auch meine Gesellschaft nicht als unangenehm empfunden zu haben. Zumindest gewann ich rasch diesen Eindruck. Und ich gebe gerne zu, dass mich diese Einschätzung sehr fröhlich stimmte und zweifellos förderlich für meine Genesung war.

VI

Ich habe dir, *begann mein Onkel mit seiner Erzählung*, von den Wissenschaften erzählt, mit denen ich mich beschäftige. Eine davon habe ich allerdings noch nicht erwähnt. Viele meiner gelehrten Freunde beschäftigen sich mit der Welt der Geister und ihrem Einfluss auf die Welt der festen Dinge, mit dem Lauf der Gestirne und ihrem Einfluss auf das menschliche Schicksal, mit der vornehmen Philosophie der Griechen und ihrer großen Kunst. Gerade dieses Studium lässt uns heute auch verstärkt über unsere eigene Vergangenheit nachdenken und forschen.

Vor etwa zehn Jahren habe ich einem Freund aus Nürnberg, dem berühmten Medicus Schedel, bei einer großen Arbeit, die ihn seit Jahren beschäftigte, nämlich beim Verfassen einer Chronik unserer Welt, mit ein paar bescheidenen Hinweisen geholfen. Seit jener Zeit befasse auch ich mich mit den Geschichten, die uns unsere Vergangenheit erzählen.

Und der unaufhörliche Strom dieser Geschichten und ihre Erforschung sind neben der Juristerei, der Medizin, Alchemie, Kabbala und Astrologie eine weitere bedeutende Disziplin, die unsere Selbsterkenntnis aufs Trefflichste zu unterstützen vermag.

Die Basilisken, so sagt man, seien ursprünglich eine Art Drachen gewesen, Halbdrachen genauer gesagt, in jedem Fall aber Ausgeburten der Hölle, auf widernatürliche Weise entstanden, sehr gefährliche Wesen, todbringend für jeden, der ihnen begegnete.

Ein Blick von ihnen genügte, um zu töten.

Die heilige Hildegard aus Bingen beschrieb dieses Geschöpf als die verdorbene Brut einer trächtigen Kröte, die sich auf ein Schlangen-Ei gesetzt habe. Die jungen Kröten starben, kurz nachdem sie schlüpften, aber aus dem Ei jener Kreatur, die schon Eva im Paradiesgarten zur Sünde verführte, kroch ein Junges, das kaum, als es das Licht der Welt erblickte, erschrocken von der Schönheit und Erhabenheit der Schöpfung, einen feurigen Hauch ausstieß, der alles in seiner Umgebung vernichtete. Dabei tötete es auch jene Kröte, die es an Mutterstatt ins Leben befördert hatte. Jetzt verkroch es sich in eine dunkle Erdspalte, wo es ausharrte, bis es ausgewachsen war. Dann kam es wieder hervor und tötete alles, was seinen Weg kreuzte.

Bei Plinius wiederum gilt der Basilisk als der König der Schlangen, eine Wahrheit, die auch in seinem Namen verborgen ist. *Basileos* ist griechisch und bedeutet König, während *Basiliskos* den kleinen König bezeichnet.

Nach den Berichten anderer Griechen entstand der Basilisk aus dem Blut Medusas, der berühmtesten und gefürchtetsten der Gorgonen.

Und in der Gegend, die sich nicht weit von hier zwischen Sonnenaufgang und Winter befindet, behauptet man, dass auch Hähne einmal in ihrem Leben ein Ei zu legen imstande sind, in ihrem siebten Lebensjahr oder alle sieben Jahre. Wie üblich bei solchen Geschichten sind sich die Chronisten hier auch über Kleinigkeiten uneins. Jedenfalls sollen aus solchen Eiern Basilisken schlüpfen, wenn sie von einer Kröte ausgebrütet wurden.

Heutzutage wird diese Kreatur gerne mit dem Antichristen gleichgesetzt, so wie es Wilhelm Pleydenwurff in den Holzschnitten getan hat, die er dem Schedelschen *liber chronicarum* beigegeben hat.

Doch dies alles sind Geschichten, die nur mittelbar etwas mit jenem Basilisken zu tun haben, dem mit dem steinernen Bild in der Wand dieses Hauses das Denkmal gesetzt wurde, das dich, mein Neffe, so erschreckt hat. Und diese Tatsache beweist nichts anderes, als dass die Herkunft von Basilisken immer noch ein großes Rätsel ist, ihre Existenz aber nicht bezweifelt werden kann.

Ich erzählte dir bereits, dass dieses Relief im Auftrag des heiligen Otto von Bamberg fest in die Mauer der ursprünglichen Bischofsburg eingebaut wurde. Dies geschah, nachdem er die Pommern zum wahren christlichen Glauben bekehrt hatte und dort bestimmte Geschichten zu Ohr bekam, die ihm hier in dieser Stadt dann erneut mit anderen Worten, aber ähnlichen Inhalts berichtet wurden. Gleichzeitig ließ er die Kirche zu Ehren der Jungfrau Maria errichten, die in früheren Jahren durch einen unterirdischen Gang direkt mit diesem Haus verbunden war. Heute steht von seinem Bau nur noch die Marienkapelle auf der anderen Seite des Grabens.

Diese Kirche zu Ehren der heiligen Jungfrau wurde an der gleichen Stelle erbaut, an der sich schon in früherer Zeit eine Marienkapelle befunden hatte. Und auch St. Martin wurde an der gleichen Stelle errichtet, an der auch vorher schon eine ihm geweihte Kirche stand.

Das bischöfliche Schloss, in dem wir uns jetzt befinden, wurde von einem fernen Nachfolger des Pommernapostels, von Bischof Lamprecht von Brunn, völlig neu errichtet. Auch er kannte die Geschichte und die Bedeutung des Basilisken. Deshalb befahl er, das Relief in den neuen Bau wieder an seinen angestammten Platz gegenüber der Kapelle einzubauen. Hier im unmittelbaren Blickfeld der heiligen Jungfrau war die böse Kraft, die in diesem Bildnis eingeschlossen wurde, vollständig gebannt.

Nun - fast vollständig, denn als du hierher gebracht wurdest, muss etwas von der höllischen Macht dieser Kreatur für einen Augenblick wiedererwacht sein. Doch ich bin davon überzeugt, dass es nur Gottes Wille gewesen sein kann, der diesem furchterregenden Geschöpf für diesen Moment einen Teil seiner Macht zurückgegeben hat. Was aber dieser göttliche Wink bedeuten mag, darauf ist mir noch keine Antwort eingefallen.

Die Ursprünge des Geschehens, auf die sich das steinerne Bild bezieht, das der heilige Otto zum Gedenken an eine für die *Francia Orientalis* böse Zeit einmauern ließ, reichen von seiner Amtszeit, Anno 1102 bis 1139, noch einmal gut zweihundert Jahre in die Vergangenheit zurück, in die Tage der wenig glücklichen Nachfolger des großen Frankenkaisers Karl. In jene Zeit, da sein Erbe zerfällt und der Reichtum seiner Herrschaft den Ahnen wie Sand durch die Finger rinnt. In jene Zeit, da das fränkische Reich von allen Seiten bedroht wurde und den größten Gefahren ausgesetzt war. Und bis in die Tage des Lamprecht von Brunn war die Erinnerung an das, was ich erzählen will, bei vielen Menschen noch sehr lebendig.

Der Basilisk, der den Nachfolgern Karls begegnete und die Menschen dieser Zeit in Furcht und Schrecken versetzte, hatte sich sorgfältig getarnt. Er war in die Gestalt eines Mannes geschlüpft, weshalb es ihm über Jahre und Jahrzehnte hinweg gelang, seine Feinde zu täuschen. Aber wie jeder Dämon war auch dieser viel zu eitel, um sich in seiner Tarnung wirklich wohl zu fühlen. Dämonen, Auswürfe der Hölle, sind davon überzeugt, dem schwächlichen Menschen weit überlegen zu sein. Und diese Überlegenheit müssen sie zeigen, selbst wenn ihnen aufgetragen wurde, sich sorgfältig zu verbergen. Deshalb ist das Schicksal der Unsichtbarkeit die schlimmste Strafe für solche Kreaturen.

Einer der letzten Nachfahren Karls des Großen, genannt der Adlerwolf oder Arnolf, wie wir heute sagen, hatte die größte Not und Plage mit jenem Basilisken, was vielleicht erklärt, warum dieses Sinnbild ausgerechnet hier in Forchheim gemeißelt und in die Wand dieses Palastes eingemauert wurde.

Denn bei ihm zeigte sich der Basilisk in seiner tückischsten Form - als Freund.

Der spätere Kaiser Arnolf hielt sich viele Male in dieser zu seiner Zeit bedeutenden Pfalz auf. Er versammelte hier die weltlichen und kirchlichen Fürsten zu wichtigen Beratungen, unterzeichnete an diesem Ort viele Urkunden, plante hier entscheidende Feldzüge, empfing zahllose Abgesandte und sah hier unmittelbar vor den Toren der Stadt erstmals einen seiner mächtigsten Feinde, der ihm später wiederum genau hier seinen härtesten Schlag versetzte, ohne dass der Kaiser jemals genaue Kenntnis darüber erlangen konnte, mit welch bösen Mitteln es dem Basilisken gelang, ihm zu schaden.

Die ärgsten Feinde sind diejenigen, die man nicht oder zu spät als solche erkennt; es sind diejenigen, denen es gelingt, dein Vertrauen zu erlangen.

Bevor dieser böse Angriff auf den Kaiser selbst stattfand, schien sich Arnolf sehr gerne in dieser Stadt aufgehalten zu haben, obwohl er noblere Unterkünfte und besser ausgebaute Pfalzen etwa in Regensburg oder in Frankfurt oder in Moosburg, seiner Kärntner Heimat besaß.

Doch die Geschichte, die ich hier erzählen will, begann schon einige Jahre, bevor Arnolf in sie verwickelt wurde. Sie begann viele Meilen vom Ostfränkischen Reich entfernt vor den Toren von Paris.

Damals herrschte noch jener Kaiser Karl, dem schon zu Lebzeiten der wenig schmeichelhafte Beiname ‚der Dicke' verliehen wurde.

Dessen Vater Ludwig, der übrigens auch einige mal in Forchheim weilte, war ein Enkel Karls des Großen. Dem nach ihm benannten Urenkel, Karl III., gelang es immerhin, die größten Teile des ost- wie des westfränkischen Reiches unter seine Herrschaft zu bringen. Er gebot damit über ein Gebiet, das wieder fast auf die Größe des alten Reiches angewachsen war. Doch wie immer, wenn man den Gipfel erklommen hat, beginnt der Abstieg. Manchmal gönnt einem das Schicksal einen sanften Niedergang in ein schönes Tal. Nicht selten jedoch ist der Abstieg gefährlich, man gerät ins Straucheln und fällt.

Seit Jahren wurden Land und Menschen von räuberischen Horden aus dem Norden heimgesucht. Bisher hatte man sich der Gefahr mehr schlecht als recht erwehrt. Meistens kaufte man sich los, zahlte den Angreifern Gold, Vieh und Sklaven, auf dass sie die Dörfer und Städte verschonten. Eine fatale Strategie, denn sie lud zu neuen Überfällen ein und so berichteten Anno 885 seit Monaten atemlose Flüchtlinge, die sich stromaufwärts die Seine bis nach Paris durchgeschlagen hatten, von den erbarmungslosen Überfällen, den Morden und Plünderungen einer gewaltigen Heerschar der Normannen, die mit den ersten Frühlingsstrahlen wieder in der Mündung der Seine aufgetaucht waren.

Paris, eine aufstrebende Stadt und ein wichtiges Handelszentrum, erwartete die Ankunft der Feinde und rüstete sich entsprechend. Die Normannen aber ließen sich Zeit. Die Gebiete, in die sie einfielen, waren groß, boten wenig Widerstand und umso reichere Beute. Als sie dann aber schließlich kamen, war - obwohl man sie erwartet hatte - die Überraschung groß und der Schrecken gewaltig.

Abbo erzählt, dass die Seine über mehr als zwei Meilen Länge voller Schiffe war, zahllose kleine Pirogen, jeweils aus einem einzigen, mächtigen Eichenstamm gehauen, und zusätzlich rund 700 große Schiffe mit Segeln und Ruderern. Insgesamt griff ein Heer von mehr als 20.000 Mann, unterstützt von einer fast ebenso großen Nachhut aus Frauen, Kindern und Sklaven, die Stadt an.

Paris war nur auf seiner Insel eine befestigte Stadt. Besonders die beiden Brücken, die sie mit dem festen Land verbanden, wurden durch Türme geschützt. Die an beiden Ufern gelegenen Vorstädte mussten aufgegeben werden. Der gewaltigen Schar der Angreifer stand ein verlorenes, kleines Häuflein von Verteidigern unter der Führung von Bischof Gauzlin und Odo, Graf von Paris und Sohn Roberts des Tapferen, gegenüber.

Sigifrid, der Seekönig der Normannen, bot dem Bischof an, die Stadt zu schonen, wenn man ihm im Gegenzug das Hinterland zur Plünderung überließe, aber auf solch einen schändlichen Handel wollte sich Gauzlin nicht einlassen.

"Dann", lachte Sigifrid zum Abschluss der Unterredung, für deren Verlauf Waffenstillstand vereinbart worden war, "dann bekomme ich eben beides! Die Stadt und das Land."

Mit einer herrischen Geste befahl er seinen Ruderern das Schiff zu wenden und abzudrehen. Und ohne ein weiteres Wort ließ sich auch der Bischof von seinem Geleitschutz über die Brücke in die Stadt zurückbringen.

Früh am nächsten Morgen begann die erste Angriffswelle. Pfeile und Wurfgeschosse gingen über der Stadt nieder, aber die Franken brachten ihrerseits große Katapulte in Stellung und schleuderten Felsbrocken mitten in die Reihen der Angreifer, die sich auf ihren bisherigen Raubzügen mit vielen Pferden versorgt hatten. Diese Reiter stürmten in schnellem Galopp gegen die Mauern, um Pfeile auf die Besatzer abzuschießen. Sie wurden aber mit brennendem Öl empfangen, das auf sie herabgeschüttet wurde. Dabei wurden die langen blonden Mähnen den Dänen zum Verhängnis. Mit brennenden Haaren preschten sie zurück ans Ufer, um sie schreiend im Fluss zu löschen. Ein Anblick, der sogar ihre eigenen Weiber zu Spott und Hohngelächter anstiftete.

Nachdem er zwei Tage erfolglos versucht hatte, die Stadt zu stürmen, beschloss Sigifrid, sich auf eine längere Belagerung einzulassen. Er ließ Befestigungen ausheben, in denen seine Leute untergebracht wurden. Vor allem aber schickte er bewaffnete Truppen aus, die das Hinterland bis nach Reims plünderten.

Erzbischof Fulko von Reims schickte klagende Briefe nach Italien, wo sich Kaiser Karl aufhielt, und flehte um Unterstützung. Hilfe erhielt er jedoch nicht vom Kaiser, sondern direkt vor Ort, von der eigenen Bevölkerung, indem sie die Befestigungen ausbauten, was die Angreifer davon abhielt, die Stadt zu stürmen. Die Normannen wollten sich nicht verzetteln, schließlich verloren sie ihr erstes Ziel, die Eroberung von Paris, nicht aus den Augen.

Fast jeden Tag fanden jetzt kleinere Scharmützel vor den Mauern von Paris statt, die nur einem Zweck dienten, nämlich den Eingeschlossenen ihre verzweifelte Lage vor Augen zu führen. Während die Dänen in ihren Lagern gut versorgt waren, wurden in der Stadt die Lebensmittel knapp. Und auch Entsatz von außerhalb, den Karls Stellvertreter Graf Heinrich gegen die Normannen lenkte, konnte nur für vorübergehende Erleichterung sorgen. Denn die Truppen Heinrichs waren zahlenmäßig weit unterlegen, obwohl es ihnen gelang, den Plünderern einige Viehherden und Pferde aus einem ihrer Lager zu entführen und in die belagerte Stadt zu bringen. Doch nach einigen Monaten musste Heinrich mit seinem ostfränkischen Heer unverrichteter Dinge wieder abziehen, da ein Teil seiner Männer zu meutern begann.

Während der nervenaufreibenden Scharmützel vor den Mauern von Paris hatte sich nämlich in den Reihen der Feinde einer ihrer Kämpfer einen überaus furchterregenden Ruf erworben. Das erste Mal trat dieser Mann in Erscheinung, als sich zwei kleine, nahezu gleich starke Gruppen plötzlich am Strand des Flusses gegenüberstanden. Sie waren sich überraschend begegnet und sollten wohl beide nur das Gelände erkunden. Beide Seiten warteten nun auf den Befehl des jeweiligen Hauptmanns zum Angriff. Jeder musterte die Gesichter und die Bewaffnung des jeweiligen Gegners.

Da trat aus der zweiten Reihe der Normannen plötzlich ein Mann nach vorne und stieß sein blankgezogenes Schwert in den Boden. Dann breitete er beide Hände und Arme aus, als wolle er seine Gegner umarmen oder zumindest freundlich begrüßen. Doch diese waren, kaum dass sie seiner ansichtig wurden, enger zusammengerückt. Fast um Hauptesländge überragte er die übrigen Krieger seiner Truppe und auch die Verteidiger. Anstelle der üblichen langen blonden Haare der Dänen war sein Kopf rasiert bis auf ein langes Büschel Haare am Hinterkopf, das zu einem Zopf geflochten war. Auf den Knauf seines Schwertes hatte er nämlich auch seinen Helm gesteckt. Sein kunstvoll geflochtener Zopf bestand aus einer schwarzen, einer roten und einer weißen Strähne. Von der weißen Haut seines Gesichts waren nur noch schmale Flecken und Streifen zu sehen, der Rest war unter dunklen Linien, Flächen und bizarren Mustern verborgen, die er sich - wie seine Gegner zuerst vermuteten - ins Gesicht gemalt hatte. Erst später stellte sich heraus, dass es sich um keine Bemalungen, sondern um Tätowierungen handelte. Doch viele, denen er begegnete, sollten derartige Details niemals erfahren. Es war völlig gleichgültig, dass er auf den ersten Blick zu erkennen gab, kein Normanne zu sein. Entscheidend war, dass er auf ihrer Seite kämpfte. Woher diese so furchtbar anzusehende Gestalt ursprünglich kam, wusste niemand, selbst seine Herren, die Seekönige der Normannen, nicht. Seine Herkunft sollte viele Jahre ein düsteres Geheimnis bleiben.

"Ich könnte", rief dieser unheimliche Unbekannte, nachdem er die waffenlosen Arme ausgebreitet hatte, "euch alle töten. Einen nach dem anderen oder euch alle auf einmal! Doch ich will euch eine Chance geben. Euch allen bis auf einen. Dieser eine muss mit mir kämpfen und ich sage euch jetzt schon, dass er sterben wird. Aber er bekommt die Chance zum Kampf, um euch zu retten. Deshalb soll es sein, dass der Sieger des Zweikampfes auch der Sieger unserer kleinen Schlacht ist. Gewinne ich, lasse ich euch leben und nehme euch lediglich gefangen, damit ihr zukünftig den Weibern meiner Freunde beim Kochen, Nähen und Waschen helft. Verliere ich, ergeben sich meine Männer und ihr könnt sie als Sklaven verkaufen ..."

Während dieser Worte ließ er seine grauen Augen über die kleine Schar gegnerischer Krieger gleiten und jeder, den dieser durchdringende Blick traf, zuckte unwillkürlich zusammen.

Flotard, der Anführer der Pariser Kämpferschar, trat vor, um den Bedingungen zuzustimmen und den Zweikampf auszufechten.

Doch er kam nicht mehr dazu.

Denn im gleichen Augenblick zischte ein Wurfmesser dicht an seinem Kopf vorbei, das einer seiner hinter ihm stehenden Männer gegen den Herausforderer geschleudert hatte. Noch bevor die Normannen ihre Schwerter blankziehen konnten, schnellte die Faust des kahlköpfigen Kriegers hoch und alle, Freund wie Feind, hielten in ihrer Bewegung inne und blickten gespannt zu ihm. Dann öffnete er langsam die Faust. Das auf ihn geschleuderte Messer rollte aus der Handfläche und fiel zu Boden. Ohne dass irgendjemand es hatte sehen können, hatte er die Waffe im Flug aufgefangen.

Er trat auf die Gruppe seiner Gegner zu, schob Flotard, ohne ihn näher zu beachten zur Seite und griff mitten in die Männer herein. Dann zog er einen von ihnen nach vorn.

"Du hast das Messer geworfen?!"

Es war mehr eine Feststellung als eine Frage. Der Angesprochene, noch ein Jüngling, nickte stumm.

"Guibert!" rief Flotard. Doch der unbekannte, so abstoßend wirkende Gegner hieß ihn mit einer herrischen Handbewegung zu schweigen.

"Gut", sagte er zu dem Jungen, "du hast dich empfohlen. Also darfst du für deine Leute kämpfen!"

"Nein", schrie Flotard jetzt, "ich kämpfe! Nicht er, er ist mein Sohn."

“Deine Brut”, lachte der Tätowierte, “das kümmert mich nicht. Sieh zu, wie er stirbt, danach erlaube ich dir vielleicht auch noch gegen mich anzutreten.”

Mit diesen Worten schleifte er den Jungen in die Mitte zwischen den beiden Gruppen. Dorthin, wo er sein Schwert in den Boden gepflanzt hatte.

“Nun, was ist los? Greif an!”, flüsterte er zu Guibert, der ihm regungslos nur eine halbe Armlänge entfernt gegenüberstand. Sein Flüstern klang wie ein Zischen, dennoch verstanden alle ringsherum, was er gesagt hatte. Noch immer rührte sich der Junge nicht. Wie erstarrt stand er da und blickte in das grauenhaft verzierte Gesicht seines Feindes.

Dieser streckte in einer fast freundschaftlich anmutenden Geste die Hand nach ihm aus, bückte sich ein wenig und umfasste dabei Guiberts Hinterkopf.

Noch in der gleichen Bewegung riss er den Jungen mit einem plötzlichen, brutalen Ruck zu Boden. Dabei hielt er nach wie vor dessen Kopf fest gepackt, den er, kaum zu Boden gedrückt, wieder hochriss.

Es geschah erneut alles so schnell, dass kaum jemand mitbekam, wie der unbekannte Krieger das Wurfmesser, das vor ihm auf dem Boden lag, ergreifen konnte. Erst als er den Jungen wieder hochriss, sah man, dass er Guibert das Messer bis zum Heft durch das linke Auge in den Kopf gestoßen hatte. Nur eine dünne Blutspur rann über die bleichen Wangen des Jungen, der jetzt tot zusammenbrach.

Flotard versuchte zu schreien, er öffnete weit seinen Mund, aber kein Laut brach aus seiner Kehle hervor. Stattdessen atmete er würgend und schien die Streitaxt kaum zu bemerken, mit der ihm einer der nun wie auf ein lautloses Kommando entfesselt losstürmenden Normannen den Schädel spaltete. Keiner schien sich mehr an die Worte zu erinnern, das Leben der Feinde zu schonen.

Nur einer der Krieger aus der Stadt überlebte das Gemetzel und schleppte sich schwerverletzt hinter die Mauern zurück.

Er lebte gerade noch lange genug, um den entsetzt lauschenden Belagerten das Geschehen in allen furchtbaren Einzelheiten schildern zu können.

Vorfälle wie dieser wiederholten sich.

Bei einem von ihnen kam der ostfränkische Graf Heinrich ums Leben, der zum zweiten Mal mit einem viel zu kleinen Entsatzheer angerückt kam, um den Menschen im belagerten Paris zu helfen. Diesmal war er auf Befehl Kaiser Karls III. gekommen, der endlich aus Italien zurückgekehrt war, aber unschlüssig, was zu tun sei, sich in Metz und in seiner Pfalz Quierzy beriet.

Alle diese Ereignisse wiesen eine bestimmte Gemeinsamkeit auf. Keinem der Gegner des schrecklich anzusehenden, unbekannten Kriegers gelang eine ernstzunehmende Gegenwehr, geschweige denn, dass einer von ihnen seinen Klauen entkommen konnte und überlebte. Zeugen, die sich von den einseitigen Kämpfen fernhielten und sie nur stumm und voller Entsetzen beobachteten, gab es jedoch immer mehr.

Da sich diese Männer aber ihrer Feigheit schämten, verbreiteten sich die Neuigkeiten über den Unbekannten nur als raunende Gerüchte, flüsternd weitererzählt und vermehrten so den Schrecken, den der fremde Krieger auslöste, wie den giftigen Hauch des schwarzen Todes.

Da niemand den Namen des furchtbaren Mannes kannte, erhielt er schon bald von seinen Feinden viele Namen, die das Grauen darstellen sollten, das er auslöste. Einer davon setzte sich schließlich durch. Oft wurde er von einer kleinen Schar ihm treu ergebener Krieger begleitet, die ihm bedingungslos gehorchten und die er beherrschte wie ein kleiner König. Aus diesem Grund nannte man ihn schon bald den Basilisken. Denn die traurigen Ereignisse vor Paris waren nur der Anfang gewesen.

Während also der, Basilisk genannte, unbekannte Krieger vor den Toren von Paris Eingang in die Erzählungen der einfachen Leute fand, nahmen die wirklich Großen noch keinerlei Notiz von ihm. Kaiser Karl gelang es schließlich unter dem Eindruck des Todes seines treuen Grafen Heinrich ein großes Heer zusammenzustellen und gegen die Belagerer von Paris zu führen. Doch es kam zu keiner Schlacht. Karl suchte stattdessen sein Heil in Verhandlungen.

700 Pfund Silber zahlte er als Lösegeld für den Abzug der Normannen, die daraufhin die Belagerung von Paris aufgaben. Gleichzeitig dachte er besonders gerissen, die Feinde für eine Bestrafungsaktion einzusetzen. Die Herren von Burgund, das bislang von den Überfällen der Dänen verschont geblieben war, hatten Karl für seinen Zug gegen die Belagerer von Paris die Gefolgschaft verweigert. Und diese Belagerer hatten zwar in den Verhandlungen ein stattliches Lösegeld ertrotzt, aber dafür nur die Freigabe von Paris zugesichert, nicht aber den Rückzug der Truppen aus dem fränkischen Reich. So überließ Karl diesen Horden das Land als Winterquartier und lenkte ihre Schritte noch tiefer ins Land hinein nach Burgund, das er ihnen damit zur Plünderung überließ. Mit diesen Ereignissen verliert sich die Spur des Basilisken vorerst wieder.

VII

Das nächste Mal hörte man an ganz anderem Ort von dieser Gestalt und zwar jenseits der Alpen. Doch diesmal waren die Berichte und Erzählungen ungleich ungenauer, viel weniger präzise, so dass man sie auch getrost dem Reich der Erfindungen zuschreiben kann. Die meisten Zeitzeugen hielten sie für ein reines Produkt der Erfindung und nur Bischof Polonus schildert die Ereignisse in den *Chronicae Martinianae* ohne die Einzelheiten zu werten. Was den Schriftkundigen jener Zeit wohl am meisten an diesen Geschehnissen in Italien missfiel, war die Tatsache, dass das, was diesem Krieger zugeschrieben wurde, im Ergebnis keine böse Tat war, sondern ein im Kern ungeheuerliches Ereignis zum Guten wendete. Man tat sich schwer, einem unchristlichen und so furchtbaren Gegner, der eine Spur aus Blut und Heimtücke hinter sich herzog, Ereignisse zuzuschreiben, die ihn in besserem Licht erscheinen ließen.

Zu den engsten Beratern Kaiser Karls gehörte sein Erzkaplan und Erzkanzler Luitward, eine schillernde Gestalt ganz nach dem Geschmack dieser Geschichte. Stets auf den eigenen Vorteil bedacht, von großer Intelligenz, aber ein wankelmütiger Charakter, gelegentlich entschlusslos, womit er wahrscheinlich sogar die Sympathie seines Herrschers gewann. Dabei war Luitward ein Mann aus kleinen Verhältnissen, der sich mit Fleiß und einer großen Beharrlichkeit, was sein

Fortkommen anbelangte, nach ganz oben gearbeitet hatte. Ein zutiefst widersprüchlicher Mensch also, der sich in seiner Heimat, der Stadt Vercelli in Italien, zu einer - sagen wir - ungewöhnlichen Tat hinreißen ließ.

Einer seiner Neffen hatte sich in eine Nonne verliebt, die in ein Kloster in Brescia eingetreten war. Doch wie es sich für eine fromme Schwester gehört, die ihr Gelübde abgelegt hatte, wollte sie nichts von dem Manne wissen und hätte auch dann nichts mit ihm anfangen wollen, wenn nicht bereits der Schleier zwischen ihnen gewesen wäre. Luitward befahl also einigen Burschen, die Nonne aus dem Kloster zu entführen und zu ihm zu bringen. Ein paar Tage später brachte man die Schwester, der man die Augen verbunden hatte, gefesselt und geknebelt in seinen Palast, wo er sie in seine Hauskapelle führen ließ. Dort - nur dass man ihr das Tuch von den Augen genommen hatte, sie aber ansonsten gefesselt und geknebelt ließ - vermählte er sie in einem schändlichen Akt mit seinem Neffen.

In der Hochzeitsnacht befreite der von unverdientem Glück beseelte Gatte seine Frau von den Stricken, worauf sich diese von ihm losriss und in ihrer Verzweiflung aus dem Fenster stürzen wollte. Doch kaum hatte sie sich über die Brüstung geschwungen und wollte sich in die Tiefe fallen lassen, hielt sie inne. Denn unten auf dem nur vom Mond beschienen Platz vor dem Palast stand ein einzelner Mann in einer dunklen Kutte und hob wie beschwörend seine Hand. In diesem Augenblick war der erzürnte Gatte bereits am Fenster und zog seine ihm widerrechtlich Angetraute zurück ins Schlafgemach. Dabei bemerkte er weder den Fremden in der Kutte, noch wie dieser an den Weinranken, die an dem Gebäude wuchsen, in die Höhe kletterte und schließlich mit kühnem Schwung ins Zimmer sprang.

Der Fremde in der Kutte streifte die Kapuze in jenem Moment vom Kopf, als sich der Neffe Luitwards aufgeschreckt von den Geräuschen des Eindringlings umdrehte. Er blickte in ein hässliches, verunstaltetes Gesicht, das in einen kahl rasierten Schädel überging, an dessen Hinterkopf ein rot-weiß-schwarzer Zopf mit jeder Bewegung dieses unheimlichen Mannes hin und her schwang.

Die ihrem Kloster entrissene Schwester war nicht minder erschrocken und sah nur noch, wie der Fremde auf den ungeliebten Mann zuging und dabei seine Hand weit von sich streckte. Luitwards Neffe war, kaum des Fremden ansichtig geworden, wie erstarrt stehen geblieben. Da war diese Gestalt, der bereits vor Paris der Name Basilisk verliehen worden war, auch schon bei ihm. Sie starrten sich schweigend an und dann berührte der Fremde mit der offenen Handfläche die linke Brust des Bräutigams. Augenblicklich entrang sich ein tiefer, gequälter Seufzer der Kehle des Neffen. Er sackte auf die Knie und warf dabei seinen Kopf in den Nacken. Unverwandt suchte der Blick des Neffen die unheimlichen grauen Augen des Unbekannten, wobei er nach Luft rang wie ein Fisch, der an Land geworfen wurde. Dann brach er wie vom Schlag getroffen zusammen und kippte erstarrt zur Seite. Er starb, noch bevor er auf dem Boden aufschlug.

In einem fast identischen Bewegungsablauf brach auch die entführte Nonne zusammen und sank bewusstlos nieder. Doch bevor sie den Boden berührte, wurde sie von dem Fremden aufgefangen. Er schulterte die junge Frau, als wäre sie so leicht wie eine Hand voll Federn. Dann schwang er sich mit der ohnmächtigen Nonne aus dem Fenster und verließ das Gebäude so, wie er hereingekommen war.

Wenig später ertönte ein lautes Pochen an der Klosterkapelle, in der sich die Mitschwestern der Nonne versammelt hatten, um für die aus ihrer Mitte Entführte zu beten. Als die Oberin öffnete, fanden sie ihre Schwester gerade wieder aus der Bewusstlosigkeit erwachend auf der Schwelle liegen.

Diese Geschichte sollte noch ein Nachspiel haben, das Luitward ebenso zu schaffen machen sollte wie seinem Herrn Kaiser Karl III. Vorerst jedoch sann jemand auf Rache, dem dieser Vorfall schon bald zu Ohren gekommen war. Die entführte Nonne war nämlich keine andere als die Tochter des früh verstorbenen Grafen Unruoch. Dessen jüngerer Bruder Berengar, Herzog von Friaul, war nicht nur ein Vetter des Kaisers, sondern zählte zu dessen wichtigsten Gefolgsleuten in Italien. Kurz, er war eine bedeutende Stütze der kaiserlichen Macht in Italien. Herzog Berengar wollte das Geschehene nicht auf sich beruhen lassen, auch wenn - wie es schien - eine höhere Macht Schlimmeres verhindert hatte. Er fiel mit seinen Männern in Vercelli ein und hielt sich an den Gütern Luitwards schadlos, die er gründlich plünderte.

Auf diesem Weg und mit gut einjähriger Verspätung kam die Geschichte der von Luitward veranlassten Entführung und der unheimlichen Rolle, die jener als Mönch verkleidete Krieger in diesem Zusammenhang spielte, auch an den Hof des Kaisers. Karl hielt sich zu dieser Zeit in Kirchen am Oberrhein auf, also in Schwaben, seinem angestammten Sitz.

Schon lange war die Gunst, die der Kanzler beim Kaiser genoss, anderen am Hofe ein Dorn im Auge. Luitward hatte immer dafür gesorgt, dass er für seine Dienste angemessene Pfründe erhielt. So geriet der Erzkaplan auf Grund seines sich mehrenden Reichtums bald in den Ruf unersättlicher Habgier.

Um seinen Verwandten, die wie er einfachen Verhältnissen entstammten, zu einträglichen Partien zu verhelfen, ließ er wohl nicht nur in Italien Töchter vornehmer Familien entführen. Man munkelte außerdem, er sei ein Ketzer, der die Göttlichkeit Christi leugne. Vor allem aber gab sein angeblich mehr als nur vertrautes Verhältnis zu Richarda, der Gattin des Kaisers, Anlass zu allerlei lästerlichem Gerede.

Den Feinden Luitwards kam also die Entführung der Tochter des verstorbenen Grafen Unruoch sehr gelegen. Karl, der jahrelang von den bösen Stimmen gegen seinen Berater nichts hören wollte, konnte nicht länger seine Ohren verschließen. Wahrscheinlich gaben dann die Gerüchte, in denen Richarda und dem Erzkanzler ein Verhältnis unterstellt wurde, den Ausschlag. Obwohl sie nicht den Tatsachen entsprachen. In einer jähen Gefühlsaufwallung jagte der Kaiser seinen Berater vom Hof, entzog ihm viele Pfründe und Ämter. Der plötzliche und wahrscheinlich wenig überlegte Schritt mag ihn schon bald gereut haben, doch zurücknehmen konnte er ihn nicht mehr. Jedenfalls veranlasste er damit seine Gemahlin, die schon seit längerem ihre eigenen Wege ging und sich von ihm zurückgezogen hatte, sich endgültig von ihm und dem Thron loszusagen. Um die Nichtigkeit der üblen Nachrede zu unterstreichen, wurde sie Äbtissin des Klosters Andlau.

Während all dieser Ereignisse litten weite Landstriche des westfränkischen Reiches weiter unter den Übergriffen der Normannen.

Luitward jedenfalls wollte die Schande seines Rauswurfs nicht auf sich sitzen lassen. Schon wenig später tauchte er in Kärnten auf, wo er sich an den Hof Herzog Arnolfs begab, der auch ein Neffe des Kaisers war. Während Luitward Zeit seines Lebens damit kämpfte, den vermeintlichen Makel seiner niedrigen Herkunft zu überwinden, hatte Arnolf mit seiner eigenen - in den Augen vieler Zeitgenossen - zweifelhaften Herkunft deutlich weniger Probleme. Er war der uneheliche Sohn König Karlmanns, der wie dessen Bruder Kaiser Karl III. ein Urenkel Karls des Großen war.

Arnolf wusste genau, wer ihn besuchte, aber er hielt seine Meinung umso mehr zurück, je deutlicher Luitward mit der seinen wurde. Der ehemalige Kanzler war sich jedoch sicher, in Arnolf den richtigen Partner für seine Pläne zu finden. Denn bisher hatte es das Glück mit dem Adlerwolf nicht gut gemeint. Alle seine bisherigen Bemühungen, die engen Grenzen des ihm zugewiesenen Gebietes zu erweitern, waren gescheitert. Seine Halbbrüder hatten sich geschickt abgesichert. Und auch die Chance, gegen die Normannen ziehen zu können, zerschlug sich angesichts der Schacherei, auf die sich sein Onkel Kaiser Karl III. eingelassen hatte.

Luitward mag in der Zeit der Erhebung gegen den Kaiser, da er dessen Schwächen sehr gut kannte, ein wichtiger Berater gewesen sein. Wichtiger als er aber war Hildegard, die Tochter Ludwigs von Ostfranken, die in Bayern wie in Franken begütert war und zudem mütterlicherseits in Sachsen zum Hause der Luidolfinger gute Beziehungen pflegte. Ihrem Einfluss war es verdanken, dass sich viele Fürsten, Häuser und Stämme dem jungen Emporkömmling anschlossen, als er mit einem gut ausgerüsteten und starken Heer zum Reichstag nach Tribur aufbrach, mit dem erklärten Ziel, Kaiser Karl III. vom Thron zu stoßen.

Je näher Arnolf und das Heer heranrückten, desto mehr geistliche und vor allem weltliche Fürsten liefen zu ihm über. Die Großen verließen wie Ratten das sinkende Schiff des schwachen Kaisers und beeilten sich, Arnolf ihre Ergebenheit zu bekunden. Sie alle fürchteten um ihre Lehen und ihre Besitztümer, die ihnen nur durch den Mächtigsten garantiert werden konnten. Karl, der seit langem unter einer hartnäckigen Fallsucht litt, gab schließlich kampflos auf. Als Anerkennung des neuen Herrschers schickte der entthronte Kaiser den Nachfolger Luitwards, den Erzkanzler Liutbert mit der Reliquie vom heiligen Kreuz zu seinem Neffen. Auf diese Reliquie hatte Arnolf vor vielen Jahren dem Kaiser die Treue geschworen.

Arnolf konnte seine Tränen beim Anblick dieser Reliquie nicht unterdrücken. Dabei bat Karl lediglich um menschliche Behandlung für sich und seinen Sohn Bernhard und darum, sich auf seinen Besitz in Schwaben zurückziehen und dort sein Leben in Frieden beschließen zu können.

Nach seinem gewaltfreien Putsch errang Arnolf von Kärnten in Frankfurt am Main die Königswürde und kam kurz danach das erste mal nach Forchheim. Luitward aber erwarb unter Arnolf keine weiteren Würden mehr, sondern musste sich nach Italien in sein Bistum Vercelli zurückziehen.

VIII

Bereits zu jener Zeit, als die Frucht aus der Verbindung König Karlmanns mit seiner Sklavin Luitswinda, ihr Sohn Arnolf, zu einem erfahrenen und entschlossenen Herrscher herangewachsen war, nahm der künftige Kaiser die Dienste einer einflussreichen Familie in Anspruch, deren Stammgebiet bei Würzburg im Maintal lag, deren Interessen aber weit den Main hinauf reichten und darüber hinaus auch nach Süden.

Es war hier in Forchheim, während Arnolfs zweitem Besuch als König in dieser Pfalz, dass ganz bestimmte Helden unserer Geschichte das erste Mal die Bühne betreten und sich begegnen. Der Sommer hatte gerade begonnen, es war ein schöner, heißer und sonniger Tag, die letzten Nachzügler aus dem Gefolge des Königs waren endlich eingetroffen. Die Flotte ihrer Schiffe lag wohlvertäut in einem kleinen Seitenarm des Flusses. Arnolf, der schon tags zuvor zusammen mit etwa fünfzig Rittern und Bediensteten angekommen war, hatte sich gleich nach der Morgenandacht auf die Jagd begeben. Er wusste, dass es noch einige Tage dauern würde, bis alle Grafen, Fürsten und kirchlichen Würdenträger hier eingetroffen wären, deren Anwesenheit er wünschte. Neben den zahlreichen Besuchern, die bereits vor Ort waren, wurden mindestens noch einmal so viele Bittsteller erwartet und ebenso viele, die Klage führten. Bis weit in die umliegenden Hufen und Dörfer hinein hatten die Menschen Quartier bezogen und nicht wenige schliefen in mitgeführten Zelten oder auf ihren Wagen, ihren Schiffen und die mutigsten von ihnen direkt unter freiem Himmel.

Der freie Himmel reizte auch Arnolf, als er von der Jagd zurückkam. Er beschloss ein Bad zu nehmen und befahl, den großen Zuber direkt unter die mächtige Linde zu stellen, die als großer, einzeln stehender Baum in der Mitte der Wiese vor dem königlichen Wohnhaus der Pfalz wohltuenden Schatten spendete. Rasch wurde ein Feuer entfacht und eine Schar von Dienerinnen brachte Ledereimer um Ledereimer mit Wasser heran, das in großen Kesseln erhitzt wurde. Schließlich war es soweit, Ruwald, der Vogt der Pfalz eilte herbei, um die Temperatur des Wassers zu prüfen. Er nickte, worauf auch Arnolf seine Hand ins warme Nass steckte.

Die Tür des Hauses öffnete sich. Lächelnd trat eine Frau in einem langen, mit kostbaren Bordüren verzierten Kleid ins Sonnenlicht. Ein kunstvoll geflochtener Reif bändigte ihr langes, dunkel-gelocktes Haar. Eine einzelne, goldschimmernde Spange schloss ihr Kleid über der Brust, während es über den Hüften von einem Gürtel mit zwei goldenen Knöpfen zusammengehalten wurde. Sie war ohne Zweifel immer noch eine schöne Frau.

“Dies wird dein Bad beleben!”, rief sie mit heller Stimme und schwenkte einen Korb.

“Was bringst du mir?”, fragte Arnolf, der gerade seinen Jagdrock abstreifte und in den Zuber stieg.

“Rosenblätter, Minze und einige andere belebende Kräuter”, antwortete sie und schüttete die Blätter aus dem Korb über den badenden König.

Arnolf lachte und schlug mit der flachen Hand aufs Wasser. Die Frau versuchte auszuweichen, doch mit der anderen Hand hielt Arnolf sie am Handgelenk fest. Dann zog er sie zu sich heran und küsste sie vor allen Leuten. Jeder wusste von dem Verhältnis zwischen dem König und Ellinrata, schließlich hatte sie ihm schon zwei Söhne und eine Tochter geboren. Verheiratet war er zu dieser Zeit jedoch bereits seit einem Jahr mit Ota, einer Fürstentochter von der Lahn. Der ältere der beiden illegitimen Söhne, Zwentibald, war bereits ein junger Mann.

Während Ratolf, der jüngere, in Regensburg zurückgeblieben war, hatte Zwentibald seine Eltern nach Forchheim begleitet.

In der großen Gruppe von Gefolgsleuten - Erzkaplan, Kanzler und Notare, Siegelbewahrer und Leibarzt, Truchsess und Mundschenk samt ihrer Familien, soweit es sich um Personen weltlichen Standes handelte, sowie all ihrer Diener - befand sich auch ein gewisser Eoprecht, ein begabter Steinmetz, der auf Grund seiner Kunstfertigkeit von Arnolf das Amt des königlichen Baumeisters erhalten hatte.

Aus einer vornehmen Familie aus Würzburg begleiteten zwei Brüder den königlichen Hof auf seinen Reisen. Sie waren beide sehr jung, lagen altersmäßig kaum ein Jahr auseinander und waren von sehr unterschiedlichem Temperament. Der jüngere war eine ruhige und nachdenkliche Persönlichkeit, die sich ohne zu Murren dem väterlichen Wunsch gebeugt hatte, in kirchliche Dienste zu treten und das Gelübde abzulegen. Er war von schmächtiger, schlanker Gestalt, hatte eine hohe, bleiche Stirn und ging immer ein wenig gebeugt. In Verehrung des Würzburger Märtyrers hatte er den Namen Kilian angenommen. Die Benediktiner hatten ihr Würzburger Kloster St. Andreas genannt und bildeten dort den geistlichen Nachwuchs in allen wichtigen Angelegenheiten des Wissens und des Glaubens aus. Kilian erwies sich als hochbegabter Schüler, dem schon bald die Ehre zuteil wurde, seine schöne Schrift in den Dienst des Königs stellen zu dürfen.

Der wenig ältere Bruder war deutlich größer und kräftiger geraten, als hätte er bei seiner Geburt von der Mutter bereits alle Stärke abverlangt, so dass für die nachfolgenden Geschwister nichts mehr übrig geblieben war. Er hatte ein wohlgeformtes Gesicht, voller lebendiger Farbe, fröhlich blitzende dunkelblaue Augen und hieß Egino. Wie der jüngere Bruder, in diesem Punkt waren sie sich ähnlich, war er mit einer natürlichen Verständigkeit gesegnet, die es ihm leicht machte zu lernen. So hatte er zusammen mit seinem Bruder, obwohl dies in jenen Tagen für Menschen außerhalb des geistlichen Standes durchaus unüblich und ungewöhnlich war, lesen und schreiben gelernt. Anders als sein Bruder konnte er aber auch gut mit Waffen umgehen, seine größte Leidenschaft jedoch war der Gesang. Darin übertraf er nicht nur die Geistlichen im Gottesdienst, sondern auch Arnolfs Tochter Hadwig, mit der er gelegentlich gemeinsam musizierte. Doch wie ihr Bruder Ratolf war auch Hadwig in Regensburg zurückgeblieben. Egino hatte sich durch selbstüberlegte Verse, vorgetragen zu schönen Melodien, bei den meisten am Hof sehr beliebt gemacht. Aber nicht alle mochten seine Kunst. Denn nicht immer besang er nur die Schönheit der Damen, die Eigenschaften der verschiedenen Jahreszeiten oder die Kraft, Weisheit und Großzügigkeit seines Königs, gelegentlich machte er sich auch mit spöttischen Zeilen über den einen oder anderen lustig.

Seine Stimme aber war - das konnte niemand bestreiten - so klar, rein und wohlklingend, dass, vermittelt durch seinen Bruder Kilian, der Hofkaplan dem Sänger erlaubte, während des *propriums* der Messe zu singen. Was aber wieder den Zorn anderer Geistlicher hervorrief, die der Meinung waren, dass die Gesänge einer Messe ausschließlich von denjenigen dargebracht werden dürften, die ein Gelübde abgelegt hatten. Eginos Stimme aber übertönte nicht nur mühelos den Chor der anderen Mess-Sänger, sondern auch die gehässigen Äußerungen derjenigen, die wohl nur neidisch auf sein so leicht erlerntes Können und das ihm von Gott geschenkte Talent waren.

Neben seiner schönen Stimme beherrschte Egino auch die Laute und die Portative, eine kleine tragbare Orgel, die stets auf den Reisen Arnolfs mitgeführt wurde. Mit diesen Instrumenten begleitete er sich beim Vortrag seiner Lieder.

Der König saß noch in der Badewanne, als ein Diener durch das Tor in den weiten Hof der Pfalz eilte. Er wurde vorgelassen und flüsterte Arnolf etwas ins Ohr. Die eben noch heitere Miene verfinsterte sich für einen Augenblick. Dann nickte der Herrscher und entließ den Diener mit einer Handbewegung. Dann winkte er Ellinrata zu sich und sprach leise mit ihr. Auch ihr Gesicht verlor mit einem Schlag die Fröhlichkeit, die es gerade eben noch aufgehellt hatte. Abrupt wandte sie sich ab und ging in das Haus zurück. Gedämpft war noch zu hören, wie sie ihre Dienerinnen rief. Währenddessen erhob sich Arnolf aus dem Bad und wurde in große Tücher gehüllt und abgetrocknet.

In diesem Augenblick betrat Egino die vor der Ankunft des Königs frischgemähte Wiese, die auf dem Hof zwischen den Pfalzgebäuden wuchs. Erstaunt sah er, dass der Wunsch, den der König ihm gegenüber vor dem Bad geäußert hatte, nämlich einige Lieder zur Laute zum Besten zu geben, hinfällig geworden war.

"Was ist geschehen?", fragte er Kilian, der auf ihn gewartet hatte.

"Ota kommt wohl heute schon", erwiderte sein Bruder.

"Hm, dann kann ich die Laute wieder in meine Kammer bringen."

"Wer weiß, vielleicht liebt auch sie fröhliche Lieder?"

Ellinratas finstere Miene schien das Gegenteil zu versprechen. Sie verließ in diesem Moment zusammen mit ihren Dienerinnen, die mit etlichen Gepäckstücken beladen waren, das Hauptgebäude, um in einen Nebenbau umzuziehen. In der Zwischenzeit hatte sich Arnolf ins Haus zurückgezogen. Das Wasser wurde ausgeschüttet, der Zuber fortgetragen.

Da ertönte das Getrappel sich nähernder Pferde. Egino und Kilian blickten zum Tor des mit Palisaden bewehrten Walls, der die Pfalz weiträumig umgab.

Ein Trupp Reiter ritt herein. Sie waren die Vorhut einer Schar Leute zu Fuß, zu Pferd und zu Wagen. Inmitten dieser Gruppe befand sich zwischen zwei Pferden zudem eine geschlossene Sänfte, die im gemäßigten Schritt der Tiere leicht hin und her schwang. Die Vorhänge wurden bei der Ankunft von einem bleichen, zarten Arm zurückgezogen. Dahinter war ein ebenso blasses Gesicht erkennbar und fast ebenso gut ließ sich eine Abfolge finsterer Blicke, die sich über dem Pfalzhof kreuzten, beobachten. Wie zum Trotz war Ellinrata vor der Tür des Nebengebäudes stehen geblieben und hatte die Ankunft Otas abgewartet. Ihre sonnenbeschienene Gestalt sollte das erste sein, das Ota erblickte. Und genauso geschah es.

Egino waren die eifersüchtigen Blicke nicht entgangen, aber er maß ihnen keinerlei Bedeutung bei, denn etwas anderes erregte seine Aufmerksamkeit ungleich mehr. In der Nachhut der eben eintreffenden Gruppe ritt eine Frau von offensichtlich adeligem Geschlecht. Reitende Frauen waren in jenen Tagen noch weniger ungewöhnlich als zu unserer Zeit. Dennoch zog ihre Erscheinung nicht nur Eginos Blicke auf sich. Sie war hochgewachsen, trug ihr dunkelblondes Haar kunstvoll geflochten unter einem diese Pracht kaum verbergenden Schleier. Ihr Reitrock ließ, als sie vom Pferd glitt, ganz bezaubernde Knöchel aufschimmern, während ihr weiter Mantel nur von einer einzigen Spange kurz unter den Schultern gehalten wurde. Schwungvoll warf sie die Zügel ihres Pferdes in die Hände eines bereitstehenden Stallburschen. Dabei blickte sie ihn kurz an, während sie mit einer sanften Geste über die Nüstern des Tieres strich. Der Junge zuckte regelrecht zusammen, denn er spürte sofort, was ihm diese Frau, ohne ein einziges Wort auszusprechen, mitzuteilen hatte.

"Sie zieht ihm die Haut in Streifen vom Leib, wenn er ihr Pferd nicht ordentlich versorgt", flüsterte Egino mehr zu sich selbst als zu seinem Bruder. Doch der hatte alles mitbekommen und erwiderte: "Das muss Elisabeth sein, die jüngste

Tochter Adalberts. Ich habe schon von ihr gehört."

"Seltsam ist dann nur, warum sie zum Gefolge Otas gehört."

"Das ist gar nicht seltsam. Schließlich haben sich ihre Sippe und die der Babenberger Treue und Freundschaft geschworen", entgegnete Kilian.

"Ich denke, das hat sie auch mit unserer Familie getan?", fragte Egino.

"Die Königin muss mindestens ebenso viele Verbündete auf ihre Seite ziehen wie der König auf die seine ...", erwiderte Kilian.

"Aber du weißt doch, dass unserem Herrn Vater die Machenschaften unserer Nachbarn ein Dorn im Auge sind."

"Das ist wohl wahr, mein lieber Bruder. Doch was kümmern eine Königin die Streitereien ihrer Untertanen, solange sie ihr selbst höchstens lästig, nicht aber gefährlich werden."

"Vielleicht gelingt es der Königin ja die Streitigkeiten zu schlichten", sagte Egino, wobei jedoch leiser Zweifel in seinen Worten mitschwang.

"Mir wäre es mehr als recht, aber du kennst unseren Vater."

"Mit einer Familie, die so schöne Töchter hat, möchte ich lieber auf gutem Fuße stehen..."

"Träumer! Red nicht solchen Unsinn", zischte Kilian.

Egino zuckte mit den Schultern und ging zurück in das Gebäude, in dem sich seine Kammer befand, um endgültig die Laute wieder zurückzubringen. Er machte dabei einen kleinen Umweg, der ihn wie unbeabsichtigt zu Elisabeth führte. Kaum kam er in ihre Nähe, tat er so, als würde er sie jetzt erstmals sehen. Mit einem freundlichen Lächeln verbeugte er sich zum Gruße, in der einen Hand die Laute, in der anderen seine Kappe, die er sich vom Kopf gerissen hatte. Als er wieder aufsah, war der Platz ihm gegenüber leer und er konnte das leise Kichern einiger Dienerinnen hören, die seine vergeblichen Bemühungen, höflich zu sein, mitbekommen hatten. Aus den Augenwinkeln sah er, dass Elisabeth, ohne von ihm Notiz zu nehmen, jener Bediensteten folgte, der aufgetragen war, sie zu ihrer Unterkunft zu geleiten.

Er sah zu seinem Bruder zurück, der wie verzweifelt mit den Augen rollte. Egino grunzte mürrisch und betrat das Haus. Hätte er sich nun noch einmal umgeschaut, er hätte einen Blick Elisabeths erhaschen können, die sich ihrerseits, bevor sie das Haus betrat, doch noch einmal umdrehte, um den Unbekannten mit leicht amüsierter Miene zu mustern.

In dem großen dunklen Flur, von dem die einzelnen Kammern zu erreichen waren, stapelten sich Bündel, Kisten und weitere Gepäckstücke. Egino musste sich das Zimmer mit seinem Kammerdiener teilen, da überall in der Pfalz der Platz knapp war. Erst recht angesichts der zahllosen Gäste, die noch erwartet wurden.

Neben dem Hauptgebäude, in dem Arnulf, seine Gattin und seine engsten Diener und Vertrauten untergebracht waren, befanden sich in der von einem hohen befestigten Wall umgebenen Pfalz noch eine Reihe anderer Häuser, Stallungen, Lagerhäuser, Scheunen, Werkstätten und Wirtschaftsbauten. Mit Ausnahme der königlichen Unterkunft, gegenüber der sich eine Kirche und wenig weiter eine Marienkapelle erhoben, waren alle anderen Gebäude ausnahmslos aus Holz errichtet worden. Zwischen mächtigen Balken und Stämmen befanden sich Wände aus Weidengeflecht, dick mit Lehm bestrichen. Auch das Hauptgebäude bestand überwiegend aus Holz und Lehm, war aber bis etwa in Mannshöhe mit Steinen gemauert. Alle Häuser besaßen spitze, teils tief herunterragende Walmdächer mit Öffnungen, durch die der Rauch der Herdfeuer entweichen konnte. Oben auf den Wällen rings um die Ansammlung der Gebäude befand sich ein Weg hinter der Palisade, auf dem zwei Männer nebeneinander entlang gehen konnten. Nach außen fiel der Wall steil ab und war mit wuchtigen Quadern befestigt, während er nach innen in der Schräge so abgeflacht war, dass man ihn im Verteidigungsfall rasch erklimmen konnte. Die aus dicken Stämmen bestehende, mehr als mannshohe Palisade besaß in regelmäßigen Abständen Schießscharten für die Bogen- und Armbrustschützen. Daneben befanden sich verschließbare Öffnungen, durch die sich kochendes Wasser oder Öl schütten ließ.

In kurzem Abstand vor dem Wall hatte man schon zu Zeiten von Arnolfs Großvater Ludwig einen tiefen Graben ausgehoben, über den eine mächtige Zugbrücke führte. Das Wasser des Grabens wurde von der Wiesent geliefert, in deren unmittelbarer Nähe man die Gebäude der Pfalz errichtet hatte. An zwei Stellen hatte man unterhalb der Wasseroberfläche kleine runde Schächte durch die Wallanlage getrieben, so dass ein munterer, künstlicher Bach mitten durch den Pfalzhof floss. Insgesamt fünf Türme, vier an jeder Ecke und ein weiterer hinter dem Hauptgebäude, sicherten die Pfalz zusätzlich.

Außerhalb der Mauern befanden sich im weiten Umkreis zahlreiche Höfe, Gebäude und Dörfer, von denen aus nicht nur die umliegenden Äcker bestellt wurden, sondern die ebenfalls dazu dienten, die zahllosen Gäste zu beherbergen. Der ehemalige kaiserliche Musterhof hatte sich längst nicht nur zu einem wichtigen Stapelplatz für Händler aus allen Himmelsrichtungen entwickelt, sondern auch zu einem Ort, der dazu in der Lage war, sich sammelnden Heeren Unterkunft und Verpflegung zu bieten.

Da es ein milder Tag war und auch abends noch schönes, angenehmes Wetter herrschte, befahl Arnolf, die *cena* im Freien einzunehmen. Tische, Bänke, Hocker und Stühle wurden in den weitläufigen Hof gebracht. Mundschenk und Vogt berieten zusammen mit dem Erzkaplan die Sitzordnung.

Ein Diener übermittelte Egino den Wunsch des Königs, dass während des Mahles der *Skof* mit seinen Liedern für Unterhaltung sorgen sollte. Also aß er schon vor der festgesetzten Stunde eine Kleinigkeit. Nicht zuviel, um nicht müde zu werden, aber genug, damit er nicht hungrig aufspielen musste. Er verpasste deshalb die Abendandacht.

Stattdessen stimmte er, während er eine dicke Scheibe scharf gewürzter Leber mit angebratenem Brot aß, seine Laute und fragte sich, ob vom eigentlichen Mahl auch für ihn noch etwas übrig bliebe. Im Laufe des Tages waren viele weitere Gäste eingetroffen, darunter auch solche, deren Sprache er nicht verstand.

Bisher waren die Gesellschaften, für die Egino singen durfte, kleiner gewesen. Der heutige Auftritt machte ihn nervöser als sonst. Viel nervöser. So aufgeregt war er schon lange nicht mehr gewesen. So viele Menschen. Würde seine Stimme überhaupt ausreichen, dass ihn jeder verstand? So viele Menschen und noch dazu im Freien. Er hörte, wie ein leichter Wind durch die Blätter strich. Es raschelte vernehmlich. Auch das noch. Vor allem aber würde *sie* an irgendeinem der Tische sitzen. Was sollte er bloß tun?

Nachdem er das erste Lied besser hinter sich gebracht, als er befürchtet hatte, waren alle diese Überlegungen mit einem Schlag vergessen. Der leise Wind schien ihn zu begleiten und Egino spürte, wie die Luft in seine Lungen drang, um ihn noch besser singen zu lassen. Schon nach den ersten einleitenden Tönen, die er auf der Laute zupfte, hatte er ihr Gesicht entdeckt und sah wie nebenbei, dass sich ihre Züge zu einem freundlichen Lächeln entspannten.

Natürlich musste er in der Nähe Arnolfs und Otas bleiben, aber da die Gesellschaft auf so viele Leute angewachsen war, ging Egino während seiner Lieder immer ein Stück weit zwischen den Tischen entlang, verbeugte sich, während er sang, drehte sich um die eigene Achse, so dass jeder von der Unterhaltung mitbekam. Selbst die Abgeordneten des

Mährenfürsten, die sich anfangs noch während seiner Darbietung in ihrer fremden Sprache lautstark unterhalten und grölend gelacht hatten, verstummten zusehends. Immer wieder machte Egino kleine Pausen, um die Tischgespräche nicht vollends abreißen zu lassen und den Dienern Gelegenheit zu geben, nachzuschenken und neue Speisen aufzulegen.

Zuerst hatte er die üblichen Lieder zum Besten gegeben. Lieder, die den Frühling und den Sommer besangen. Loblieder zu Ehren des Königs und einige Gesänge über ruhmreiche Heldentaten wackerer Krieger aus alten Zeiten. Gefordert wurde von dem König auch der Vortrag jenes Liedes über die tragische Begegnung zwischen Hildebrand, einem Getreuen des Dietrich von Bern, der im Kampf auf seinen Sohn Hadubrand trifft. Doch weder erkennt der Vater den Sohn noch umgekehrt der Sohn seinen Erzeuger.

Es kommt zum Kampf auf Leben und Tod. Und lange Zeit sieht es so aus, als gelänge es keinem der beiden, den anderen zu überwinden. Ihre Kräfte schienen gleich groß zu sein, so dass Eginos Zuhörer, die dieses Lied noch nicht kannten, hofften, dass die beiden Kämpfer irgendwann gleichermaßen aus Erschöpfung aufgeben müssten. Doch dann zeigte sich, dass die längere Erfahrung im Kampf der jugendlichen Forschheit und Stärke überlegen ist.

Und so kann Hildebrand eine Lücke in der Deckung Hadubrands nutzen und den entscheidenden Schlag führen. Der Sohn stürzt aus einer schlimmen Wunde heftig blutend zu Boden. Ihm entfallen Schild und Schwert und auch der Vater legt die Waffen zur Seite, um seinem besiegten Gegner beizustehen. Er zieht ihm vorsichtig den Helm vom Kopf und erkennt in dem bleichen, sterbenden Gesicht nun doch sein eigen Fleisch und Blut ...

Zwischen den Liedern bekam Egino zwar nichts zu essen, aber reichlich Wein zu trinken.

Während dessen war die Sonne untergegangen, die Dämmerung erinnerte die Diener daran, Fackeln zu entzünden.

Später, als die Dunkelheit der Nacht hereinbrach, wurden weitere Fackeln verteilt und einige zusätzliche Feuer entfacht.

War ihm der Wein zu Kopf gestiegen? Machte ihn der freundliche Applaus übermütig? Vielleicht veranlassten auch beide Gründe zusammen das, was nun geschah. Jedenfalls gab sich Egino einen Ruck und stimmte ein neues Lied an, dessen Worte und Melodie sich erst ganz frisch in seinem Kopf formten:

“Wenn du zu mir kommst, ist es,
als ob ein Engel fliegt.
Wenn du mich anschaust, ist es,
als ob die Sonne die Nacht besiegt.

Wenn du zu mir sprichst, ist es,
als ob eine Nachtigall singt.
Und wenn du für mich singst, ist es,
als ob der Frühling erklingt.

Einer Königin Antlitz ist dein Gesicht,
voller Liebe, voller Freude, voller Licht.”

Nachdem das leise Lied ausgeklungen war, herrschte einen Moment vollkommene Stille.

“Vorzüglich, hervorragend, mein lieber Egino”, zerriss Arnolf mit lauter Stimme das Schweigen, “du bist ein wahrer Dichter!” - War da Spott in seinen Worten zu hören? - “Und als wahrem Dichter sei es dir gestattet, ein derartiges Loblied auf meine Gattin zu singen. Jeden anderen aber, den ich dabei erwische, wenn er ihr solche Verse in ihr reizendes Ohr flüstert, haue ich mit meinem Schwert in Stücke, in ganz kleine Stücke!”

Die Mähren begannen als erste zu lachen, obwohl ihr Dolmetscher ihnen die Worte des Königs erst übersetzen musste. Dann stimmten auch die übrigen Gäste in das Gelächter ein.

Später am Abend, als auch Egino sich an einen Tisch setzen durfte und endlich etwas zu essen bekam, hockte sich sein Bruder neben ihn auf die Bank.

“Das ist nur für deine Ohren bestimmt”, sagte er leise. Egino nickte, schluckte den Bissen herunter und stand wieder auf. Sie gingen ein paar Schritte abseits, wo sie keine neugierigen Lauscher fürchten mussten.

“Der König schickt mich”, sagte Kilian mit immer noch gedämpfter Stimme, “um dir für das schöne Lied zu danken, das du Ellinrata zu Ehren gesungen hast. Aber er musste es natürlich Ota widmen, die ganz entzückt von deinem Vortrag war.”

Egino nickte stumm und grinste.

Er wusste es besser. Vielleicht auch Kilian, der sich nichts anmerken ließ. Aber hatte *sie* ihn verstanden?

IX

Einige Tage war alles gut gegangen. Ich hatte zwar noch gelegentlich Schmerzen und auch das Fieber erwies sich als hartnäckiger, als ursprünglich erwartet, es war jedoch nicht wirklich schwer und trübte vor allem nicht meinen Verstand. Bis zu jenem Morgen des vierten Tages. Jeden Abend erzählte mein Onkel die verworrene Geschichte des Basilisken, ohne dass mir bisher auch nur annähernd klar geworden wäre, worauf diese Erzählung wohl hinauslaufen würde. Es fiel mir schwer, die einzelnen Personen auseinander zu halten, die oft nur für einen Moment aus der Geschichte hervorblitzten, um dann wieder - oft auf gewaltsamem Wege - zu verschwinden.

Noch schwerer fiel es mir, der Geschichte zu folgen, wenn mir die kleine bunte Katze, die es sich angewöhnt hatte, in mein Bett zu kommen, nachts schnurrend ihre Version der Geschichte zu erzählen begann. Hierin verwandelte sich der Basilisk in einen tollwütigen, monströsen Hund und ein Heer abgemagerter Katzen musste nicht nur gegen dieses Ungeheuer kämpfen, sondern war auch noch zahllosen Hinterhalten ausgesetzt, in die sie von abergläubischen Menschen gelockt wurden, die sich vom Basiliskenhund zu zahllosen Schandtaten verleiten ließen. Doch trotz aller Gefahren gelang es den pelzigen Helden immer wieder, sich aus den größten Notlagen herauszumogeln, manchmal nur unter zu Hilfenahme verquerer Mittel. An eines erinnere ich mich besonders gut, weil so etwas einem Menschen nicht einfallen konnte:

Drei junge Helden, eine mehrfarbige und zwei schwarzweiße Katzenkriegerinnen wurden von den Feinden eingefangen und in einen Sack gestopft, um ertränkt zu werden. Und so warf eine böse Meute höhnisch lachender, schmutziger Menschen den Sack in einen nahegelegenen Teich, wo er rasch auf den Grund sank, da er mit großen Steinen beschwert worden war. Doch noch während der Sack in dem unangenehm kalten, schlammigen Wasser absank, arbeiteten drei Krallenpaare vereint und eifrig daran, den Knoten der Schnur zu lösen, mit welcher die Menschen den Sack zugebunden hatten. Tatsächlich gelang es ihnen, sich aus ihrem Gefängnis zu befreien. So weit so gut, statt jedoch aufzutauchen und möglicherweise wieder in die Hände ihrer Häscher zu fallen, fand die mehrfarbige Katzenkriegerin am Grund des Teiches einen großen, runden Stein und winkte ihre beiden Gefährtinnen herbei. Gemeinsam stemmten sie sich dagegen und konnten ihn fortbewegen. Es handelte sich um das, was die Kriegerin vermutet hatte, einen Abfluss. Gurgelnd strömte das Wasser des Teichs in ein unterirdisches Gewölbe und die drei Tiere klammerten sich mit aller Kraft an einer Unterwasserpflanze fest, damit sie nicht ebenfalls fortgespült würden. Während die Menschen schreiend davon liefen, da sie an höllische Mächte glaubten, die ihren Teich aufsogen, weil sie den Katzen übles Unrecht zugefügt hatten, lief das Wasser komplett ab. Unsere drei Helden aber fanden reichliche Beute in Form von zuckenden Fischen vor, von denen sie sich so viele schnappten, wie sie forttragen konnten. Dann verschwanden sie, zwar klatschnass und völlig außer Atem, aber höchst zufrieden und schlugen sich im nahegelegenen Wald die Bäuche voll ...

Seit jener Geschichte nannte ich die kleine, bunte, sprechende Katze nur noch Kriegerin oder Penthesilea, nach der berühmtesten unter den tapferen Frauen im Land der Skyther.

Auch Margaretha leistete uns an einigen dieser Abende, an denen mir erst mein Onkel und später die kleine Kriegerin Geschichten erzählte, Gesellschaft, was ich einerseits sehr genoss, aber mir andererseits auch eine Zeitlang zwiespältige Gefühle bereitete. Ich wurde tatsächlich eifersüchtig auf meinen Onkel, von dem alle Welt wusste, dass er - Gelübde hin oder her - den Reizen des schönen Geschlechts oft nicht widerstehen konnte.

Ich erinnerte mich an den Besuch eines guten Freundes bei unserer Familie. Das war ein paar Jahre her und von einer Reise nach Lissabon noch keine Rede. Dieser Besucher war auch ein guter Freund meines Onkels, der sich seinerzeit nach dem Tod Alexanders VI. gerade in Bamberg niedergelassen hatte. Es handelte sich um den wenig erfolgreichen Nürnberger Stadtkommandanten Willibald Pirckheimer. Noch immer verübelte man ihm den unglückseligen Verlauf jener Schlacht im Walde. Und nur in wenigen Nürnberger Familien war der hochgelehrte Mann damals tatsächlich ein willkommener Gast. Die unglückliche Auseinandersetzung von 1502 nahm wie so oft ihren Anfang in einem belanglosen Streit. Markgraf Kasimir von Brandenburg-Kulmbach suchte nach neuen Einnahmequellen und gedachte den Kirchweihschutz von Affalterbach zu übernehmen. Ein Recht, das dem Rat von Nürnberg zustand, der deshalb ein zweitausend Mann starkes Heer nach Affalterbach aussandte, um das Ansinnen des Markgrafen zu vereiteln. Doch im Gefolge Kasimirs befand sich der junge Götz von Berlichingen, der es schon bald zum Lieblingsfeind meines Onkels bringen sollte. Götz riet dem Markgrafen direkt auf Nürnberg vorzurücken, wo die Truppen ein kleineres Aufgebot der Nürnberger schon bald in heftige Gefechte verwickelte. Ein dritter Trupp von achthundert Mann wurde von Pirckheimer befehligt und wartete als Entsatz vor dem Frauentor. Begleitet wurde Pirckheimer seinerzeit von einem Studienfreund aus Italien, der ihn in jenen Tagen zufällig in Nürnberg besuchte, Graf Gian Galeazzo di San Severino.

Der zweite Nürnberger Trupp kam im Verlauf der Kämpfe in eine unhaltbare Lage. Ihr Plan, gegen die Übermacht der markgräflichen Truppen eine Wagenburg zu bilden, misslang. Zwar kamen jetzt die Hauptstreitkräfte aus Affalterbach zurück, doch sie wurden nur in die chaotischen Rückzugsgefechte des zweiten Nürnberger Trupps verwickelt. Vielleicht wäre es den Männern Pirckheimers ja gelungen, das Schlachtenglück zu wenden, doch in diesem alles entscheidenden Moment wurde es dem italienischen Grafen zu ungemütlich. Er lüpfte sein mit vielen Federn besetztes kostbares Barett und empfahl sich bei seinem Freund mit den Worten, er wolle zurück in die Stadt, man sehe sich, wenn das alles hier glücklich überstanden sei, und ritt davon.

Ein frommer Wunsch, denn die Pirckheimer untergeordneten Männer sahen nur einen vornehmen Herrn mit dem Hute winken, und dachten, es sei ihr Anführer, der zum Rückzug auffordere. Sie setzten sich angesichts der näherkommenden markgräflichen Truppen eilends und völlig ungeordnet in Bewegung, ein jeder nur darauf bedacht, sich als erster durch das Tor hinter die schützenden Mauern zu retten. Von der Frauentormauer aus gelang es zwar mit starkem Artilleriefeuer die markgräflichen Truppen letztendlich davon abzuhalten, die Stadt zu erstürmen.

Dennoch war diese böse Katastrophe die schlimmste Niederlage, die Nürnberg erleiden musste. Allein vierhundertachtundachtzig Männern kostete diese wenig überlegt geführte Schlacht das Leben, so viele mussten jedenfalls in Nürnberg zu Grabe getragen werden. Wahrscheinlich aber war die Zahl der Toten und Verletzten noch wesentlich höher und die Schuld an dieser Niederlage trugen nach Meinung der Nürnberger vor allem Willibald Pirckheimer und sein italienischer Freund. Letzterem wurde vom Rat der Stadt nahegelegt, Nürnberg noch in der gleichen Nacht wie ein Dieb zu verlassen, während Willibald Pirckheimer sich tagelang nicht mehr auf die Straße traute.

Ich schildere diese Begebenheit, um verständlich zu machen, warum unser Freund in den Jahren danach erst ganz langsam wieder unter den Nürnbergern Freunde gewinnen konnte und auf lange Zeit einen niedergeschlagenen, nachgerade unglücklichen Eindruck machte.

Um so wichtiger war uns, ihn zu geselligen Runden einzuladen und einmal zu einer derartigen Gelegenheit las er uns aus einem Brief meines Onkels vor, der ihn am gleichen Tag erreicht hatte: "Du bist so wie ich, mein Freund, auch du magst lieber die jungen als die alten ..." Es war klar, dass diese losen Worte nicht von Obst oder Gemüse handelten; höchstens in übertragenem Sinne. Wir lachten, allerdings weniger über die amüsante Indiskretion als darüber, dass Pirckheimer sie lustig fand. In aufgeräumten Stimmungen wie dieser zeigte sich, dass mein Onkel Freunde bevorzugte, die ihm in irgendeiner Hinsicht ähnlich waren.

Brennend fiel mir wieder der Skandal ein, über den vor zwei Jahren in den Bamberger Gassen und Schenken getuschelt und gelästert wurde. Rasch hatte sich das Gerede über die Mauern der Stadt hinaus ausgebreitet. Damals war wohl schon nach einer einzigen Begegnung eine *bella putana* schwanger geworden und Onkel Lorenzo wollte das Kind nicht anerkennen, hatte besagte Frau neben ihrem Techtelmechtel mit dem Kanonikus doch auch noch eine Reihe weiterer Affären.

Wie sollte er sich sicher sein, dass es sich tatsächlich um sein Kind handelte? Später hat sich dann ein anderer Mann - übrigens auch ein geistlicher Würdenträger - des Kindes angenommen, das, wie mein Onkel astrologisch berechnete, unter einem äußerst ungünstigen Stern geboren worden war, wobei ich mich fragte, für wen da die Sterne gerade ungünstig gestanden hatten.

Zusätzlich zu meinen widerstreitenden Gefühlen, in die nun auch noch eine gehörige Prise Eifersucht gemischt wurde, verschlimmerte sich am vierten Tag mein Zustand in dem

Maße, dass auch mein Onkel Angst um mich bekam und Margaretha für einige Zeit den Zutritt zu mir verbot.

Aus dem leichten Fieber wurde ein starkes. Aus den gelegentlichen Schmerzen im Bein, die sich anfühlten, als würde die Wunde heilen, wurde ein dauerhaftes Brennen und Stechen, das mich zudem derart lähmte, dass ich alsbald überhaupt nicht mehr in der Lage war, dieses Bein zu bewegen, geschweige denn, mich aufzusetzen oder aufzustehen. Das hieß, von einem Tag zum nächsten keine Geschichten mehr, keine Besuche Margarethas mehr, wodurch alles nur noch schlimmer wurde, wie ich dachte und in meinen einsetzenden Fieber-Delirien auch lautstark hinausschrie. Und auch die kleinen Erzählungen der pelzigen Kriegerin wurden so unverständlich, als ob sie zu mir in einer fremden Sprache spräche, die nur aus Maunzen, Schnurren und Miauen bestand.

Nicht dass ich davon bewusst etwas mitbekam, ich nahm von meiner Umgebung schließlich nichts mehr wahr. Man hat es mir später erzählt. An meine Träume, die mir eine ganz andere Welt vorgaukelten, kann ich mich nur bruchstückhaft erinnern. Was ich aber noch so genau weiß, als hätte es sich eben erst ereignet, war, dass ich irgendwann in einem scheinbar klaren Augenblick mit meinem Onkel sprach, der wohl das Schlimmste befürchtete und mir die Beichte abnehmen wollte.

"Muss ich sterben?", fragte ich ihn.

"Das liegt in Gottes Hand", antwortete er, "aber ich kann dich beruhigen. Ich habe letzte Nacht dein Horoskop errechnet und nach den Angaben der Sterne, die nicht lügen können, ist deine letzte Stunde noch nicht gekommen. Nicht heute, nicht morgen und auch nicht nächstes Jahr."

"Warum willst du mir dann die Beichte abnehmen?", erwiderte ich mit schwacher Stimme.

"Die Sterne lügen nicht, aber der Mensch kann irren. Ich mache mir Sorgen."

"Ich will nicht sterben", sagte ich.

“Das wollen die wenigsten.”

“Hol Margaretha und fahr’ fort mit deiner Geschichte über den Basilisken”, bat ich.

“Ich lasse sie wieder zu dir, sobald es dir etwas besser geht. In deinem derzeitigen Zustand machst du keinen guten Eindruck auf die junge Frau”, versuchte mein Onkel zu scherzen.

Dann forderte er mich auf, ihm mein Bein zu zeigen. Ich wusste, dass auch Lorenzo in medizinischen Dingen nicht unerfahren war, aber er kam mir unsicher vor. Der Beistand von Cuspinian fehlte ihm offensichtlich. Aber er, der sich mehr mit juristischen Fragen, mit Astrologie, Kabbala und Philosophie beschäftigte, übernahm die Verantwortung für mich.

Verhüllt von Decken sah ich nicht, was er sah, als er den Verband entfernte und die Wunde in meinem Oberschenkel betrachtete, aber es schien ihn zu erschrecken. Er gab mir vom türkischen Trank und wartete, bis ich in einen unruhigen Schlaf gefallen war. Ich weiß nicht mehr, ob ich das, was nun geschah, aus halbgeschlossenen Augen selber verfolgen konnte oder ob es mir danach erzählt wurde. Jedenfalls schnitt er erneut die Wunde auf, die bereits mit dick verkrustetem Blut verschlossen war. Er drehte mich so im Bett, dass der breite, erst zähflüssige, später muntere Strahl meines Blutes direkt in ein bereit gehaltenes Gefäß floss. Dann stillte er den Blutfluss wieder, indem er einen frischen Verband fest um meinen Schenkel wickelte.

Ein übler Gestank hatte sich im Zimmer ausgebreitet, und mein Onkel rief nach einem Diener, dem er befahl, das Gefäß mit dem schlechten Blut mitzunehmen und außerhalb der Stadt zu vergraben. Gleichzeitig öffnete er ein Fenster, so dass sich in meine Erinnerung ein Blick auf den blauen Himmel geschlichen hat. Penthesilea entwich währenddessen durch die Tür und tauchte erst Tage später wieder auf.

Zwischen meinen Fieberanfällen hatte ich deutlich gehört, dass einen Stock tiefer viele Menschen den Palast betraten und sich dort versammelten. Eine Gerichtsversammlung wurde abgehalten und nach dem heraufdringenden Geschrei schien es um Leben und Tod zu gehen. Irgendwann berichtete mir ein Diener, der mir frisches Wasser brachte, dass sich Leute aus Kersbach, dem Ort, in dessen Nähe ich überfallen worden war, mit Bauern aus einem Nachbardorf namens Hausen um einige Äcker stritten.

Der Schweiß floss mir in Strömen übers Gesicht und in meinem Fieberwahn steigerte sich der Streit im Erdgeschoss zu einer handfesten Auseinandersetzung. Ich sah in meiner Einbildung, wie die erbosten Streitgegner Waffen blank zogen, die sie gar nicht besitzen durften, erst recht nicht bei einem Treffen vor Gericht, und wütend aufeinander eindroschen. Es war ein regelrechtes Gemetzel und fand jetzt auch nicht mehr im Gerichtssaal des bischöflichen Schlosses statt, sondern auf freiem Feld. Längst hatten beide Seiten Verstärkung herbeigerufen, die schreiend mit langen Spießen und Dreschflegeln bewaffnet in das Getümmel stürmten. Irgendwelche hageren, beinahe ausgemergelten Pfaffen mit fanatisch-glänzendem Blick stachelten die aufrührerischen Kämpfer zu immer grausamerer Gewalt an.

Dann entdeckte ich einige bekannte Gesichter: Georg focht heldenhaft mit allen vier räuberischen Landsknechten gleichzeitig. Tatsächlich gelang es ihm, sie einen nach dem anderen niederzustrecken und ich hörte meine eigene Stimme, die ihn laut anfeuerte. Alle bis auf einen hieb er zu Boden, übrig blieb am Schluss nur der große bärtige Kerl, dem es immer wieder gelang, Georgs Hieben und Stichen auszuweichen.

Nicht nur das, er schien regelrecht unverwundbar zu sein, denn er lachte nur, wenn ihm Georgs Rapier die Brust durchbohrte. Völlig unbeeindruckt hieb er mit einem Streithammer in der einen und einem silbernen panzerstechenden Schwert in der anderen auf Georg ein, der bisher geschickt allen Attacken ausgewichen war.

Im Hintergrund kämpften die schwerbewaffneten Bauern miteinander. Ich konnte sie kaum auseinanderhalten, wer war hier Freund oder Feind? Dann endlich brachte Georg den Bärtigen doch zu Fall. Aus vielen Wunden blutend stürzte er zu Boden, während Georg die Klingenspitze an seinen Hals setzte, um ihm den Todesstoß zu geben.

Doch in diesem Augenblick kam Bewegung in die kämpfende Menge. Sie teilte sich und ein furchterregender Krieger mit einem über und über tätowierten Gesicht bahnte sich seinen Weg nach vorne, dorthin, wo sich Georg und die vier überwältigten Landsknechte befanden. Hinten an seinem sonst kahl geschorenen Schädel schwang ein langer, dreifarbiger Zopf, der aussah, als bestünde er nicht aus gefärbtem Haar, sondern einem Bündel Schlangen. Doch das Schlimmste an dieser Gestalt waren seine Augen, die auf einmal aufflackerten wie ein frisch geschürtes Feuer. Das Licht aus diesen brennenden Augen fiel auf die vier verbrecherischen Schufte am Boden. Es umschloss sie wie eine glühende Flüssigkeit, es schmolz sie ein wie erhitztes Blei, so dass sich keine Kontur eines Menschen mehr dort befand. Dann strömte dieses böse Licht, begleitet von einem grauenhaften Kreischen zurück in die Augen des Kriegers. Es war, als hätte er den Kampfplatz gesäubert. Denn nun standen sich nur noch er und Georg gegenüber, der mit offenem Mund und voller Entsetzen das wunderliche Geschehen verfolgt hatte. Der Krieger mit den brennenden Augen führte auf einmal wie Georg ein Rapier und wie aus dem Nichts tauchte ein Linkhanddolch in der anderen Faust auf. Georg war regungslos vor Schreck. Und erstarrt sah er zu, wie ihn beide Klingen gleichzeitig durchbohrten.

Erneut hörte ich mich selber schreien.

Ich weiß nicht mehr, ob es am kommenden Tag oder mehrere Tage später war. Mein Onkel verband erneut mein Bein und schaute etwas zufriedener drein als zuvor. Ich fühlte mich zwar noch äußerst schwach, aber das tobende Fieber hatte nachgelassen. Ich war glücklich, denn Lorenzo hatte versprochen, dass er Margaretha wieder erlauben würde, mich zu besuchen. Doch was heißt schon mich? Ich war bis jetzt zu keiner Zeit mit ihr allein gewesen. Meistens war mein Onkel dabei, immer irgendwelche Bedienstete, nach denen ich zu anderen Zeiten gelegentlich lange rufen oder klingeln musste. Außerdem war ich krank und sie kam - wie ich dachte - ohnehin nur auf Befehl ihres Vaters, der sich über jede Unze Salbe freute, die er verkaufen konnte.

Wahrscheinlich waren es noch die Geschichten meines Onkels und die immer vorzüglichen Mahlzeiten, die sie gerne kommen ließen. Ich war da nur der notwendige Anlass. Wie bildete ich mir ein, dass sie auch nur einen Funken Interesse an mir haben könne?

Trotzdem war ich glücklich, als mir mein Onkel eröffnete, dass sie uns wieder besuchen würde.

"Ich bin sehr froh, dass es dir wieder besser geht", sagte er und lächelte mit einer leicht schmerzsauren Miene.

"Du bist eben ein mindestens ebenso guter Medicus wie Cuspinian", erwiderte ich.

"Es war Gottes Hilfe und Wille, dass du das Fieber überstanden hast. Meine Fähigkeiten wogen dabei weniger als eine Feder."

"Sei nicht so bescheiden, Onkel!", sagte ich und wunderte mich zugleich über die ungewohnt demütige Bemerkung.

"Doch, doch", wehrte Lorenzo ab, "Gott wollte dich leben lassen, ich war nur sein Werkzeug."

“Du bist ein hochgelehrter Mann und ein hervorragender Medicus. Von dieser Meinung wirst du mich nicht abbringen”, insistierte ich.

“Wie du meinst, Arndt. Ich weiß es besser. Es war mir vergönnt, dir helfen zu können, aber wie kann ich ein guter Arzt sein, wenn ich mir noch nicht einmal selbst helfen kann?”

Ich starrte meinen Onkel nach dieser Bemerkung verständnislos an.

“Wie kommst du dazu, so etwas zu sagen?”

Mein Onkel blickte sich um, das Zimmer war leer. Er stand auf und ging zur Tür, öffnete sie und blickte nach draußen. Niemand stand davor. Er schloss sie wieder und kam zurück an mein Bett.

“Ich habe mir während meiner Jahre in Italien eine unangenehme Sache zugezogen”, flüsterte er, “*Morbus gallicus*, die französische Krankheit. Glaube mir, ich behandele mich seit Jahren. Ich setze sogar Quecksilber ein. Gelegentlich denke ich, es wird wieder etwas besser, aber dann ... Ach, es ist ein Kreuz. Es verleidet mir zunehmend den Spaß, den man mit den Weibern haben kann.”

Mein Onkel schwieg. Ich auch. Denn was konnte ich dazu schon sagen. Der Gedanke, der mir sofort wie eine böse Hoffnung durch den Kopf schoss, nämlich dass ich unter diesen Umständen seine Konkurrenz in Bezug auf Margaretha wohl nicht zu fürchten brauchte, behielt ich für mich. Denn sicher war ich mir da keineswegs. Ich wusste, dass er trotz oder vielleicht sogar gerade wegen seines geistlichen Standes kein Verächter geschlechtlicher Freuden war. Doch seine Krankheit war mir neu. Er erzählte mir, dass er sich seit langem mit Pirckheimer darüber austauschte, der ihm neue Rezepte zukommen ließ und ihn über die jüngsten Opfer der Krankheit in Nürnberg informierte.

“Dein Onkel, mein frommer Herr Bruder”, lachte er schadenfroh, “nach langem Hin und Her hat man ihn nun doch zum Probst von St. Lorenz gemacht. Und jetzt leidet er ebenfalls an der Lustseuche ..." Der Rest des Satzes ging fast in seinem Gekicher unter, und er versuchte noch nicht einmal die mitschwingende Häme zu verstecken.

Wenn es dich derart erheitert, kann es so schlimm nicht sein, dachte ich und zuckte zusammen. Sein strenger Blick kam mir vor, als habe er meinen Gedanken erraten.

"Nun, da er ein Nachbar von Pirckheimer ist", fuhr er fort von seinem Bruder zu sprechen, "konnte der ihn gut behandeln. Pirckheimer konnte ihn heilen und hat es deshalb verdient neben Cuspinian, ein wahrer *archiater* genannt zu werden."

Doch ich dachte längst über andere Dinge nach und auch diesen Abend fand ich nicht heraus, ob wir etwa beide in unsere bezaubernde Besucherin verliebt waren.

Unmittelbar nach dem Essen fuhr mein Onkel mit der Geschichte fort.

X

Es war schon tief in der Nacht, die meisten Feuer waren erloschen, nur noch wenige Fackeln brannten, als sich Egino vom Fest zurückzog, um schlafen zu gehen. Während des ganzen Abends war es ihm nicht gelungen, auch nur in die Nähe jener Frau zu kommen, für die er eigentlich sein Lied gesungen hatte.

Der König und die meisten seines Gefolges hatten sich schon vor einiger Zeit verabschiedet. Auch von den vielen Gästen war kaum noch jemand auf. Alle, die außerhalb der Pfalz untergebracht waren, hatten das Fest zum Teil schon frühzeitig verlassen müssen, um die umliegenden Weiler und Höfe noch rechtzeitig zu erreichen. Die Zugbrücke über den Graben war nicht hochgezogen worden, aber das große Tor war fest verschlossen. Nur eine kleine Schar ausdauernder Zecher saß noch zusammen.

Es war eine mondlose Nacht und zwischen den Pfalzgebäuden entsprechend finster. Egino näherte sich der Tür zu jenem Haus, in dem sich sein Zimmer befand, als er im Dunkeln mit dem Arm an etwas hängen blieb.

Ein Rosenstock?, dachte er.

Er war verblüfft, weil er sich nicht erinnern konnte, dass hier einer wuchs. Er wollte sich vorsichtig losreißen, doch die Dornen hielten den Ärmel fest. Da er sein Gewand nicht zerfetzen wollte, griff er mit der anderen Hand danach und erschrak im gleichen Moment. Der Rosenstock neben ihm atmete und er war auch offensichtlich nicht ganz so dornig, wie er vermutet hatte. Eine Hand legte sich sanft über seine Lippen.

"Danke, Herr Sänger", flüsterte eine Stimme direkt neben seinem Ohr, von der er nicht geahnt hatte, wie zart sie klingen konnte.

"Elisabeth", hauchte er zwischen ihren Fingern, die immer noch über seinen Lippen lagen.

"Still", erwiderte sie, "ich will dir nur für das schöne Lied danken, das du der Königin gesungen hast."

Sie spricht es nicht aus, aber sie hat es verstanden, jubelte Egino innerlich. Da spürte er, wie sie seinen Ärmel losließ und in der undurchdringlichen Finsternis mit den Fingern beider Hände über sein Gesicht strich. Dann spürte er noch etwas. Er fühlte ihren Atem auf seiner Wange. Dann, als er merkte, dass ihre Lippen ihn wie ein Hauch berührten, war es auch schon wieder vorbei. Er tastete nach ihr, doch er konnte nur noch das leise Tappen ihrer Schritte hören. Sie verschwand in der Dunkelheit.

Es verging eine geraume Zeit, bis es Egino gelang, sich aus der seltsamen Erstarrung zu befreien, in die ihn dieses kurze Erlebnis versetzt hatte, und das Haus zu betreten.

Aufgewühlt und mit einem dümmlichen Grinsen im Gesicht, das zum Glück niemand zu sehen bekam, ging er schließlich zu Bett. Einschlafen aber konnte er erst sehr viel später.

Die Tage vergingen und die ständige Ankunft neuer Gäste zwang den ganzen Hof zu harter Arbeit. Hunderte von frischen Pergamenten lagen für die Schreiber bereit, um nach manchmal zähen, gelegentlich auch kurzen Verhandlungen mit den Entscheidungen des Königs vollgeschrieben zu werden. Meist handelte es sich um die Vergabe von Lehen, Schenkungen und anderen Besitztümern, oft um Streitigkeiten zwischen kirchlichen und weltlichen Nachbarn um den einen oder anderen zinspflichtigen Weiler. Zahlreiche kirchliche Würdenträger, Bischöfe und Äbte trafen ein, manche, um sich alte Rechte neu verbriefen zu lassen, andere, um Stiftungen entgegenzunehmen. Für Feierlichkeiten wie am ersten Abend blieb kaum noch Zeit und auch Egino bekam auf einmal Aufgaben zugewiesen, für die er ursprünglich gar nicht vorgesehen war. Da eine Reihe der Urkunden und Dokumente mehrfach ausgestellt werden musste und ein Gefäß mit Tinte aus Versehen vom Tisch gestoßen worden und ausgelaufen war, ging den Schreibern schon vor der Zeit das schwarze Blut der Wörter aus. So kam es, dass Egino seinem Bruder helfen musste, neue Tinte herzustellen.

“Komm mit zum Stall”, rief Kilian. Doch der Weg führte die Brüder vorbei an den Stallungen der Pferde. Sie verließen die Pfalz und bogen an einer Wiese auf einen kleinen Pfad ab, der sie zu einigen windschiefen Hütten im Schatten des Schutzwalls führte. Hier direkt am Graben weideten einige Ziegen, eine Schafherde und ein gutes Dutzend Esel.

Kilian öffnete eine der Hütten und ging hinein. Als er wieder herauskam, rümpfte Egino angewidert die Nase.

“Eselsmist”, sagte Kilian, “hervorragend geeignet ...” Wozu, das ließ er wie selbstverständlich offen. Egino zuckte mit den Schultern. Dann sammelten sie noch weitere Bestandteile.

Zurück in der kleinen Werkstatt, die sich neben der Schreibstube befand, schälten sie die Rinde von Weißdornzweigen und zerkleinerten sie. Die Stücke wurden in eine Wasserschale gelegt. Nach einigen Stunden wurde der Sud in einem Kessel gekocht. Dann schütteten sie sauren Wein hinzu und ließen das Ganze auf kleiner Flamme eindicken. Später nachdem die Masse getrocknet und fest geworden war, zerbrachen sie sie in kleine Stücke, die in einem kleinen Eichenholzfässchen in warmem Weißwein wieder aufgelöst wurde. Zusätzlich streuten sie jetzt Kerzenruß hinein und verrührten alles sorgfältig miteinander. Kilian wies seinen Bruder an, die bereitliegenden Kupferblechstreifen mit Honig einzustreichen und Salz darauf zu streuen. Auch sie kamen in das Fässchen.

"Nun noch auffüllen", sagte Kilian, der den Eselsmist mit Lehm vermengte.

"Womit?", fragte Egino.

"Musst du nicht?", kam die Gegenfrage.

"Äh, nein, wozu?"

"Alles muss man selber machen", brummte Kilian und wischte sich die Hände an einem Stofffetzen ab. Dann stellte er sich vor das Fässchen, hob die Kutte und pinkelte mit einem wohligen Seufzer hinein.

"Umrühren und dann den Deckel drauf", sagte er, als er fertig und offensichtlich mit der eingefüllten Menge zufrieden war, "und alles gut abdichten." Damit meinte er die Mischung aus Lehm und Eselsmist.

"Wo bist du nur mit deinen Gedanken?", klagte Kilian, als er seinen Bruder ansah, der ihm nicht zugehört hatte, sondern einen seltsam verklärten Blick scheinbar durch die Wände der Werkstatt in die Ferne schweifen ließ.

Vor der offenstehenden Tür der Werkstatt ertönte ein Kichern.

"Was macht ihr denn da?", fragte Elisabeth.

"Tinte", antwortete Kilian knapp. Egino schluckte. Er sah auf seinen Bruder herab, der ungerührt damit beschäftigt war, den Spalt zwischen Deckel und Fässchen mit der Mischung aus Eselsdung und Lehm abzudichten. Ein seltsamer Geruch hatte sich in der kleinen Werkstatt ausgebreitet. Elisabeth bewegte kurz ihren Kopf und ging.

"Du brauchst mich doch nicht mehr?", fragte Egino seinen Bruder und folgte ihr rasch, ohne die Antwort Kilians abzuwarten.

Er sah, wie sie über die Zugbrücke ging. Dann entschwand sie seinem Blick. Mit großen Schritten eilte er hinterher. Draußen vor der Pfalz fand er sie wieder und holte sie schließlich an einem Waldstück ein, das bis zum Ufer des Flusses reichte. Seit ihrer kurzen nächtlichen Begegnung vor einigen Tagen war es Egino gelungen, der jungen Frau, die es verstanden hatte, ihn in den Bann zu ziehen, seit er sie das erste Mal gesehen hatte, Schritt für Schritt näher zu kommen. Er war zu aufgewühlt, um sich auch nur den Hauch einer Frechheit ihr gegenüber herauszunehmen, aber andererseits arbeitete etwas in ihm, das ihn dazu zwang, nicht nachzulassen in seinen Bemühungen. Das Wichtigste jedoch war, dass Elisabeth sein vorsichtiges Werben mit amüsierter Miene zur Kenntnis nahm, ohne ihn schroff in seine Schranken zu weisen.

Eine weitere Delegation aus Mähren traf ein.

Arnolf hatte leichtsinnigerweise seiner jungen Frau Ota versprochen, die ohnehin knapp bemessene Zeit während ihres Aufenthalts mit einigen ritterlichen Wettkämpfen aufzulockern. Als schließlich auf einer großen Wiese vor der Pfalz alles für ein Turnier vorbereitet war, kam ihm diese Vergnügung denkbar ungelegen.

Er hatte Nachrichten von Graf Odo aus Paris erhalten, die ihn sehr beunruhigten. Und er hätte sich lieber mit seinen engsten Vertrauten und Beratern zurückgezogen, um die gefährliche Lage zu beraten.

So kam es, dass, als sein aufbrausender und kampferprobter ältester Sohn Zwentibald zu einem Zweikampf ohne Waffen antrat, er ihm anfänglich kaum einen Blick gönnte. Stattdessen kreisten seine Gedanken nur um die wachsende Gefahr, die unvermindert von den Normannen ausging.

Bunte Fahnen flatterten im Wind, mit Speeren und roten Bändern hatte man den Kampfplatz abgetrennt. Ringsherum hatte sich ein großes Publikum eingefunden, das den Reiterkunststücken und den Freundschaftskämpfen begeistert zusah und die Favoriten lautstark anfeuerte. Man hatte für die königliche Familie und die vielen Edlen an den gegenüberliegenden Längsseiten, von wo man die beste Sicht genoss, Stühle und Bänke aufgestellt. Über den Sessel für den König und die Königin hatte man einen schattenspendenden Baldachin gespannt. Das einfache Volk drängelte sich an den Schmalseiten des Kampffeldes und stritt sich mit den Knappen herum, die von hier neue Pferde heranführten oder ihren Herren neue Waffen und Schilde brachten.

Als der Gegner, den die Mähren gegen Zwentibald antreten ließen, das abgesteckte Feld betrat, ging ein Raunen durch die Menge. Dann brach der Lärm abrupt ab. Arnolf verscheuchte die finsteren Gedanken, die ihn gerade beschäftigten und erschrak. Doch er ließ sich nichts anmerken und war eigentlich nur froh, dass Ellinrata, Zwentibalds Mutter, schon vor ein paar Tagen abgereist war - zurück nach Regensburg. Er war froh, nicht hören zu müssen, was sie zu diesem furchterregenden Krieger zu sagen gehabt hätte.

Beide Kämpfer hatten ihre Umhänge abgeworfen und trugen nur noch leichte Beinkleider. Der Mann, der Zwentibald mit undurchdringlichem Blick musterte, erschreckte allein durch sein Aussehen, durch sein maskenhaft tätowiertes Gesicht und den kahlen Schädel mit dem dreifarbigen Zopf. Sie standen sich schweigend gegenüber. Man sah, nachdem sie ihre Umhänge und Wämser abgelegt hatten und sich mit bloßem Oberkörper gegenüberstanden, dass der fremde Kämpfer nicht nur im Gesicht furchterregende und entstellende Zeichnungen trug, sondern auch quer über seine Brust. Auf einmal kamen sein in seiner Gegenwart nur leise geflüsterter Name und seine Person zur Deckung. Das schwarze Bild, das sich quer über seine muskulöse Brust zog, stellte in kantigen, dicken Linien ein seltsames, gekröntes, flächig gezeichnetes Mischwesen dar. Einen Basilisken.

Anders als beim Lanzenstechen oder beim Schwertkampf wollte es die Sitte, dass ein Königssohn auch in der Disziplin der alten griechischen Helden, im waffenlosen Kampf Mann gegen Mann, bestehen konnte. Überlegenheit kraft überlegener Waffen war nur eine Seite der Macht. Die andere, fast ebenso wichtige bestand im augenfälligen Beweis, sich auch auf die pure körperliche Überlegenheit verlassen zu können. Ein wahrer Herrscher musste einen Gegner auch mit den bloßen Fäusten niederringen können.

In späteren Jahrhunderten - *erläuterte mein Onkel* - sollte diese Tugend im ritterlichen Wettkampf immer mehr in den Hintergrund treten. Die Lust der Zuschauer wie der Kämpfer verlagerte sich immer mehr auf die Reiterspiele und auf den geschickten Umgang mit Lanzen, deren Spitzen man im Turnier gegen stumpfe Kugeln austauschte und wo es nur darauf ankam, den gepanzerten Gegner aus dem Sattel zu heben. Bunte Bänder, Federbüsche, Fahnen und Wappen ersetzten die Schönheit körperlicher Kraft.

Die Ritter verschwanden schon bald vollkommen in ihren eisernen Rüstungen und man erkannte sie nur noch an den Farben ihrer Schilde oder ihrem hohl scheppernden Geschrei, wenn sie zu Boden fielen und sich dort nicht mehr regen konnten, weil sich die Scharniere ihrer Rüstungen hoffnungslos verkeilt und verkantet hatten. Mit derlei hohn- und spotterregendem Treiben hatten Turniere zu Arnolfs Zeiten noch nichts gemein.

Der König bemerkte jedenfalls, dass alles erwartungsvoll auf sein Zeichen wartete, welches er gedankenversunken noch nicht gegeben hatte. Zwentibald hätte kaum diesen Gegner angenommen, wenn er sich selbst keine Chancen zubilligen würde, überlegte Arnolf und ihm fiel ein, dass er seinen Sohn schon zuvor mit diesem grauenerregenden Hünen hatte herumlaufen sehen in Scherz und Unterhaltung vertieft.

Er hob seine Hand und ließ sie vor den Augen aller mit einem Ruck wieder fallen.

Er hatte diese Bewegung noch nicht zu Ende gebracht, da krachte der fremde Krieger mit Wucht gegen Zwentibald und riss ihn zu Boden. Sie rollten kurz umeinander, bis Zwentibald sich wieder unter Kontrolle hatte. Er zog beide Beine an, stemmte seine Füße in den Bauch des Gegners und schleuderte ihn mit aller Kraft davon. Es war, als richtete sich der Tätowierte wieder auf, aber er kam nicht vollständig auf die Beine, sondern taumelte rückwärts und hatte Mühe, das Gleichgewicht zu halten. Momente, die Zwentibald ausreichten, um mit einem Satz vom Boden wieder auf die Füße zu springen.

Er sah ihn noch taumeln und startete sofort seinen Gegenangriff. Er sprang fast mannshoch in die Luft, winkelte dabei seinen Körper ab, drehte ihn in eine Schräglage und ließ schließlich seine Stiefel gegen die Brust des Tätowierten prallen. War schon diese Aktion eine höchst ungewöhnliche Kampftaktik, so hatte das, was nun geschah, noch niemand von den Zuschauern in einem anderen Kampf gesehen.

Der Fremde flog durch den heftigen Tritt nach hinten, verlor endgültig sein Gleichgewicht, aber es sah so aus, als würde er den Boden überhaupt nicht berühren. Denn noch bevor er aufprallte, rollte er sich in der Luft und begann seinen Körper wie einen Kreisel zu drehen. Und noch bevor Zwentibald aus seinem gewaltigen Sprung, verbunden mit dem brutalen Tritt vor die Brust seines Gegners wieder auf die Füße kam, schoss ihm der Tätowierte in seine Sprungbahn und fälschte seine Bewegung ab, wie ein Pfeil, der schräg gegen ein eisernes Schild prallt und seitlich weggeschleudert wird.

Zwentibald hatte die Kontrolle über seine Sprungbewegung verloren und stürzte schmerzhaft mit der linken Schulter zuerst auf den Boden. Das weiche, etwas feuchte Gras konnte den Aufprall nur unwesentlich mildern. Er stieß einen Schmerzensschrei hervor. Das Gesicht seines Gegners verzog sich zu einer noch abartigeren Fratze, als es ohnehin zur Schau stellte. Zwentibald und wohl auch sein Vater Arnolf erkannten deutlich, was dieser Ausdruck zu bedeuten hatte.

Der fremde Krieger lächelte.

Da verzog sich auch Zwentibalds schmerzverzerrtes Gesicht zu einem schiefen Lächeln. Er griff mit seiner Rechten nach dem Bein seines Gegners und versuchte, ihn ebenfalls zu Fall zu bringen. Seine Augen zu schmalen Schlitzen zusammengekniffen, zerrte er an dem Bein, aber anstatt den Fremden zu Boden stürzen zu lassen, fühlte er sich auf einmal emporgehoben. Der Tätowierte hatte seinerseits nach Zwentibald gegriffen und bekam ihn erst unter der einen, dann auch unter der anderen Achsel zu fassen und riss ihn schließlich mit ungeheurer Wucht vom Boden hoch. Kaum hatte er erreicht, dass sich Zwentibalds Griff an seinem Bein lockerte, hielt auch er ihn nur noch an einer Seite, während die andere nun freie Hand den Gürtel von Zwentibalds Beinkleidern zu fassen bekam. Mit einer überraschenden Geschwindigkeit stieß er den kräftigen Körper Zwentibalds hoch in der Luft und stemmte ihn mit einer scheinbaren Leichtigkeit hoch, als handele es sich um ein kleines Kind, mit dem er spielte.

Zwentibalds Hände ruderten wie wild und den Zuschauern entrang sich ein Stöhnen, das alles zwischen Verblüffung und Sorge ausdrückte. Denn selbstverständlich stand die Mehrheit der Anwesenden auf der Seite von Arnolfs Sohn. Auch wenn er als aufbrausend und jähzornig bekannt war und sich niemand freiwillig mit ihm anlegte, wollte doch mit Ausnahme der mährischen Abordnung niemand mit ansehen, wie Zwentibald diesen Kampf verlor.

Wären die Erzählungen über diesen Kämpfer, die vor nicht allzu langer Zeit in der Gegend um Paris entstanden waren, bereits nach Forchheim vorgedrungen, weder Arnolf noch die Leute seines Hofstaats hätten einen Kampf wie diesen zugelassen. Im Gegenteil, man hätte versucht, den Mann mit dem Beinamen Basilisk zu überwältigen, in Ketten zu legen und schleunigst den Prozess zu machen. Es ist anzunehmen, dass besonders die geistlichen Würdenträger und Berater in einem solchen Fall auf eine zügige Hinrichtung gedrängt hätten. Denn wenn auch in ihren Augen Zweifel daran bestanden, ob es sich bei diesem Krieger überhaupt um einen Mensch handelte, so war es doch offensichtlich - egal ob Mensch oder nicht - dass es sich bei dem Tätowierten auf gar keinen Fall um einen Christen handeln konnte.

Doch die Erzählungen, die schließlich bis an den Hof Karls III. vorgedrungen waren, bestanden nur aus bösen Gerüchten, ungenauen Beschreibungen und furchterregenden Übertreibungen. Sie waren derart widersprüchlich, vor allem als die tatsächlichen Widersprüche - jene bereits geschilderten Ereignisse in Italien - hinzukamen, dass niemand mehr wusste, was er glauben sollte. Somit verflüchtigten sich die Geschichten um jenen Krieger mit jeder Meile Entfernung zwischen dem Ort des Geschehens und dem Ort, wo darüber berichtet wurde. Es war wie ein übler Gestank, der dort, wo er entsteht, unerträglich ist, den man aber gerne vergisst, wenn er die Nase nicht mehr belästigt. Und so konnte diese Gestalt immer wieder an weit voneinander entfernten Orten ihr Unwesen treiben, ohne dass irgendjemand auf die Idee gekommen wäre, schon einmal von ihr gehört zu haben. Jedenfalls nicht, bevor es zu spät war.

Der Tätowierte stemmte Zwentibald, der schon als junger Mann über eine große, kräftige Gestalt verfügte, viele seiner Zeitgenossen um Haupteslänge überragte und deshalb kein Leichtgewicht war, hoch über den kahlgeschorenen Schädel. Es schien, als koste ihn diese Anstrengung nur ein leises, böses Lächeln. Denn während Zwentibald vom Kampf bereits jetzt erschöpft war, heftig atmete und ihm der Schweiß übers Gesicht lief, war dergleichen beim Basilisken nicht zu beobachten. Im Gegenteil, er drehte seinen Gegner auch noch über seinem Kopf und schien zu überlegen, wohin er ihn am besten schleudern sollte.

Viele Zuschauer des Kampfes hatten jetzt vor Staunen ihre Münder weit aufgerissen und hielten vor Anspannung ihren Atem an. Auch Arnolf schien unschlüssig, wie er sich verhalten sollte. Eine höchst ungemütliche Situation, denn wenn ein König eines niemals zeigen darf, dann ist es Unsicherheit. Nicht zu wissen, was als nächstes zu tun sei. Bräche er den Kampf ab, wäre die Autorität seines Sohnes unwiederbringlich untergraben. Ließe er ihn bis zum bitteren Ende weiterkämpfen, riskierte er offensichtlich nicht nur, dass der fremde Krieger ihn besiegen würde, was unschön, aber nicht unehrenhaft war, sondern auch, dass er möglicherweise verletzt würde. Damit musste man in solchen Kämpfen zwar immer rechnen, aber es würde dem, was Arnolf mit Zwentibald in Forchheim noch vorhatte, zuwider laufen.

Doch diese fast unlösbare Entscheidung wurde Arnolf abgenommen. Zwentibald gab trotz seiner aussichtslosen Lage kein Zeichen, dass er aufgebe wollte. Obwohl jeder darauf zu warten schien. Oder darauf, den Königssohn schmerzhaft stürzen zu sehen. Nichts davon geschah. Als würde mit rasender Eile ein Vorhang geschlossen, verdüsterte sich in diesem Augenblick der Himmel. Und zeitgleich mit dicken Tropfen, die auf einmal niederprasselten, zerriss ein greller Blitz die düstere Atmosphäre, unmittelbar gefolgt von einem Donnerschlag, dessen dröhnende Wucht allen Anwesenden durch Mark und Bein fuhr.

Wie eingefroren im Licht des Blitzes sahen die Zuschauer, von denen die ersten schon fortrannten, um ins Trockene zu kommen, wie der tätowierte Kämpfer Zwentibald hochwirbelte und ihn nach einer halben Drehung wieder auffing. Mit dem Donner schien der Kampf zu Ende zu sein. Denn jetzt stand Zwentibald, unsicher hin- und herschwankend, mit seinen Füßen auf den Schultern seines Gegners, der sich Mühe gab, stillzuhalten. Nur noch wenige, die im Regen ausharrten, verfolgten die verblüffende Entwicklung. Der tätowierte Freikrieger sank auf sein rechtes Knie, das linke Bein angewinkelt, und beugte sich so vorsichtig wie möglich hinab. Das angewinkelte Bein des Basilisken als Stufe nutzend, stieg Zwentibald mit einem kleinen Schritt wieder auf den Boden.

Inzwischen hatte sich das plötzlich einsetzende Gewitter zu einem heftigen Platzregen entwickelt, der alle in kürzester Zeit bis auf die Haut durchnässte. Arnolf beendete mit einer ungeduldigen Handbewegung die Kampfspiele, worauf jeder, der noch nicht den Kampfplatz verlassen hatte, eilends das Weite suchte. So sah kaum jemand, wie Zwentibald sich zu seinem Gegner umdrehte und ihm, der nun vor ihm kniete, die Hand reichte, um ihn aufstehen zu lassen. Es sprach sich erst später während der Reichsversammlung herum, dass aus der erbitterten Gegnerschaft im Kampf eine herzliche Freundschaft geworden war.

XI

Der unerwartete Abbruch des Kampfes und die Tatsache, dass Arnolfs Sohn trotz drohender Niederlage nicht aufgegeben hatte, halfen dem König bei einem seiner wichtigsten Vorhaben auf diesem Reichstag. Angesichts der unsicheren Lage, in der sich das ostfränkische Reich befand, wollte Arnolf so früh wie möglich die Frage seiner Nachfolge regeln. Ota, seine Frau hatte ihm noch keine Kinder geschenkt. Es war sein Wille, dass sich alle weltlichen und geistlichen Fürsten auf Zwentibald, seinen ältesten Sohn festlegten. Zu diesem Zweck führte er von früh bis spät vertrauliche Verhandlungen mit jedem Abt, Bischof, Herzog und Grafen, der sich in Forchheim einfand, um ihn für dieses Vorhaben auf seine Seite zu ziehen. Zahllose Pfründe und andere Geschenke wurden in Aussicht gestellt, Privilegien versprochen, Ländereien verteilt, Zugeständnisse gemacht. Die Möglichkeit, dieses Vorhaben verwirklichen zu können, rückte in greifbare Nähe.

Denn kaum jemand traute sich, seine Bedenken, die er gegenüber Zwentibald hegen mochte, vor Arnolf offen auszusprechen. Schließlich stand es dem König frei, bisherigen Besitz wieder zu entziehen. Vor allem aber wagte niemand, auf die uneheliche Abkunft Zwentibalds zu sprechen zu kommen, entstammte doch der König selbst einer illegitimen Verbindung.

Zu den folgenreichsten Versprechungen, die Arnolf bei diesen Verhandlungen machte, gehörte ein, wie es ihm schien, kleiner Gefallen, den er Graf Adalbert von Babenberg zugestand.

Tatsächlich gelang es Arnolf auf dem Reichstag zu Forchheim im Jahre des Herrn 889 die Edlen des ostfränkischen Reiches davon zu überzeugen, in der Nachfolgefrage ihre Stimme für Zwentibald abzugeben.

In der Zwischenzeit wuchs im Verborgenen die heimliche Liebe zwischen Elisabeth und dem jungen Sänger Egino, dessen Stimme jeden zu entzücken vermochte. Mit Bangen sahen sie dem nicht allzu fernen Tag entgegen, da sich ihre Wege und sei es auch nur vorübergehend wieder trennen würden. Es war vorbestimmt, dass Egino mit dem königlichen Hofstaat weiterreisen müsste, während Elisabeth entweder Ota begleiten oder wieder zurück auf das väterliche Anwesen gehen müsste. Sie verstand nicht, warum sich die Königin noch nicht geäußert hatte, ob sie sie weiterhin in ihrem Gefolge haben wollte oder nicht. Die beiden Verliebten gaben sich größte Mühe, ihre Gefühle füreinander vor den neugierigen Blicken anderer geheim zu halten. Denn auch in Forchheim war die Feindschaft zwischen ihren Vätern, den Grafen Konrad und Adalbert, die sich keines Blickes würdigten, nur mühsam unterdrückt worden. Einzig sein Bruder Kilian ahnte, mehr als Egino recht war, wenn er eine ruhige Minute fand, um über die Situation nachzudenken. Doch das kam nur selten vor.

So kam der Tag des Abschieds. Egino hatte Dutzende von Plänen in seinen Gedanken hin- und hergewälzt, aber keiner konnte ihn überzeugen. Es machte ihn todunglücklich, nicht weiter zu wissen, aber diese schwarzen Gedanken wollte er sich Elisabeth gegenüber nicht anmerken lassen. Doch auch Elisabeth kam zu ihrem geheimen Treffpunkt in einem Wäldchen außerhalb der Pfalz in sichtbar niedergeschlagener Stimmung.

Sie sank in seine Arme und weinte. Egino versuchte sie zu trösten. Es wollte jedoch nicht gelingen. Schließlich sagte er, um überhaupt etwas zu sagen: "Wir sehen uns bald wieder. Ich spreche mit meinem Vater, vielleicht unterstützt er unsere Verbindung."

"Es ist alles sinnlos", klagte sie.

"Ich bin überzeugt davon, dass ich meinen Vater überreden kann", sagte Egino fest, obwohl er selbst kaum daran glauben mochte. "Wenn er nicht zustimmt, suche ich mir ein paar tapfere Burschen und entführe dich!"

Elisabeth stieß ihn nach dieser Ankündigung ein Stück zurück. Mit ihren verweinten Augen sah sie ihn an, als ob sie an seinem Verstand zweifelte.

"Wir können nach Osten fliehen. Dort in den Bergen und Wäldern findet uns niemand."

"Und was sollen wir dort tun, willst du Holzfäller oder Bauer werden?", fragte Elisabeth und schüttelte den Kopf.

"Ich finde eine Lösung für uns", erwiderte Egino, obwohl er keine Ahnung hatte, worin sie bestehen sollte.

"Es ist alles viel schlimmer, als ich dachte", sagte Elisabeth nach einer Pause leise.

Dann riss sie sich plötzlich von ihm los und rannte davon. Egino war viel zu überrascht, um ihr sofort hinterher zu eilen. Deshalb hatte er sie, als er endlich merkte, dass sie nicht zurückkam, aus den Augen verloren. Er rief nach ihr wie ein liebeskranker Kater, aber niemand antwortete. Er wusste nicht, wie lange er durch das Wäldchen irrte, um sie zu finden. In seinem Kopf gähnte nur noch ein dunkles Loch, in dem selbst Stunden unbemerkt und spurlos verschwanden. Schließlich eilte er zurück in die Pfalz.

Noch vor der Zugbrücke musste er anhalten. Eine schnellgaloppierende Horde Reiter verließ eilig die Pfalz. Er wich fluchend zur Seite, um nicht niedergeritten zu werden. Staub wirbelte hoch, weshalb er anfangs nicht erkannte, wer es hier so eilig hatte. Doch an den Pferden erkannte er, dass es sich um eine der Delegationen aus Mähren handelte. Er sah sich die vorbeieilende Gruppe genauer an, um zu sehen, ob sich der tätowierte Kämpfer unter ihnen befand. Er sah ihn nicht. Stattdessen entdeckte er ein anderes Gesicht inmitten der Reiter.

“Elisabeth!”, schrie er.

Niemand drehte sich nach ihm um. War sie es wirklich gewesen? Unmöglich, er schüttelte den Kopf und ging nachdenklich über die Brücke.

“Egino!” Der Name donnerte so nah an seinem Ohr, dass er erschrocken zusammenzuckte. Kilian hielt ihn am Arm fest. Egino hatte seinen Bruder gar nicht bemerkt.

“Sie war es”, sagte Kilian mit leiser Stimme.

“Was redest du da?”, herrschte Egino ihn an.

“Du hast eben nach ihr gerufen, ich habe vor dem Tor auf dich gewartet, aber du hattest nur Augen für sie ...”, sagte Kilian.

Egino starrte seinen Bruder verständnislos an.

“Sie hat mir, bevor sie aufbrach gesagt, dass ich dir das Folgende ausrichten soll.”

Noch immer war Egino unfähig, etwas zu sagen.

“Ihr Vater, Graf Adalbert”, fuhr Kilian fort, “hat mit ausdrücklicher Einwilligung von König Arnolf seine Tochter Elisabeth dem Fürsten Ulthard zur Frau gegeben. Ulthard ist kürzlich zum Christentum übergetreten, weshalb auch von kirchlicher Seite keine Einwände gegen diese Verbindung bestehen.”

“Keine Einwände, wie bitte?”, schrie Egino fassungslos.

“Für die Babenberger ist diese Ehe von Vorteil”, versuchte Kilian zu erläutern, “ihr Einflussbereich vergrößert sich weit nach Süd-Osten. Daran ist auch Arnolf gelegen, der Herzog Swatopluk mit gutem Recht gründlich misstraut.”

Kilian spürte, wie die Situation außer Kontrolle geriet, je mehr scheinbar vernünftige Gründe ihm einfielen.

“Es wird gemunkelt”, flüsterte er schließlich, “dass das die einzige Forderung war, die Graf Adalbert an König Arnolf gestellt hat. Der König brauchte seine Zustimmung zur Nachfolgeregelung zugunsten Zwentibalds ..."

Aber Egino hörte ihn längst nicht mehr. Er lag auf dem Boden und Krämpfe durchzuckten ihn. Seine Tränen perlten an den Grashalmen ab und versickerten in der Erde.

Der Basilisk war nicht mit der Abordnung der Mähren zurückgeritten. Er hatte sich, da er den Status eines Freikämpfers für sich beanspruchte, den ihm auch niemand ernsthaft streitig zu machen versuchte, von seiner Gefolgschaft losgesagt, sich aber ihrer Freundschaft versichert, die ihm zähneknirschend gewährt wurde und dem Gefolge von Arnolfs Sohn Zwentibald angeschlossen, der den furchterregenden Kämpfer dankbar bei sich aufnahm.

Mit dem Tag von Elisabeths Aufbruch verstummte der Sänger mit der Stimme, die alle zu bezaubern vermochte. Sein junges, hübsches Gesicht war mit einem Mal grau und eingefallen. Der strahlende Glanz seiner Augen wich einem finsteren, unsteten Blick. Jeder, der es wagte Egino anzusprechen, spürte nur noch blanken Hass und Ablehnung. Er brauchte dies nicht mit bösen Worten oder abweisenden Gesten auszudrücken, es genügte, ihm ins Gesicht zu sehen. Und niemand - außer Kilian und Mainhardt, Eginos Diener - verstanden, warum dieser Wandel mit ihm vorgegangen war.

Sein Vater, Graf Konrad, hatte Forchheim längst wieder verlassen. Doch als er später von dieser plötzlichen Veränderung seines Sohnes hören sollte, dachte er, dass Egino von einem unheilvollen Fieber ergriffen worden sei und befahl deshalb, ihm täglich eine Messe zu lesen.

Niemand konnte Egino seit jenem Tag wieder dazu bringen, in der Messe oder am Abend seine Lieder zu singen. Auch der König nicht, dem die zwar unausgesprochene aber dennoch deutlich zu spürende Feindschaft, die ihm auf einmal von seinem *Skof* entgegengebracht wurde, zunehmend unheimlicher wurde. Doch er musste sich um vielfältige andere Geschäfte kümmern, als dass er mehr als nur einen flüchtigen Gedanken daran verschwenden wollte.

Abordnungen der Slawen, der Mähren, ja sogar der Dänen waren nach Forchheim gekommen, um ihm zu huldigen und um Frieden zu bitten. Ein Stamm der Slawen hatte sich allerdings verweigert: die Abodriten. Von den Normannen hörte er aus dem westfränkischen Reich, dass sie weiter ungehindert plünderten und mordeten. Von den Mähren erzählte man ihm, dass dem Frieden, den Swatopluk bislang einhielt, nicht auf Dauer zu trauen sei. Jenseits der unsicheren Grenzen seines Einflussgebiets brannte die Erde und trotzdem kamen sie alle - fast alle - zu ihm, um ihn milde und friedlich zu stimmen.

Diejenigen, die nicht den Weg zu ihm fanden, wollte er mit einem Heer aufsuchen, das sie davon überzeugen würde, dass es nur einen Weg zum Frieden gab - unter seiner Herrschaft und nicht von ihr losgelöst in unabhängiger Nachbarschaft. Von Forchheim brach er schließlich nach Frankfurt auf und von dort mit einem großen Heer nach Sachsen, um die Abodriten heimzusuchen.

Doch der Feldzug misslang. Es kam zu keiner Auseinandersetzung, denn es war, als hätte sich der Gegner in Luft aufgelöst. Unverrichteter Dinge kehrte er nach Frankfurt zurück, löste das Heer wieder auf und widmete sich anderen offenen Fragen. In Schwaben plante der Sohn Karls III. einen Aufstand gegen ihn. Es gelang Arnolf, ihn ohne Blutvergießen niederzuschlagen. Und genau ein Jahr später finden wir den König wieder in Forchheim. Zu diesem Zeitpunkt befindet sich Egino nicht mehr in seinen Diensten. Aber zu Hause in Würzburg, wohin ihn der König zurückgeschickt hatte, ist er niemals angekommen ...

XII

Nur Kilian blieb von den Brüdern im Gefolge Arnolfs. Im Jahr 891 erlitt ein starkes fränkisches Heer eine der schlimmsten Niederlagen gegen die Normannen am Geulenbach. Arnolf musste sich der Gefahr stellen, bot ein Heer aus Schwaben und Franken auf und zog damit nach Maastricht. Doch die Schwaben verabschiedeten sich nach einer kurzen Strecke gemeinsamen Weges. Ein Fieber wütete in ihren Reihen, weshalb sie diese Krankheit als Vorwand nutzten, um wieder nach Hause zurückzukehren. Arnolf fluchte, musste sie aber gehen lassen. Mit dem fränkischen Teil des Heeres zog er weiter. Inzwischen war es Herbst geworden. Die Nächte wurden kalt und die Normannen beschlossen, sich in ihr Winterquartier nach Löwen an der Dyle zu begeben. Sie verstärkten ihr Lager mit Palisaden und schütteten Wälle auf. Damals pflegte man noch keine Burgen und Festungen mit dicken, steinernen Mauern zu bauen.

Währenddessen galten Egino und sein einziger Begleiter Mainhardt als verschollen. Mainhardt hatte in den Diensten Eginos unterschiedliche Funktionen ausgeübt. Er war Diener, Knappe, Stallbursche, Koch, wenn es sein musste, auch der Beschützer seines Herrn. Arnolf hatte Egino nach Hause geschickt und die Hoffnung damit verbunden, dass sein einst viel gepriesener Sänger in der vertrauten Umgebung der Würzburger Heimat seine Schwermut überwinden würde.

“Sobald deine ehemals goldene Kehle wieder zum Lobe Gottes und zu unserer Unterhaltung beitragen kann, befehle ich deine Rückkehr an meinen Hof. Es wird dein Schaden nicht sein”, hatte ihm der König zum Abschied gesagt. Egino nickte nur stumm und verließ mit finsterer Miene die Regensburger Pfalz, wo sich Arnolf zur Feier des Osterfestes aufgehalten hatte.

Da Mainhardt auch die Funktion eines Knappen innehatte, war ihm ein Pferd erlaubt. Ihr Gepäck hatten sie auf einen Maulesel geladen und der Anblick dieser drei Tiere mitsamt der beiden Reiter war das letzte, was Kilian von seinem Bruder sah, als er ihm hinterher blickte. Sie sollten sich nie wieder sehen.

Man vermutete bald das Schlimmste. Sie mussten einen Unfall erlitten haben, von Bären, Wölfen oder Räubern angegriffen worden oder in einem hochwasserführenden Fluss ertrunken sein. Ihr Maultier, so mutmaßte jemand, sei in eine Schlucht gestürzt und beim Versuch, Tier und Gepäck zu retten, habe es auch Egino und Mainhardt ins Verderben gerissen. Auf den naheliegendsten Gedanken, nämlich dass Egino versuchen würde, in die Nähe Elisabeths zu gelangen, kam nur Kilian und der behielt diese Überlegung wohlweislich für sich.

Mittlerweile hatten sich die Protagonisten unserer Erzählung in alle vier Winde zerstreut. Der Basilisk folgte seinem neuen Herrn Zwentibald nach Lothringen, wo dieser seine ihn aufs Königstum vorbereitende Landesherrschaft antrat. Mit wenig Fortune übrigens, dafür umso mehr Händeln mit den örtlichen Großen, mit denen der jähzornige junge Mann über kurz oder lang in Streit geriet. Manche dieser unangenehmen Situationen konnte der Freikrieger im Sinne des Herrschers lösen, was aber - wie man sich vorstellen kann - nicht dazu beitrug, die Beliebtheit Zwentibalds zu steigern.

Elisabeth sah ihren Gatten das erste Mal in dessen Heimat, wo er ein Anwesen besaß, das zwischen der Oderquelle und Troppau lag. Die zu Ulthards Gebiet gehörenden Ländereien waren in ihrer Ausdehnung groß, aber wenig eindrucksvoll. Das einfache Volk bestellte das Land in einer Weise, die Elisabeth erschreckte. Man war an Entbehrung und Hunger gewöhnt. Doch wenn die Bauern darbten, hungerte auch der Adel. Nur der Wildreichtum der Wälder und Berge und der Fischreichtum der Bäche und Flüsse konnte ihn über den Winter retten, während viele aus dem einfachen Volk verhungerten. Legten Bauern und Knechte in ihrer Verzweiflung Fallen, um an dem Wildreichtum teilzuhaben, schwebten sie in Lebensgefahr. Fing man sie mit verbotener Beute, wurden sie entweder direkt niedergemacht oder nach schnellem Prozess gehenkt. Das war in Mähren nicht anders als in Franken.

Trotz schlimmster Befürchtungen litt Elisabeth anfänglich mehr unter dem Land als unter Ulthard, der sich als ein gut aussehender junger Mann mit ausgesucht freundlichen Manieren entpuppte. Dennoch liebte sie ihn nicht. Und sie versuchte sich ihm zu verweigern, wann und wo es ging. Doch hinter Ulthards zuvorkommendem, höflichen Wesen, das so gar nicht zu dem von ihm beherrschten Land zu passen schien, verbarg sich ein strenger, harter, befehlsgewohnter Mann.

Er hatte nicht erwartet, dass die fremde Frau, die ihm dank Swatopluks Ränkespiel in die Hände gefallen war, in Liebe zu ihm entbrannte. Diese Hochzeit war das Ergebnis eines politischen Handels. Doch nun war sie seine Frau und sollte ihm die dringend benötigten Erben schenken. Stattdessen jedoch wehrte sie ihn ab und schlug ihm die Tür vor der Nase zu. Das nahm Ulthard einmal hin, auch ein zweites Mal bedrängte er sie nach ihrer Ablehnung nicht weiter. Als sie sich ihm aber das dritte Mal verweigerte, trat er nur scheinbar den Rückzug an.

Mitten in der Nacht, als er davon ausgehen konnte, dass sie schlief, schlich er sich heimlich in ihre Schlafkammer. Er tastete im Dunkeln nach ihrem Bett, schob die Decke zur

Seite und fiel ohne ein Wort über sie her. Erst als er in sie eindrang, war Elisabeth soweit wach, dass sie überhaupt mitbekam, was gerade mit ihr geschah. Sie wollte schreien, doch eine große starke Hand presste sich auf ihre Lippen und erstickte jeden Laut.

Tränen schossen ihr aus den Augen und sie versuchte sich zu wehren, so gut es ging, aber Ulthard war zu groß, zu stark und zu schwer für sie, um ihn mit Aussicht auf Erfolg von sich stoßen zu können. Ihr Widerstand erschlaffte und sie sackte regelrecht in sich zusammen. Es war, als stünde sie unbeteiligt neben dem Bett, während ihr zugleich die Vergewaltigung durch Ulthard wie eine Ewigkeit vorkam und sie sein keuchendes, bärtiges Gesicht dicht neben dem ihren spürte. Erst als er sich schweratmend von ihr herunterrollte, begriff sie, dass der Überfall auf ihren Körper vorbei war. Doch die eigentliche Überwältigung ihres Leibes hatte gerade erst begonnen.

Schon bevor Egino, Mainhardt und ihre Tiere auf dem Schiff eines Salzhändlers die Donau flussabwärts fuhren, dämmerte es dem verstummten Sänger, dass Kilians halbherziger Versuch, ihm die politischen Beweggründe für die Verheiratung Elisabeths mit einem Mährenfürsten zu erklären, an den Haaren herbeigezogen waren.

Der Einfluss Babenbergs würde niemals bis in die Einöde reichen können, in die er reisen wollte.

Ulthards Ländereien lagen, wie er schon bald erfahren hatte, an der süd-östlichen Grenze des großmährischen Reiches von Herzog Swatopluk. Auch für die machtpolitischen Überlegungen Arnolfs konnte diese Verbindung zwischen einem mährischen Fürsten und einer ihm getreuen Familie kaum Vorteile bringen. Graf Adalbert, davon war Egino inzwischen nach endlosen quälenden Überlegungen überzeugt, war schlicht und einfach verblendet gewesen, als er diesem Handel zustimmte. Hatte Egino nicht auch jenen furchterregenden, tätowierten Krieger in der Nähe Graf Adalberts gesehen?

Doch so sehr er sich sein Hirn auch zermarterte, es fiel ihm nicht mehr ein, ob es tatsächlich so gewesen war. Und als er endlich aus jenem bösen Zustand wieder erwacht war, der ihn nach Elisabeths Fortgang in eine Art geistiger Lähmung versetzt hatte, war es zu spät gewesen, diesen unheimlichen Mann zu fragen. Denn der war längst zusammen mit Zwentibald abgereist.

Eine Urkunde Arnolfs öffnete Egino viele Türen. Niemand, dem er seit seinem Aufbruch aus Regensburg begegnet war, konnte lesen, aber viele erkannten das königliche Siegel. Dass es sich um eine fehlerhaft geschriebene Urkunde handelte, in der es um eine Schenkung für das Kloster St. Emmeram ging, wusste nur Egino. Er hatte das Pergament schon vor längerer Zeit aus der Schreibstube in einem unbeobachteten Moment an sich genommen. Ursprünglich, weil er den fehlerhaften Text wegkratzen wollte, um ein möglichst großes Blatt für ein langes Gedicht zu erhalten, das er notieren wollte. Kilian versorgte ihn regelmäßig mit kleinen Pergamentfetzen, auf denen Egino Texte für seine Lieder schrieb, doch ein so großes Blatt war bisher nie dabei gewesen. Dafür galten die feinen Ziegenhäute als zu wertvoll. Selbst die königliche Schreibstube hätte die fehlerhafte Urkunde irgendwann noch ein zweites Mal verwendet. Nun diente ihm vor allem das Siegel und das Monogramm des Königs, zwischen dessen Buchstaben Arnolf persönlich seinen Verbindungsstrich gezogen hatte, als eine Art Ausweis. Man hielt ihn für einen königlichen Boten in wichtiger Mission.

Obwohl er sich nun endlich auf den Weg gemacht hatte, Elisabeth zu suchen, wirkte sein Blick nach wie vor stumpf und er sprach nur das nötigste. Er konnte nicht wissen, ob es ihm gelingen würde, in jenes Gebiet vorzudringen. Er konnte nicht wissen, ob es ihm gelingen würde, wäre er erst einmal an diesem Ort, Elisabeth überhaupt zu Gesicht zu bekommen. Und erst recht konnte er nicht wissen, ob sie sich nicht möglicherweise inzwischen mit ihrer Situation abgefunden hatte.

Sie hatten ja nur kurze Zeit miteinander verbracht. Vielleicht wollte sie überhaupt nichts mehr von ihm wissen. Vielleicht war das Bild seines Gesichts und der Nachklang jenes Liedes, das er ihr gesungen hatte, längst aus ihrem Gedächtnis entschwunden.

Wenn es dunkel wurde, konnte er nicht einschlafen. Unzählige Gedanken und Erinnerungen flogen durch seinen Kopf. Er spürte, wie diese Erinnerungen ihn wachrüttelten und sein Herz so heftig schlagen ließen, als sei er viele Meilen gerannt. Er atmete schwer und dunkle Sorgen bemächtigten sich seiner. Voller Angst lag er da, völlig bewegungslos, als habe man ihn mit schweren Ketten gefesselt. Es gelang ihm nicht, diese bösen Eindrücke zu verjagen. Erst wenn schon die Sonne im Osten dämmerte und ein trübes Grau den neuen Tag ankündigte, schlief er durchgeschwitzt ein, sank in einen kurzen Schlaf, der eher einer Ohnmacht glich.

Tagsüber waren ihm Arme und Beine so schwer, dass er sich zwingen musste, sie zu bewegen. Genauso wie er sich dazu zwang, auf seinem einsamen Weg weiter zu gehen. Mainhardt, sein Diener begleitete ihn klaglos und diese Treue war der einzige kleine Lichtblick, der durch die schwarze Welt im Inneren Eginos leuchtete.

Noch vor einem Jahr wäre es ihm niemals in den Sinn gekommen, in Mainhardt mehr als nur einen Knecht zu sehen. In dem einfachen Mann, der ihm half und ihm ohne jede Frage in weit mehr Dingen unterstützte, als es zu den Aufgaben eines Knappen und Dieners gehörte, in diesem schlichten Menschen so etwas wie einen Freund zu sehen.

Es war natürlich völlig unstandesgemäß mit Untergebenen mehr Worte zu wechseln als unbedingt nötig. Weshalb Egino, wie die meisten anderen Adeligen auch, Bedienstete nur zur Kenntnis nahm, wenn etwas nicht richtig erledigt worden war oder er auf irgendeine Besorgung warten musste. Einige Monate, nachdem Elisabeth ohne richtigen Abschied fortgereist war, begann Egino allmählich seinen Burschen zur

Kenntnis zu nehmen. Erst jetzt fiel ihm auf, dass sein Diener um einiges älter war, als er selbst. Er erfuhr, dass Mainhardt schon seit langem verheiratet war. Seine Frau gehörte in Würzburg zur Dienerschaft von Eginos Tante.

So blieb von unseren Helden einzig Kilian bei Arnolf. Er begleitete ihn auf seinem langen Weg Richtung Abend und Nacht. Dorthin, wo der König beabsichtigte, die Normannen zu stellen. Hier im Herzen von Brabant stieß das Heer auf das Winterlager der Normannen. Anstatt sich zu beraten und zu überlegen, wie das Lager der Normannen zu nehmen sei, befahl Arnolf, sich wieder außer Sichtweite zurückzuziehen und eine Feldmesse zu zelebrieren. Da außer Kilian nur wenige andere Geistliche diesen Feldzug begleiteten, musste er an der Messe unter freiem Himmel mitwirken. Im Zentrum der Zeremonie stand ein reich mit Edelsteinen verziertes *Zirborium*, das oben von einem doppelstöckigen Baldachin abgeschlossen wurde, der aus mit Goldblech beschlagenem Holz bestand. Nur der König und die Geistlichen, die ganz vorne standen, konnten die kleine, eher unscheinbare Altarplatte sehen, ein kaum zwei Handflächen großes Holzrechteck, in das eine Scheibe aus Porphyr eingelassen worden war. Dieser Tragealtar diente Arnolf auf seinen Reisen überall dort, wo ihm keine Kirche oder Kapelle mit einem konsekrierten Altar zur Verfügung stand. Der Knauf oben am kreuzförmig miteinander verbundenen Satteldach, an dem man das *Zirborium* tragen konnte, wurde für den Gottesdienst entfernt. An seine Stelle wurde ein Kreuz gesteckt, das in der Mitte über dem Altar auch von den weiter hinten knienden Kämpfern gesehen wurde. Keiner der Männer legte seine Waffen, Schilde oder Rüstungen ab, auch Kilian und die anderen Geistlichen nicht. Sie hatten nur jeder rasch eine *Pluviale* über den Harnisch geworfen. Kilian bedauerte es, dass nach dem Introitus beim Kyrie und dem Sanctus die tragende Stimme seines Bruders fehlte. Trotzdem war er davon überzeugt, dass ihr Gesang bis hinüber ins Lager der Normannen schallte. Als sich nach Entlassung und Segen die Männer wieder erhoben, die Helme, die sie als einziges abgelegt hatten, wieder aufsetzten und dann wieder in die Sichtweite der Normannen gelangten, wurden sie mit Hohngeschrei begrüßt.

Die Dänen spotteten, als sie die kleine fränkische Streitmacht erblickten und schrieen verteidigungsbereit von den Palisaden, dass sie sich auf den Kampf freuen würden. Schließlich habe man erst vor kurzem ein anderes Heer der Franken beim Geulenbach vernichtend geschlagen, genau dieses Schicksal, das jetzt auch sie erleiden würden, da könnten sie noch so sehr jaulen und ihren hilflosen Gott um Unterstützung bitten.

Tatsächlich war die Ausgangslage des Gefechts für die Angreifer denkbar ungünstig. Links floss die Dyle, rechts neben ihnen erstreckte sich ein tückisches Sumpfgebiet. Der mit Baumstämmen befestigte Weg zum Lager der Normannen war schmal und nur wenige Pferde konnten hier nebeneinander vorankommen.

Längst waren es die fränkischen Krieger gewohnt, hoch zu Ross anzugreifen, Pfeile abzuschießen, mit Lanzen, Schwertern und Streitkolben zu kämpfen. Doch die Lage vor der Normannenfestung erforderte eine neue Taktik. Sie saßen ab, ließen einen Teil der Reiterei hinter sich, um den Rücken sicher zu wissen und drangen zu Fuß vorwärts, die Schilde über die Köpfe erhoben.

Ein Teil der normannischen Krieger wagte siegessicher einen Ausfall. Arnolf hatte es verstanden, seinen Männern mit energischen Worten nicht nur Mut einzuflößen, sondern auch ihre Kampfeswut anzustacheln, so dass sich schon nach einem kurzen und heftigen Gefecht dieser Ausfall für den Feind als Fehler erwies. Die Bogenschützen der Normannen mussten auf die Nachhut der Franken zielen, die sich zu schützen wusste, da sich weiter vorne Freund und Feind miteinander mischten. Zu groß war die Gefahr im Durcheinander dieses Kampfes eigene Leute zu treffen. Als die Normannen ihren Fehler erkannten, wollten sie sich schleunigst wieder hinter die Wälle ihres Lagers zurückziehen, doch Arnolfs Kämpfer gelang zusammen mit ihnen in das Lager einzudringen, worauf auch die Nachhut der fränkischen Streitmacht nachsetzte und nun ebenfalls innerhalb des Lagers die Normannen bekämpfte.

Eine solche Situation hatten die dänischen Krieger während ihrer langen Plünderfeldzüge noch nie erlebt. Innerhalb ihrer Mauern mussten sie mit einem Feind fechten, der ihnen zwar zahlenmäßig unterlegen war, aber die Enge zwischen den Hütten und Ställen und Zelten geschickt auszunutzen verstand, um ihnen keine Bewegungsfreiheit für einen größeren Widerstand zu gewähren. Dabei zahlte sich aus, dass mehr als die Hälfte der fränkischen Streitmacht zu Fuß kämpfte und sich dabei von der eigenen Reiterei unterstützen ließ.

Nun verwandelte sich auch die geschützte Stellung des Normannenlagers zum Fluch, denn der Sumpf und die Dyle gewährten keine Rückzugsmöglichkeit, um sich neu aufzustellen und verhinderte ihre Flucht. Der fränkische Sieg kostete Tausende von Normannen das Leben, während auf Arnolfs Seite nur ein einziger Toter zu beklagen war.

Kilian hatte nicht mitgekämpft, sondern hatte versucht, während der Schlacht, schwerverletzte und sterbende Normannen zum Christentum zu bekehren. Leider wissen wir nicht, ob diese Bemühungen von Erfolg gekrönt waren. Denn eine Gruppe von teilweise leicht verletzten Normannen stürmte über ihn hinweg, um ihr Heil in der Flucht in den eiskalten Fluten der Dyle zu suchen. Ihre Boote waren längst in Flammen aufgegangen, so dass sie nur hoffen konnten, schwimmend bis ans andere Ufer zu gelangen.

Kilian spürte, wie er von den panisch Fliehenden mitgerissen wurde. Er versuchte sich loszureißen, doch eine ganze Reihe von Fäusten hielt ihn fest und schleifte ihn mit hinunter zum schlammigen Ufer. Einige der Fäuste und auch der Gesichter der Dänen waren blutüberströmt und er sah, dass dieses Blut auch ihn besudelte.

Ihr Blut kommt über mich, dachte er noch, als seine Füße bereits durchs Wasser schleiften. Dann ließen ihn die Fäuste auf einmal los und er stürzte auf seine Knie. Er sah den Fliehenden hinterher und konnte mit verschleiertem Blick beobachten, wie sie von den Fluten fortgerissen wurden und ertranken. Einige wurden noch zuvor von den Pfeilen und Armbrustbolzen fränkischer Schützen getroffen. Keinem gelang es das gegenüberliegende Ufer zu erreichen.

Kilian kniete bis fast zum Bauch im eiskalten Wasser und blickte auf seine blutverschmierte Kutte. Er sah, wie der grobe Stoff vom Blut durchtränkt und immer feuchter wurde, aber er spürte die tiefe Stichwunde nicht, die ihm die Fliehenden in ihrer ohnmächtigen Wut versetzt hatten, als sie ihn mit ins Wasser zerrten. Dann wurde ihm schwarz vor Augen und er brach zusammen.

Als man seine Leiche wenig später aus dem Wasser zog, betrübte der Tod des jungen Mönchs zwar den König und seine Streitmacht, aber die gleichzeitige Freude über den Sieg, errungen gegen einen als unschlagbar geltenden Feind, wischte bei den meisten die Trauer rasch beiseite. So ritten Arnolfs Boten mit vielen eroberten Fahnen und Waffen nach Regensburg, um den triumphalen Sieg zu verkünden, einer von ihnen aber bog vorher nach Würzburg ab, um Konrads Familie und Kilians Kloster die Todesnachricht zu überbringen.

Erst nachdem dieser Bote wieder zu Arnolf zurückgekehrt war, erfuhr der König wie nebenbei, dass Kilians älterer Bruder, der einst hochgeschätzte Sänger Egino nicht nach Hause zurückgekehrt war und seitdem als verschollen galt.

XIII

Es dauerte sehr lange bis es Egino und Mainhardt endlich gelang, Elisabeth im Reich der Mähren ausfindig zu machen. Sie kamen zwar schon nach kurzer Zeit in die Nähe von Ulthards Herrschaftsgebiet, aber die Gerüchte, die sie über die junge Frau des Fürsten zu hören bekamen, waren widersprüchlich und schickten sie mehr als einmal in die Irre. Ihr größtes Problem jedoch war vorerst ein ganz anderes. Eginos Mittel waren schon bald aufgebraucht, so dass sie sich mit der einfachen, aber lebenswichtigen Frage herumschlagen mussten, woher sie Essen und Trinken bekommen konnten.

Das Land war arm und weite Gebiete nur wenig bevölkert. Eine königliche Urkunde zweifelhaften Inhalts half hier kaum noch. Selbst die wenigen Dinare, die Egino noch besaß, waren im Südosten Mährens so gut wie nichts wert. Außerdem sah man ihnen an der Kleidung an, schon lange bevor man ihre Aussprache hörte, dass sie aus einem anderen Land kamen. Ein Land, mit dem ihr Herrscher Herzog Swatopluk gerade wieder einmal Krieg führte.

Tatsächlich versuchte Arnolf etwa zur gleichen Zeit, als sich Egino und Mainhardt in die Gegend zwischen Morgen und Mittag durchschlugen, Mähren mit mehreren Heeren gleichzeitig von Mitternacht, Sonnenuntergang und Tagesmitte in die Zange zu nehmen. Swatopluk wusste genau, dass er dieser Übermacht nicht viel würde entgegensetzen können und wich den feindlichen Streitmächten beständig aus. Diesmal zogen nicht nur die Franken in den Krieg, sondern auch die Bayern und die Schwaben. Außerdem hatte Arnolf in Herzog Braslavo einen Verbündeten gewonnen, der über die Slovenen im unteren Pannonien gebot.

Die Mähren verbargen sich so sie konnten hinter ihren Mauern. Sie besaßen eine Reihe von gut befestigten Burgen, unter denen man sich aber nicht Bauwerke der Art vorstellen darf, die seit Heinrich II. in der *Francia Orientalis* so zahlreich errichtet wurden. Aber noch heute kennt man in Mähren die Namen dieser Orte, da sie ihren Nutzen in schweren Zeiten bewiesen hatten: Devin, Mikulcice und Pohansco hießen einige von ihnen. Die Mehrzahl des einfachen Volks jedoch floh in die Wälder oder auf die Berge und überließ Arnolfs Streitmacht das flache Land. Hier wüteten seine Truppen, plünderten, vernichteten Ernte und Saatgut und zerstörten die Häuser der Bauern.

Zwentibald, der mit einer kleinen Gruppe seiner Leute an diesem Vernichtungsfeldzug teilnahm, hatte seinem Vater noch einen weiteren Verbündeten zugeführt. Ein wildes, kaum zu bändigendes Reitervolk aus dem Osten mit grausamen und schrecklich anzusehenden Kriegern, die einem treuen Begleiter von Arnolfs Erstgeborenem zum Verwechseln ähnlich sahen, trugen sie doch wie er wilde Tätowierungen und an einem sonst kahlgeschorenen Kopf einen mit den unterschiedlichsten Farben gefärbten Zopf ...

Egino und Mainhardt waren wegen dieser bösen Umstände gezwungen, während ihrer Reise ihre Herkunft zu verschleiern. Dabei kam ihnen der Zufall zu Hilfe.

Bei einem Schneider in Römerstadt, einer der wenigen kleinen Marktstädte in dieser trostlosen Gegend, hatte ein nahegelegenes Kloster einige Hundert neuer Mönchskutten und mehrere Dutzend Messgewänder bestellt. Der Schneider suchte deshalb händeringend zusätzliche Gehilfen und nahm

Mainhardt, der nähen konnte, gerne in seine Dienste. Der Schneider war ein entflohener Leibeigener aus Schwaben, der es in der Fremde zu einem bescheidenen Wohlstand gebracht hatte. Er beschäftigte deshalb gerne Leute, die seine Muttersprache beherrschten.

Glücklicherweise lag Römerstadt in diesen Tagen weit ab vom kriegerischen Geschehen. Egino hielt sich in einem nahegelegenen Wald verborgen, während Mainhardt eifrig nähte. Er kletterte auf einen hohen Baum, wenn ein Holzfäller oder Köhler seinem Versteck zu nahe kam. Mainhardt hatte eines der Pferde und das Maultier mit in die Stadt genommen, wo die Tiere im Stall des Schneiders unterkamen. Egino versteckte sein Pferd in einer kleinen Höhle, in die er Nachts ebenfalls unterkroch, um zu schlafen. Die erzwungene Einsamkeit verdüsterte seine Stimmung noch mehr.

Er begann mit sich selbst zu sprechen. Seine einst vornehme Kleidung starrte vor Schmutz und seine hübsche, reich bestickte Kappe hatte er schon während der Schiffsreise auf der Donau verloren. Seine langen Haare waren verfilzt und ein struppiger, rauer Bart wucherte an Kinn und Wangen. Um seine Augen hatten sich dunkle Ringe gebildet, so dass sein flackernder Blick wirkte wie eine verlöschende Fackel in einem Tunnel.

Durch den Aufenthalt im Wald waren seine Beine, Arme und Hände von Dornen zerkratzt. Doch diese Verletzungen spürte er überhaupt nicht angesichts des gewaltigen Stachels, der seine Seele durchbohrt hatte.

Mainhardt kam fast jeden Tag kurz vor Sonnenuntergang zu Eginos Versteck und brachte ihm Essen, das er in der Küche des Schneiders beiseite geschafft hatte. Oft kletterte Egino erst dann vom Baum, wenn Mainhardt schon seit einiger Zeit darunter stand und sich suchend umsah.

Während der Arbeit an den Kutten suchte Mainhardt das Gespräch mit anderen Gehilfen. Auf diese Weise trachtete er an Informationen über Ulthard und Elisabeth zu gelangen, allerdings nur mit mäßigem Erfolg.

“Was hast du herausbekommen?”, fragte Egino, als ihn Mainhardt in dem Waldstück nahe der Höhle aufsuchte. Seit mehr als zwei Wochen arbeitete er bereits bei dem Schneider.

“Nur widersprüchliche Gerüchte, Herr”, erwiderte Mainhardt und holte einen Kanten Brot und ein Stück Käse aus seiner Satteltasche. Egino nickte stumm und griff gierig nach dem Essen. Eine Quelle in der Nähe versorgte ihn mit Wasser, aber er war seit vielen Tagen nicht mehr richtig satt geworden.

“Erzähl!”, forderte Egino ihn auf.

“Einer will gehört haben, dass Ulthard seine Frau direkt nach der Hochzeit in ein Verlies geworfen hat. Ein anderer sagt, er habe sie getötet, da sie ihm nicht zu willen war. Wieder andere behaupten, er habe sie zu Verwandten geschickt, weil sie ihn bei Lustbarkeiten mit seinen Kebsweibern gestört habe. Und die letzte dieser Geschichten hat mir heute früh einer der Knaben erzählt, die für des Schneiders Frau arbeiten. Er vertraut mir, deshalb hat er sich für mich umgehört ...”

Egino merkte deutlich, dass es Mainhardt schwer fiel, weiter zu reden. Doch er wartete geduldig ab und schließlich fuhr sein Diener fort: “Er berichtete mir, dass Elisabeth eine glückliche Ehe mit Ulthard führe und mittlerweile hochschwanger sei ...” Mainhardt ahnte, dass diese Mitteilung Egino von allen am stärksten traf. Er hielt deshalb seine Augen gesenkt, doch Egino ließ sich nichts anmerken.

“Ich glaube keiner dieser Geschichten, Herr. Wir sind noch zu weit von Ulthards Sitz entfernt, um sichere Informationen zu bekommen. Aber mir ist etwas eingefallen, das uns weiterhelfen kann.”

Egino, der gerade vom Käse abgebissen hatte, hielt mit dem Kauen inne und blickte Mainhardt fragend an.

“Der Weber hat mehr Stoff angeliefert, als für die Kutten gebraucht werden. Ich werde zwei zusätzliche Gewänder anfertigen. Sobald sie fertig sind, nehme ich meinen Abschied und bringe sie her. Ich werde sie etwas anders zuschneiden und nähen, so dass man uns, wenn wir sie anziehen, nicht mit den Mönchen des hiesigen Klosters verwechselt. Ich denke, als Mönche können wir besser durch dieses fremde Land reisen. Man wird uns für Brüder aus einem weit entfernten Kloster halten, die im Auftrag des Ordens und der Kirche unterwegs sind."

Zum ersten Mal seit Monaten blitzte für einen kleinen Moment wieder jenes Feuer in den Augen Eginos auf, das früher bestimmend für sein Wesen war. Sogar ein leichtes Lächeln umspielte kurz seine Lippen.

"Ein wirklich guter Einfall, Mainhardt", sagte er und fügte seufzend hinzu: "Was täte ich nur ohne dich, mein Freund."

Als Mainhardt vier Tage später in die Nähe der Höhle kam, hatte er die Kutten dabei und neben seinem Pferd auch das Maultier. Sie schnitten sich die Haare und entfernten die Bärte. Mit Eginos scharfem Rasiermesser schabten sie sich gegenseitig eine Tonsur. Einfache Mönche waren zwar in jener Zeit selten zu Pferd unterwegs, aber sie hatten sich eine Geschichte ausgedacht, für den Fall, dass man sie ansprechen würde. Da Egino über gute Lateinkenntnisse verfügte, würde er auf lateinisch antworten und behaupten, sie kämen direkt aus Rom und wären im Auftrag des Papstes unterwegs. Das schien hinreichend weit weg zu sein, um ihr Gepäck, die wertvollen Reittiere und notfalls auch die in ihrem Gepäck verborgenen Waffen zu erklären.

In neuer Kluft brachen sie auf und näherten sich nach einigen Tagesreisen schließlich den Ländereien Fürst Ulthards. Bei Ljebesaw fanden sie in der Nähe des fürstlichen Hauptsitzes ein kleines Kloster direkt am Ufer jenes Baches, der viele Meilen flussabwärts zur Oder anschwillt. Hier baten sie um Gastfreundschaft, die man ihnen auch gewährte. Lediglich acht Brüder wohnten hier und lebten von nichts anderem als dem, was sie selbst in ihren Gärten und Feldern anbauten.

Einmal im Jahr jedoch endete in der Kapelle ihres Klosters eine Wallfahrt, an der viele Menschen von nah und fern teilnahmen. Denn die Brüder verwahrten in ihren Mauern einen Schatz, den ihnen Lambertus, der Abt der kleinen Gemeinschaft schon am ersten Tag nach ihrer Ankunft voller Stolz zeigte.

Hinter dem wuchtigen Taufstein befand sich im Boden der ganz aus Stein gebauten Klosterkirche eine große, schwere Felsplatte, die man nur zu zweit an einem Ring mit viel Kraftaufwand hoch wuchten konnte. Der Ring war mit einer dicken Eisenkette und einem fast kinderkopfgroßen Schloss gesichert. Mainhardt stolperte im Halbdunkel der Kapelle über die Kette und verlor nur deshalb nicht das Gleichgewicht, weil er sich am Taufstein festklammerte. Mühsam unterdrückte er einen Fluch. Die Kette schepperte laut und sofort rannten zwei Mönche herbei. Der Abt beruhigte die aufgebrachten Brüder und schickte sie wieder fort.

“Seht ihr?”, sagte Lambertus auf lateinisch, “unsere Schatzkammer ist gut gesichert. Das wertvollste Stück unseres kleinen Klosters ruht dort unten. Kommt mit, ich zeige euch unser Heiligtum.”

Er sprach ausschließlich mit Eginus, denn dieser hatte ihm erklärt, dass sein Gefährte Bruder Mainhardus ein Schweigegelübde abgelegt habe.

Sie stiegen einige steile Stufen hinab in eine Art Krypta, deren Gewölbe von der flackernden Fackel des Abts beleuchtet wurde. Hinten stand ein kleiner, aus einem Fels gehauener Altar, auf dem sich ein gerade einmal handgroßer, würfelförmiger, mit Edelsteinen und Gold verzierter Behälter befand. Lambertus öffnete ihn an der Vorderseite. Im Inneren lag ein winziges, dunkelgrünes Samtkissen, auf dem ein unscheinbarer Gegenstand ruhte, der noch nicht einmal die Größe eines Daumennagels maß. Er sah irgendwie schrumpelig aus wie ein halbverrotteter Kirschkern, war aber an einer Seite ein Stückchen offen, so als habe er sich hier zusammengerollt.

Zum Glück konnte man im Dämmerlicht nicht genau die Gesichter von Mainhardt und Egino erkennen, aber ihre Ratlosigkeit musste dennoch deutlich zu spüren gewesen sein.

Abt Lambertus hatte, als er das Gefäß öffnete ein Vaterunser gemurmelt und sich dann mehrfach bekreuzigt. Auch die falschen Brüder bekreuzigten sich eilends.

“Wisst ihr, was das ist?”, fragte er in flüsterndem Latein.

Die Angesprochenen schüttelten die Köpfe, während sie sich gegenseitig versuchten, zur Seite zu drängen, um einen besseren Blick auf das heilige Objekt zu erhaschen.

“Es ist das *praeputium* unseres Herrn!”, sagte der Abt noch immer flüsternd, als könne er das kleine, stille Teil in seinem Schlummer stören.

“Seine Vorhaut?”, entfuhr es Egino unwillkürlich.

“Ihr sprecht die fränkische Sprache?”, entgegnete Lambertus sofort.

“Oh ja, die Aufträge unserer römischen Herren haben uns auch schon nach *Francia Orientalis* geführt”, erwiderte Egino wieder auf Latein.

Der Abt verschloss das wertvolle Kästchen sorgfältig. Als sie das unterirdische Gewölbe wieder verließen und ächzend gemeinsam die Steinplatte auf die Öffnung schoben, erzählte Lambertus, dass wegen dieser Reliquie jedes Jahr zum Fest der Beschneidung Christi Tausende von Pilgern zu ihrem kleinen Kloster kämen. Die Einkünfte aus dieser jährlichen Wallfahrt habe sie unabhängig von den Zuwendungen ihres Fürsten Ulthard gemacht.

“Erzählt jetzt von eurem Auftrag!”, forderte Lambertus seine Besucher auf und Egino konnte deutlich einen misstrauischen Unterton vernehmen.

“Verzeih, aber wir dürfen nicht darüber sprechen”, erwiderte Egino.

“Eure Namen klingen ungewöhnlich für Mönche, aber was soll ich sagen”, erwiderte der Abt, ohne auf Eginos Antwort einzugehen, “seit unser großer kirchlicher Lehrer und Vater, der weise Methodius vor einigen Jahren gestorben ist, werden wir mährischen Christen verstärkt von Rom und auch von den bayerischen Bischöfen angegriffen. Rom ist nicht mehr gut auf uns zu sprechen, deshalb verstehe ich auch, dass euer Auftrag geheim bleiben soll. Aber auch in Rom ändern sich die Sitten, wie man an euren Ordensnamen hören kann und deshalb frage ich euch, warum dürfen dann wir nicht mehr unsere eigenen Gebräuche pflegen?"

"Es ist nicht an uns, werter Herr Abt, eure Gebräuche oder Sitten zu kritisieren ...", entgegnete Egino, um überhaupt etwas zu einem Thema zu sagen, von dem er nichts verstand. Dies aber durfte er sich auf keinen Fall anmerken lassen.

"Methodius hat uns unsere Liturgie gegeben, sein Bruder Cyrillus gab uns unsere Schrift. Wir haben Cyrillus von Saloniki und seinem Bruder viel zu verdanken. Dafür hat man unseren Erzbischof Methodius mehr als zwei Jahre in Ellwangen in den Kerker geworfen. Nur weil er den slawischen Völkern die Evangelien und die Gebete in die Sprache übersetzt hat, die sie auch verstehen. Die Menschen liebten ihn deshalb und wenn sie ihn liebten, fanden sie auch zu Gott! Kaum aber hatte man ihn beigesetzt, verbat uns Papst Stephan VI. diese Wohltat an unserem Volk. Kommt ihr jetzt von Rom hierher, um uns zu sagen, dass der Papst dieses Verbot wieder aufgehoben hat?"

Die Stimme des Abts wurde, je mehr er sprach, immer lauter. Und es war deutlich zu hören, dass er seine abschließende Frage nur rhetorisch gemeint hatte. Sein finster verschlossenes Gesicht verriet, dass er an einen solchen Sinneswandel Roms nicht recht glauben wollte.

Egino sah ihn mit aufgerissenen Augen an, mit einem solchen, nur mühsam versteckten Vorwurf hatte er nicht gerechnet. In was für ein Wespennest hatten sie gestochen, als sie auf den verrückten Einfall verfielen, sich als römische Mönche auszugeben?

"Bitte ...", stammelte er.

"Ihr braucht mir nichts zu erklären", sagte Lambertus wieder etwas ruhiger, "ich kenne meine christlichen Pflichten. Ihr seid hier willkommen und könnt so lange bleiben, wie es euch nötig erscheint. Aber wundert euch nicht, wenn ihr unter dem Volk oder bei einfachen Geistlichen auf Ablehnung oder gar feindliche Stimmung stoßt. Auch unser weiser Herrscher Svatopluk Magnus stört sich am gegenwärtigen Herrn von Rom. Deshalb empfehle ich euch, behaltet nicht nur eure Mission, sondern auch eure Herkunft geheim."

Nach diesen Worten entfernte sich Lambertus. Ganz und gar unerträglich war die Situation für Mainhardt gewesen, der von der ganzen Auseinandersetzung kein Wort verstanden hatte. Nur dass dieser eher einseitige Wortwechsel für Egino sehr unangenehm war, begriff er, aber nicht, warum. Diese Ungewissheit ließ ihn fast die Beherrschung verlieren. Erst als sie sich außer Hörweite der kleinen Klostergemeinschaft befanden, konnte ihm Egino das Vorgefallene erklären. Mainhardt atmete sichtlich erleichtert auf, hatte er sich in seiner Vorstellung doch viel Schlimmeres ausgemalt.

In der Nähe des Klosters unweit des Lieselberges erhob sich in einer Entfernung von wenigen Stunden die Befestigung von Ulthards Anwesen. Es war ein düsterer Gebäudekomplex, der weiträumig von einer hohen Mauer umgeben war. Man sah einen einzelnen Turm mit wenigen, kleinen Fenstern darüber hinausragen, während von den anderen Häusern nur die Spitzen der Dächer über die Mauer hinweg zu sehen waren.

Immer wieder durchstreiften Egino und Mainhardt in den kommenden Tagen die nähere Umgebung. Dabei näherten sie sich Ulthards Wohnstatt bis auf Armeslänge, ohne irgendetwas von ihm oder gar Elisabeth zu Gesicht zu bekommen.

Doch dann sollte Egino das Glück zu Hilfe kommen. Obwohl er später dieses Glück als böses Schicksal, ja sogar als reines Unglück verfluchen sollte. Als Ereignis, das vom Himmel geschickt zu sein schien, aber in Wahrheit direkt aus der Hölle kam.

Es regnete in Strömen, trotzdem wollte er auf seinen täglichen Ausritt nicht verzichten. Er erlaubte Mainhardt in der winzigen Zelle des Klosters, die ihnen als Gastraum diente, zurückzubleiben. Wieder trieb er sein Pferd, das ihn nun schon so viele Meilen getragen hatte, durch den dichten Wald, der zwischen Ulthards Anwesen und dem Kloster wuchs, nur unterbrochen von dem Ausläufer eines Hochmoors.

Obwohl er unter einem dichten Dach aus Laubkronen ritt, war Egino bald völlig durchnässt. Von den Gipfeln der Hügel und Berge wehte ein heftiger Wind herab, der dicht über den Boden hinwegfegte und so zwischen den Bäumen hindurchblies, dass zusätzliche Feuchtigkeit in sein Gesicht klatschte.

In diesem Moment sah er einen hellen Schatten zwischen den Stämmen huschen. Wind und herabprasselnder Regen waren zu laut, um auf diese Entfernung etwas zu hören, aber Egino wusste sofort, dass dort ein anderer Reiter durch den Wald galoppierte. Er gab seinem Pferd die Sporen und hatte schon bald den anderen eingeholt.

Ein feuchtklammer, steifer Mantel blähte sich hinter dem anderen Reiter auf, der von seinem Verfolger nichts zu ahnen schien. Das Tempo, in dem der Fremde auf seinem Schimmel durch den Wald ritt, war lebensgefährlich.

“Hallo!”, schrie Egino so laut er konnte, um sich bemerkbar zu machen. “Willst du dir den Hals brechen oder hast du den Teufel gesehen, dass du es so eilig hast?”

Der Reiter vor ihm blickte sich in vollem Galopp nach hinten um und schrie voller Panik schrill auf. Es ging zu schnell, als dass Egino das Gesicht hätte richtig erkennen können. Aber der Reiter vor ihm schien ihn tatsächlich für den Leibhaftigen zu halten, denn er ließ nun die Zügel ganz fallen und beugte sich weit nach vorne, dabei trat er dem Tier heftig in die Seiten, um es zu noch größerer Geschwindigkeit anzuspornen. Die Bäume standen weit genug auseinander, so dass man gut durch dieses Waldstück reiten konnte. Dafür aber lagen auf dem Boden allerhand halbverfaulte Holzstämme, Zweige und Geäst herum, über das die Pferde hinwegspringen mussten. Unmittelbar hinter einem solchen Hindernis verlief ein Graben, durch den im Frühjahr Schmelzwasser abfloss.

Der Reiter vor Egino hatte zwar das Hindernis, nicht jedoch den Graben bemerkt. Egino wollte schon einen Warnschrei ausstoßen. Doch der Schimmel hatte im Gegensatz zu seinem Reiter diesen Graben gesehen und verweigerte den Gehorsam. Das Pferd blieb so plötzlich stehen, dass es den Reiter allein mit dieser Bewegung hätte abwerfen können. Es bäumte sich vorne auf und dann warf es die Hinterläufe in die Luft.

Spätestens da konnte sich der Reiter nicht mehr halten und flog in hohem Bogen über das Hindernis und den Graben hinweg. Dumpf prallte er auf der gegenüberliegenden Seite in ein niedriges Gestrüpp, das den Aufprall ein wenig milderte. Es war, als nehme der Busch den fliegenden Reiter wie ein gefräßiges Tier in sich auf, denn über der unglücklichen Gestalt schlossen sich sofort wieder die Zweige.

Egino brachte sein Pferd zum Stehen. Es gelang ihm die Zügel des Schimmels zu fassen. Er beruhigte das aufgeregte Tier und warf den Zügel des reiterlosen Pferdes über seinen Sattelholm. Dann sprang er mit Anlauf über den Graben und eilte zu dem Gestrüpp, in dem der fremde Reiter regelrecht verschwunden war.

Er zog die Äste auseinander und blickte in ein zerschrammtes Gesicht. Es war nicht das Gesicht eines Reiters, sondern einer Reiterin.

“Elisabeth”, flüsterte er heiser.

Sie schlug die Augen auf und wieder überflutete sie Panik und Entsetzen. Doch diesmal konnte sie nicht davon galoppieren.

“Egino, warum verfolgt mich dein Geist bis hierhin in den hintersten Winkel Mährens?”, sagte sie.

“Mein Geist steckt fest in meinem Körper”, sagte Egino. Dann streckte er die Hand aus, um ihr aus der Umklammerung der Zweige herauszuhelfen.

Sie griff zu und atmete dabei tief aus. Es klang, als hätte sie tatsächlich geglaubt, das nicht fassbare Schemen eines Geistes vor sich zu haben. Und erst der feste Griff durch Eginos Hand, seine unbestreitbare körperliche Kraft, mit der er sie aus dem Gestrüpp befreite, schien ihr zu beweisen, dass er als Mensch aus Fleisch und Blut vor ihr stand.

Sie verlor kein Wort über seine mönchische Kluft und die geschorenen Haare.

Und er sah es erst, als sie sich aufrecht gegenüberstanden.

Elisabeth war schwanger.

Egino schluckte, denn nun, in diesem für ihn so überraschenden Augenblick, den er zwar seit vielen Monaten herbeigesehnt hatte, der ihm aber zunehmend unwahrscheinlicher vorgekommen war, wusste er nicht, was er sagen sollte.

Elisabeth schien es ähnlich zu gehen. Obwohl ihr zahllose Fragen durch den Kopf schwirrten, konnte sie keine einzige davon über die Lippen bringen. Da ergriff Egino wieder ihre Hand und half ihr zurück über den Graben.

Sie nahmen ihre Pferde bei den Zügeln und gingen schweigend zu Fuß weiter durch den Wald. Der Regen hatte längst ihre Kleider durchnässt, so dass sie den kleinen, mit dichtem Laub abgedeckten Unterschlupf, den sich Holzfäller gebaut hatten, wie einen Palast begrüßten. Sie banden ihre Pferde an einen Baum und bückten sich, um in die dunkle, aber trockene Behausung einzutreten.

In der Mitte befand sich eine mit Steinen abgegrenzte Feuerstelle und ein guter Vorrat an Brennholz lag im Trockenen daneben. Der Rauchabzug war seinerseits durch ein kleines, höher angebrachtes Laubdach vor Regen einigermaßen geschützt.

In Eginos Tasche befanden sich einige Feuersteine und entsprechender Zunder. Er schüttete aus dem Beutel eine Handvoll zerkleinerten Distelsamen vermischt mit Fetzen aus der getrockneten Haut der Birkenrinde. Die Funken setzten den Zunder in Brand und schon bald prasselte ein munteres, wärmendes Feuer, an dem sie sich und ihre durchnässte Kleidung trockneten.

Elisabeth war die erste, die ihr Schweigen brach.

Zuerst wortlos, indem sie Egino heftig umarmte. Er spürte, wie Wellen der Erschütterung ihren Körper durchbebten und wusste, dass sie stumm an seiner Schulter weinte. Er ließ sie gewähren. So lange hatte er nach ihr gesucht, so verzweifelt war sein Zustand gewesen, dass er davon überzeugt war, nun komme es nicht mehr auf Augenblicke, Stunden oder Tage an.

Deutlich fühlte er die harte Kugel ihres schwangeren Leibes, die sich gegen ihn drückte. Und in diesem Moment brachen auch seine lang aufgestauten Tränen hervor. Wenn jemand sie gesehen hätte, das vereinte Elend hätte jeden zum Weinen gebracht.

"Du lebst", sagte sie schließlich, als sei sie fest von seinem Tod überzeugt gewesen.

Tatsächlich war ihr das Echo der Nachricht von Arnolfs Sieg über die Normannen zu Ohren gekommen. Sie hatte gehört, dass das einzige Opfer der Schlacht an der Dyle ein Sohn aus dem Hause Graf Konrads gewesen sei, weshalb sie sofort glaubte, dass es sich um Egino handeln müsse. Auf diese Weise bekam Egino eine schreckliche Ahnung davon, dass sein Bruder Kilian nicht mehr am Leben war.

"Was ist mit dir geschehen?", fragte er schließlich Elisabeth. Doch sie schüttelte nur ihren Kopf.

"Du lebst", sagte sie wieder, "du bist zu mir gekommen. Etwas anderes zählt nicht." Dann machte sie eine bedeutungsvolle Pause und sagte schließlich ebenso knapp wie eindringlich: "Bring mich fort von hier!"

Ihre Stimme klang heiser und viel leiser, als er sie noch von früher kannte und hatte ganz offensichtlich den festen, melodischen Klang verloren, der sie früher ausgezeichnet hatte.

Doch auch Egino klang nicht mehr wie früher und auch sein Aussehen hatte - abgesehen von der mönchischen Maskerade - viel von der jugendlichen Frische und Unbekümmertheit verloren. Sein Gesicht hatte schärfere und verbissenere Züge bekommen, sein Blick konnte ganz ungewohnt undurchdringlich und hart sein.

“Bring mich fort von hier!”, wiederholte sie leise und diese Worte sollten noch lange Zeit in Egino nachhallen, viel lauter, als Elisabeth sie ausgesprochen hatte, wie ein Donnerschlag in einer großen, leeren Kirche.

“Was ist mit dir geschehen?”, wiederholte auch Egino seine Worte.

“Frag nicht”, antwortete sie ausweichend, “bring mich nur fort von hier!”

Egino nickte.

“Wie lange kannst du dich verstecken, bevor dein ... dein ...” Egino stockte.

“Nicht sehr lange”, antwortete sie leise, “Ulthardt ist zwar nach Brünn gereist und wird erst in ein paar Tagen zurückkehren, aber Trenkow, sein Vogt wird mich spätestens mit Einbruch der Dunkelheit von seinen Männern suchen lassen. Es war ihm ohnehin ein Dorn im Auge, dass ich ausgeritten bin ... in meinem ... Zustand ...”, nun fehlten ihr die Worte.

Eginos Blick heftete sich auf ihren Bauch. Doch Elisabeth hob nur die Hand, legte sachte ihre Finger über seine Lippen.

“Ich will nicht darüber reden, bitte”, sagte sie.

Mit einem Ruck wandte Egino seinen Kopf ab.

“Uns bleibt nicht viel Zeit”, sagte er.

Sie standen auf. Egino trat das Feuer aus und sie liefen durch den Regen zu ihren nassen Pferden.

Als sie am Rande des Waldes gegenüber dem Kloster anlangten, hieß er sie, in der Deckung der Bäume und Büsche zu verharren, bis er Mainhardt geholt habe.

Wie Diebe schlichen sie sich kurz darauf ohne sich zu verabschieden vom Hof der kleinen Klosteranlage. Glücklicherweise beteten die Mönche gerade in der Kapelle, so dass sie ihren Aufbruch nicht bemerkten. Egino hielt die Geheimhaltung für erforderlich. Er wusste, dass es klüger gewesen wäre, sich normal zu verabschieden und zur Verschleierung ihres weiteren Weges ein entgegengesetztes Reiseziel anzugeben, aber für einen solch ausgeklügelten Plan fehlte ihnen die Zeit.

Das schlechte Wetter sollte sich als ihr Verbündeter erweisen. Denn obwohl Elisabeth, wie sie zu Recht befürchtet hatte, tatsächlich mit Einbruch der Dunkelheit vermisst wurde, fand die anschließende Suche eher nachlässig statt.

Einmal hörten sie auf ihrer Flucht ganz in der Nähe Hufgetrappel und Stimmen. Sie standen mit ihren Pferden und dem Maultier regungslos in der Dunkelheit und hofften inständig, dass auch ihre Tiere keinen Laut von sich gaben. Zum Glück entfernten sich die anderen Reiter rasch wieder, während sie mit angehaltenem Atem im prasselnden Regen ausharrten. Sie sahen dem sich entfernenden Licht einer Fackel hinterher, die der Reiter fluchend davor bewahren wollte im Regen zu verlöschen und der dabei gleichzeitig mit den Händen immer wieder zu nah an die Flammen kam.

Sobald die Flüchtenden den Wald verlassen hatten, wurde die Sicht besser. Immer wieder rissen die sturmgepeitschten Wolken auf und das fahle Licht des Vollmondes erlaubte ihnen, schneller als im Schritt zu reiten.

So gelang es, da sie die ganze Nacht durchritten, einen ordentlichen Vorsprung herauszuholen. Als der Morgen dämmerte und ein ebenso trüber, regnerischer Tag anbrach, waren sie noch so aufgeregt und angespannt, dass trotz deutlicher Erschöpfung keiner von ihnen an Schlaf dachte.

Doch der Tag brachte andere Probleme. Sie mussten Bauern, Händlern und anderen Reisenden ausweichen. Eine offensichtlich edle Dame in Begleitung von zwei Mönchen stellte ein ungewöhnliches Trio dar, das einfach auffallen musste.

Andere Wege als die schlammigen Pfade durch endlose Wälder gab es in diesem Teil Mährens nicht.

Am Morgen des nächsten Tages, nachdem sie eine weitere Nacht hindurch geritten waren, verlangten Müdigkeit und Erschöpfung endgültig ihren Tribut. Außerdem hatten sie während ihrer anstrengenden Flucht nur wenig gegessen. Ihr überstürzter Aufbruch hatte ihnen keine Gelegenheit gegeben, noch weiteres Essen mitzunehmen außer jenen Vorräten, die Mainhardt bereits zur Seite gebracht hatte. Ihr Weg führte sie fort vom Oderquellgebiet, Richtung Abend.

Zum Glück hatte es endlich aufgehört zu regnen und sie fanden jene geräumige Höhle wieder, in der sich Egino versteckt hatte, als Mainhardt in Römerstadt Kutten genäht hatte. Auch ihre Pferde waren nun völlig erschöpft und sie beschlossen, ab sofort immer tagsüber zu rasten und nur noch Nachts weiter zu reiten.

Der kluge Mainhardt kam schließlich auf die Idee, dass Elisabeth in Eginos Kutte schlüpfen solle. Mit tief heruntergezogener Kapuze, die ihre Haare verbarg, konnte man sie für einen Mönch halten. Egino trug stattdessen den mittlerweile reichlich verschmutzten, ehemals weißen Mantel Elisabeths, der aber dank seines Pelzbesatzes jedem deutlich machte, dass es sich bei dem Träger um einen Herrn von Stand handeln musste. Nur die kurzen Haare wirkten nicht standesgemäß. Doch er verbarg sie und die Tonsur unter einer Mütze, die seitlich und am Hinterkopf aus lang herunterhängendem Stoff mit Pelzbesatz bestand. Eigentlich eine Kopfbedeckung für den Winter.

Schon am ersten Tag ihrer langen anstrengenden Flucht fragte Mainhardt: “Herr, findest du nicht, dass unser andauerndes schnelles Reiten zu gefährlich für die edle Dame ist?

Sie befindet sich in einem gesegnetem Zustand, da können so ausdauernde Ritte für die Frucht ihres Leibes nur schädlich sein."

Eginos Gesicht verzerrte sich, während Mainhardt sprach, zu einer schmerzerfüllten Fratze. Es bereitete ihm sichtlich Mühe, aber er beherrschte sich und schwieg.

Elisabeth hatte Mainhardts vertraulich vorgetragene Sorge dennoch gehört.

"Nenne diesen Zustand nicht gesegnet", sagte sie voller Schärfe, "nie wieder. Hörst du. Ich bin nicht gesegnet, sondern verflucht!"

Ein dunkler Schatten verdüsterte Mainhardts Gesicht. Er bremste mit den Schenkeln sein Pferd und ließ sich wortlos nach hinten fallen. In mürrischem Schweigen ritt das Trio weiter, ohne auch nur einen Schritt langsamer zu werden.

Während Egino und Mainhardt auf ihrem langen Weg bis zu dem kleinen Kloster im Quellgebiet der Oder unzählige Male im Kreis geritten waren oder das Land in Schlangenlinien und Spiralen durchsucht hatten, versuchten sie nun auf möglichst direktem Weg wieder zurück in die ostfränkische Heimat zu gelangen. Die Reise über die Wasserstraßen verbot sich von selbst. Auf den Schiffen der Händler, den Flößen der Holzfäller und den Kähnen der Flussfischer wären sie ohne Unterlass den neugierigen Blicken und Fragen anderer ausgesetzt gewesen. Deshalb mussten sie sich ihren Weg über Land suchen und auch das war mühselig und schwierig, da sich immer nur Egino von der kleinen Gruppe lösen konnte, um in eine der Ortschaften zu reiten und nach dem Weg zu fragen. Meist jedoch diente ihnen allein die untergehende Sonne als Wegweiser.

Nach zehn Tagen hatten sie es aufgegeben, nur Nachts zu reiten. Tagsüber ging es doch rascher vorwärts.

Mainhardt entwickelte sich zum geschickten Dieb, dem es immer wieder gelang, Eier, Käse, Brot, gelegentlich sogar ganze Hühner zu stehlen, die sie dann schlachteten und über kleinem Feuer brieten.

Eines Tages sahen sie, dass am Horizont große, dunkle Rauchwolken in den Himmel stiegen. Noch bevor sie in die Nähe des Brandes kamen, erschreckte sie vielfältiges Hufgetrappel und heiseres Geschrei. Im letzten Augenblick gelang es ihnen, sich hinter einigen Bäumen und Büschen zu verstecken. Nur einen Steinwurf entfernt preschte eine Horde wild aussehender Reiter an ihnen vorbei, die lachend einige Gefangene an Stricken hinter sich herrennen ließen. Einer der Gefesselten stolperte in Sichtweite der drei und konnte sich nicht mehr auf den Beinen halten. Er fiel zu Boden und wurde erbarmungslos weitergerissen.

Der Reiter, an dessen Pferd der Strick des Gestürzten befestigt war, sah sich kurz um, lachte laut und gab seinem Pferd die Sporen. Sein Gelächter mischte sich mit den Schmerzensschreien des Mannes, der auf dem steinigen Boden zu Tode geschleift wurde.

Elisabeth war kalkweiß im Gesicht geworden, gleichzeitig hatte sie ihre Lippen zu einem schmalen Strich zusammengepresst. Egino sah aus den Augenwinkeln, dass sie sich kaum noch im Sattel halten konnte.

Kurze Zeit später war wieder alles totenstill. Keiner der Reiter war mehr zu hören oder zu sehen. Selbst die Vögel schienen fortgeflogen zu sein. Nichts und niemand rührte sich mehr und deshalb wagten sie, ihr Versteck zu verlassen und den Weg fortzusetzen.

Selbst die Qualmwolke war in sich zusammengesunken und nur noch schmale Rauchfahnen stiegen in den blauen Himmel. Dann kamen sie zu dem Dorf, das die Reitergruppe, der sie begegnet waren, niedergebrannt und geplündert hatte. Halbverkohlte Leichen lagen zwischen den Häusern und sie sahen zu, dass sie den furchtbaren Ort möglichst schnell hinter sich ließen.

Nur wenige Meilen entfernt ritten sie in sicherer Entfernung an einem weiteren Dorf vorbei, einem größeren Weiler, der von den Reiterhorden wahrscheinlich nur deshalb verschont worden war, weil er in einer kleinen Talsenke lag und deshalb nicht schon von weitem gesehen werden konnte. Sie sahen, dass sich die schlimmen Nachrichten aus der Nachbarschaft jedoch bereits bis zu den Bewohnern dieses Dorfes herumgesprochen hatten. Ein kleiner Trupp Überlebender erreichte gerade das Dorf und die Männer, die sie empfingen, hatten sich notdürftig mit Sicheln, Sensen und Dreschflegeln bewaffnet.

In der Deckung der Bäume ritten die drei weiter. Elisabeth hatte, seit sie das verbrannte Dorf verlassen hatten, nichts mehr gesagt. Noch immer war ihr Gesicht kalkweiß.

"Herr, diese Reiter haben mich an jenen schrecklichen Kämpfer erinnert, den wir einst in Forchheim in Begleitung der Mähren sahen ...", sagte Mainhardt.

"Du hast recht. Der Freikrieger, der Zwentibald nur deshalb nicht besiegen konnte, weil ein Unwetter ihren Kampf beendete", erwiderte Egino.

Doch sie kamen nicht dazu, sich weiter zu unterhalten. Sie ritten immer noch durch das Waldstück, als Elisabeth auf einmal aufstöhnte und mit einem Schrei von ihrem Pferd glitt. Zum Glück waren sie nur langsam unterwegs, so dass Elisabeth nicht in vollem Galopp zu Boden geschleudert wurde.

Mainhardt war als erster bei ihr.

Elisabeth lag mit schmerzverzerrtem Gesicht auf dem Waldboden, die Augen soweit verdreht, dass nur noch das Weiße zu sehen war. Die Kapuze der Mönchskutte, die sie trug, war vom Kopf gerutscht und ihre langen, lockigen Haare hatten sich fächerförmig über den mit Blättern und Tannennadeln bedeckten Boden ausgebreitet.

Sie hielt die Beine gespreizt. Mit einer wütenden Geste riss sie Kutte und Unterrock hoch über den Bauch. Egino stand völlig erstarrt daneben. Ein Zucken, begleitet von einem weiteren Schrei, durchbebte ihren Körper.

Mainhardt winkte Egino wortlos herbei und wies ihn mit der Hand, sich neben Elisabeth auf den Boden zu setzen.

Er hatte sich auf ihre andere Seite hingehockt und hielt ihre Hand. Egino tat das gleiche. Er spürte ihre zitternde Hand, die sich mit einem Mal in die seine krallte, als wolle sie seine Knochen brechen. Abwechselnd stöhnte, jammerte und schrie sie.

Egino wollte nicht wissen, was sich gerade in ihrem Körper abspielte. Er blickte krampfhaft in ihr Gesicht. Mittlerweile zeigten sich die Pupillen ihrer Augen wieder, dafür war ihr ganzes Antlitz zu einer Maske des Leids verzerrt. So sah er nur aus den Augenwinkeln, wie sich ihr Leib aufbäumte und sich immer mehr Blut zwischen ihren Beinen ausbreitete, das dort einen Klumpen Fleisch umspülte, von dem Gott nicht gewollt hatte, dass es sich zu einem Menschen formen konnte."

XIV

Es klingt wie eine bittere Ironie, aber je schlechter es Elisabeth und Egino in der Erzählung meines Onkels ging, desto mehr Forschritte machte meine Genesung. Doch als die Geschichte dort angelangt war, wo mein Onkel nun mit heiserer Stimme aufgehört hatte, war ich froh, dass Margaretha diesen Abend nicht bei uns im bischöflichen Palast verbracht hatte.

Inzwischen kannte ich sie gut genug, um zu wissen, dass sich hinter ihrer fröhlichen, offenen Erscheinung ein empfindsames Wesen verbarg. Lorenzo liebte gelegentlich drastische Schilderungen und jedes Mal sah ich, wie sie leise zusammenzuckte, wenn er wieder einmal besonders genüsslich Kampfszenen und Grausamkeiten schilderte. Sie erfreute sich an der Schilderung der zarten Liebesbande, die zwischen Egino und Elisabeth entstanden und zitterte, um das Schicksal des armen Mädchens, das dem Willen ihres Vaters gehorchen musste und einem Mann zur Frau gegeben wurde, den sie bis zu ihrer Ankunft in dessen ferner Heimat noch nie gesehen hatte.

Ganz anders Penthesilea, die meistens, wenn mein Onkel erzählte, zusammengerollt auf meinem Schoß lag. Jeder dachte, sie würde schlafen, aber ich wusste, dass dem nicht so war. Denn immer, wenn sich zwischen Margarethas Augenbrauen steile, missbilligende Falten bildeten, weil die Helden von

Lorenzos Erzählung wieder einmal durch Blut wateten, bewegten sich die kleinen, spitzen Ohren meiner pelzigen Kriegerin mit sichtlichem Vergnügen hin und her, so als warte sie nachgerade auf jene Episoden besonders drastisch geschilderter Grausamkeiten. Ich konnte sie dann leicht auf meinen Oberschenkeln vibrieren fühlen, aber nicht weil sie schnurrte, sondern weil sie diesen Stellen mit Spannung und geradezu wolllüstigem Vergnügen lauschte.

Obwohl es bereits mitten in der Nacht war und mein Onkel herzhaft gähnte, wollte ich ihn nicht in sein Schlafgemach gehen lassen, ohne mehr über das Schicksal der hart geprüften Elisabeth zu erfahren. Deshalb bedrängte ich Lorenzo weiterzuerzählen.

"Heute nicht mehr, Arndt", sagte er, "ich bin müde und muss ins Bett. Wie du weißt, werde ich morgen in aller Früh nach Bamberg fahren. Mein Herr, der Fürstbischof braucht meinen Rat. Aber spätestens in zwei, drei Tagen komme ich zurück und dann erzähle ich weiter. Es ist schade, dass Margaretha diesen Abend nicht zuhören konnte. Vielleicht erfreut sie uns ja mit ihrer Gesellschaft, wenn ich wiederkomme."

"Denkst du wirklich, Oheim, ich halte es so lange aus, ohne zu wissen, wie es mit Elisabeth und Egino weitergeht? Du hast recht, es ist spät geworden, aber glaubst du, ich könnte jetzt, ohne das zu wissen, schlafen?"

"Ich fürchte, ich war nicht deutlich genug", erwiderte mein Onkel und ich wollte mich schon murrend geschlagen geben. Doch dann fuhr er nach einem Seufzer fort und ich begriff, dass sich seine Bemerkung auf das bisherige Ende der Geschichte bezog.

"Es geht überhaupt nicht weiter mit Elisabeth und Egino. Zumindest mit Elisabeth nicht. Sie verlor, als sie diese grauenhafte Fehlgeburt erlitt, viel zu viel Blut. Sie konnte diese böse Tortur nicht überleben. Egino ritt zwar erfüllt von Panik in das nahegelegene Dorf, um Hilfe zu holen. Doch selbst, wenn die Hebamme, die er schließlich dort auftreiben konnte, früher mit ihm zu Elisabeth gekommen wäre, hätte kein Mensch sie mehr retten können. Der ungeliebte Balg, der sich in ihrem Bauch befand, hatte sie schon innerlich vergiftet, bevor sie ihn aus ihrem Leib herauspressen konnte. Er musste schon seit längerem tot gewesen sein. Vielleicht hatte sie es sich ja sogar gewünscht, dass er starb. Denn in dieser ungewollten Frucht hasste sie den Erzeuger. Aber es ist wider die Natur und Gottes Bestimmung für die Frauen, das zu hassen, was in ihnen heranwächst. Aber wer könnte es andererseits dieser jungen Frau verdenken? Hat sie sich mit diesem Hass schuldig gemacht? Es gibt viele, die das bejahen würden. Ich möchte mir kein Urteil erlauben, aber vielleicht hat sie zusammen mit ihrem Hass, den sie empfand und nicht überwinden konnte, auch einen inneren Kampf um jene Schuld ausgefochten, die sie wegen ebendieser Gefühle empfand? Sicherlich hat sie sich deshalb auch selbst gehasst. Denn sie merkte ja, dass sie ihrem Peiniger zwar entkommen war, aber der Hass auf ihn und seine Frucht sie auf Schritt und Tritt begleitet hatten. Dabei wollte sie nur lieben, aber Egino war nicht mehr dazu in der Lage, sie noch so zu lieben, wie er es einmal empfunden hatte. Das spürte sie zweifellos genau, denn ihr ging es ja nicht anders. Sie richtete ihren Hass auf etwas, das in ihr wuchs, aber sie fühlte auch, dass sie sich diesen Hass nicht gestatten durfte. Und wo bleibt dann noch Raum für die Liebe, wenn einen der Hass überwältigt hat? Es gab aus dieser Falle keinen Ausweg, außer den Hass auf sich selbst zu lenken. Der Weg von dem Kind in ihrem Bauch zu sich selbst war nicht sehr weit. Im Gegenteil, er führte nur über eine Nabelschnur. Vermutlich ritt sie deshalb so wild und unerbittlich auf ihrer Flucht, damit jeder Stoß in ihren Bauch, ihre Frucht und sie selbst bestrafte."

"Vielleicht war das Kind schon in jenem Moment ums Leben gekommen, als Elisabeth von ihrem Pferd abgeworfen wurde, an jenem Tag, als Egino sie in den Wäldern um Ulthards Anwesen wiederfand", überlegte ich laut.

“Vielleicht”, sagte mein Onkel. “Es gab für Elisabeth keine Rettung. Sie wurde auf dem kleinen Totenacker des Dorfes beigesetzt. Mainhardt in seiner Mönchskluft musste die Messe lesen, da der für diese Orte zuständige Priester beim Überfall auf das Nachbardorf ums Leben gekommen war. Es war eine seltsame Sprache, die Mainhardt während der Zeremonie nuschelte und alle außer Egino, der später dazukam, dachten es sei Latein. Es waren Laute, von denen Mainhardt dachte, dass sie sich anhören würden wie Latein, aber da er den Ablauf einer Totenmesse einigermaßen gut kannte, wenn auch nicht in seinen verschiedenen Teilen und Bedeutungen verstand, ahmte er die Zeremonie so gut nach, wie er konnte.

Egino schien überhaupt nicht zu begreifen, was geschehen war. Er irrte durch die umliegenden Wälder, aber seine Augen nahmen nichts von seiner Umgebung wahr. So verpasste er den Anfang jenes nicht nach den Regeln der Kirche veranstalteten Trauergottesdienstes, den Mainhardt in der Kutte eines Ordens, den es nicht gab, für Elisabeth zelebrierte. Doch diese geschundene Gegend hatte so viele Menschen verloren, war so gebrandschatzt worden, dass sie nur noch die Krähen nährte, so dass jeder christliche Trost bei den wenigen Überlebenden höchst willkommen war. Und da diese Gegend zudem unter einem kirchlichen Streit zwischen Rom und Konstantinopel litt, konnten die einfachen Leute auf dem Lande erst recht nicht beurteilen, welchem Ritus das unverständliche Gebrabbel folgte, das Mainhardt sich selbst und diesen Menschen als eine heilige Handlung vorspielte.

Erst als Elisabeths Leib in die frisch ausgehobene Grube gelegt wurde, näherte sich Egino dem Totenacker. Er drängte die anderen beiseite, trat an das offene Grab und begann dabei zu singen, so schön und so voller Trauer und beim *Dies Irae* auch so voller Zorn, wie es niemand bisher gehört hatte. Sein Gesang drang mit Macht in die Herzen und brachte sie zum Schmelzen. Er brachte die einfachen mährischen Dorfbewohner dazu, mit ihm und Mainhardt in einer Art und Weise um die schöne Unbekannte zu trauern, die in der Nähe ihres Dorfes gestorben war, als habe sie zeit ihres Lebens in ihrer Mitte gelebt. Sie nahmen Abschied von der Toten und merkten überhaupt nicht, dass sie mit dieser Geste auch Abschied nahmen von den vielen anderen Toten, die jede der Familien zu beklagen hatten, seit die Hilfstruppen Arnolfs dieses Land verwüsteten. Tränen flossen und jeder wusste, dass hier eine außergewöhnliche Frau zu Grabe getragen wurde. Und niemand fragte mehr, warum sie - wie die Hebamme flüsternd berichtet hatte - im Wald noch eine Mönchskutte getragen hatte. Und der Gesang Eginos drang auch hoch in den Himmel, wo er eine Beichte und Fürbitte zugleich darstellen sollte, die Seele Elisabeths gnädig aufzunehmen."

Mein Onkel schwieg.

Nun konnte ich erst recht nicht schlafen. Nein, das war nicht das, was ich hatte hören wollen. Doch ich hütete mich, meinen Onkel deswegen zu tadeln. Denn ich ahnte auch, dass die Geschichte noch nicht zu Ende war.

Am nächsten Tag, mein Onkel war schon früh nach Bamberg abgereist, fühlte ich mich so gut wie schon lange nicht mehr. Es war nun mehr als zwei Wochen her, dass ich auf dem Weg nach Forchheim überfallen worden war. Noch immer stand die Kiste, die Fracht für meinen Onkel, ungeöffnet in einem kleinen Abstellraum.

Meine Verletzungen begannen gut auszuheilen und auch das tückische Fieber, das mich geplagt hatte, war abgeklungen. Ich war, abgesehen von einigen Bediensteten und dem Küchenpersonal, jetzt ganz allein im Palast.

Der Schultheiß wohnte in einem kleinen baufälligen Fachwerkbau direkt gegenüber. Die Männer der Stadtwache betraten den Palast nur einmal am Tag zur Mittagszeit, um in einem großen Raum im Erdgeschoss neben dem Gerichtssaal ihr *jentamen* einzunehmen. Im Palast selber, auf den Wehrgängen - obwohl ich dort nichts zu suchen hatte - wie auch im Küchenbau war ich schon bald herumspaziert, wenn mir langweilig wurde. Nicht selten wurde ich bei diesen kleinen, zögerlichen Spaziergängen durch die Stockwerke des bischöflichen Schlosses von Penthesilea begleitet, die jeden Winkel dieses Palastes sehr gut zu kennen schien.

Dabei hatte ich neben frommen Bildern auch Wandmalereien entdeckt, die direkt meinen Fieberphantasien entsprungen zu sein schienen. Ein gekrönter Vogelmensch mit langem Schnabel, der durch einen Wald ritt, wurde von einem Wesen auf der Geige begleitet, das halb Mensch halb Fisch war. Ich wunderte mich, dass diese Figuren noch nicht in der Erzählung meines Onkels oder den flüchtigen Geschichten meiner kleinen, bunten Kriegerin aufgetaucht waren. Dass sich solch wunderliche Geschöpfe im Innern des Palastes an den Wänden finden ließen, wunderte mich dagegen nicht.

Schließlich war ich bei meinem unfreiwilligen Einzug in den Palast bereits vom Basilisken in der Außenmauer in einer Weise begrüßt worden, dass mir Hören und Sehen verging. So wartete ich regelrecht darauf, dass sich diese merkwürdigen Geschöpfe, kaum dass sie meiner ansichtig geworden waren, von der Wand lösen würden, um zu mir herabzusteigen. Was sie dann mit mir anstellen würden, wagte ich mir nicht auszumalen. Doch meine Sorge war unbegründet. Die gemalten Figuren gewannen kein Volumen, bildeten keine Körper, die erst aus der Wandfläche herausragten, um sich dann von ihrem Platz zu lösen und in meine Welt einzudringen.

Ich war ein Stück weit beruhigt, aber ein Rest meines Misstrauens blieb. Schließlich hatte ich die bedrohlichen Bewegungen des Basilisken gesehen und das Leuchten seiner Augen und einen Tag zuvor hautnah erlebt, über welche Kräfte er verfügte.

Als ich also an diesem Tag zum ersten Mal das Gebäude verließ, um mich in dem Städtchen umzusehen, blieb ich stehen, kaum dass ich die Zugbrücke überquert und seitlich an der Marienkapelle vorbeigegangen war, um hinaufzublicken zu jener Stelle unterhalb des Dachgeschosses, wo jenes steinerne, geflügelte Wesen in die Ferne blickt. Zuerst wandte ich meine Augen sofort wieder ab, aber dann schaute ich erneut nach oben und hielt meinen Blick länger auf den Basilisken gerichtet, von dem mein Onkel erzählt hatte, dass sein Blick töten könne.

Nichts geschah. Das grelle, böse Wunder, das mich vor Wochen zum Vergnügen aller, die mein Missgeschick mitbekamen, in den Wassergraben stolpern ließ, wiederholte sich nicht.

Doch während ich weiterging und zum nahegelegenen Rathaus kam, fiel mir ein, dass die gemalten Wesen im Innern und das in Stein gebannte in der Außenwand durch die Mauern hindurch in Verbindung stehen könnten. Dass das wuchtige, dicke Mauerwerk wie mit Adern durchzogen wäre, in denen das schwarze Blut des Teufels pulsierte. Natürlich hatte ich keinen Beweis dafür und vielleicht war es auch nur eine vage, völlig unbegründete Hoffnung, aber ich glaubte es deutlich zu wissen, dass ich innerhalb des Palastes von ihnen nichts zu befürchten brauchte. Dort war ich umschlossen von jenem Kreislauf, der mich beschützte und der direkt aus dem kochenden Öl des Fegefeuers gespeist zu sein schien. Weiß Gott, wie ich auf solch absonderliche Gedanken kam, aber mit ihnen erschrak ich auch, denn jetzt befand ich mich außerhalb dieses schützenden Bannkreises.

Lenkte ich deshalb unwillkürlich meine Schritte fast im Kreis? Ich bog um das Rathaus, befand mich auf der breiten Straße, die von den Bewohnern nur *die Stadt* genannt wurde und bog wieder in eine enge Gasse, die mich direkt zur Martinskirche führte.

Ich ging links um das wuchtige Kirchenschiff herum und

wollte nach rechts abbiegen, um wieder in den Bischofspalast zurückzukehren. Dabei ging mir im Kopf herum, dass ich mich an demselben Ort aufhielt, an dem sich vor mehr als sechshundert Jahren Herrscher wie Arnolf von Kärnten aufgehalten hatten. Nach den Beschreibungen meines Onkels muss es damals hier ganz anders ausgesehen haben, nur die Martinskirche und die Marienkapelle standen wohl in jenen Jahren schon an ihrem heutigen Platz und ich überlegte, wie alt die Grundmauern sein mochten und ob sie aus den Tagen des großen Karl oder einem seiner Nachfahren wie dem Emporkömmling Arnolf stammten.

Erstmals seit meinem Aufenthalt in Forchheim betrat ich die Martinskirche. Obwohl zu dieser Stunde keine Messe gelesen und keine Beichten abgenommen wurden, war ich nicht allein.

Vorne in der ersten Reihe entdeckte ich den Rücken einer mir nur zu bekannten Gestalt. Rasch schlüpfte ich hinter eine Säule und verbarg mich im Seitenschiff. Kaum war ich in Deckung erhob sich Margaretha, die vor dem Hochaltar ein kurzes Gebet gesprochen hatte. Ich freute mich schon auf ihr überraschtes Gesicht, wenn ich hervortreten würde. Doch da näherte sich aus einer der hinteren Reihen eine weitere Person. Jemand, der mich offensichtlich nicht gesehen hatte und den ich beinahe ebenso übersehen hätte.

Zu meinem Erstaunen trat diese Person - schon nicht mehr Knabe, aber noch kein erwachsener Mann - mit forschem Schritt auf Margaretha zu. Ich hatte angesichts des festen Schritts eine lautere Begrüßung erwartet, aber, so als zögere er im letzten Moment, hielt er inne, verbeugte sich leicht und flüsterte etwas, das ich nicht verstand. Auch Margaretha antwortete so leise, dass ich sie kaum hören konnte. Dann gingen die beiden nach draußen.

Bevor die Tür wieder zuschlug sah ich, wie der Junge - wohl ermutigt durch den Sonnenschein draußen - in einer höchst vertraulich wirkenden Geste Margaretha an den Unterarm fasste. Wie ein Blitz durchzuckte mich ein schneidendes Gefühl, von dem ich unwillkürlich ahnte: *Du bist schon wieder eifersüchtig.* Die sich schließende Tür ertönte wie ein dumpf grollender Donner. Ich empfand es als höchst unpassend, mich an diesem Ort solchen Gefühlen hinzugeben und verließ, mich hastig bekreuzigend, ebenfalls die Kirche.

“Arndt!”

Narr, du hättest auch noch ein paar Momente warten können, dachte ich. *Jetzt fragt sie bestimmt, was ich in der Kirche gemacht habe und warum ich sie nicht schon dort ...*

“Arndt, komm her”, rief Margaretha und winkte mir zu.

Gehorsam näherte ich mich den beiden.

“Es freut mich sehr, dich wieder wohlauf zu sehen. Was macht dein Onkel, der hochwürdige Herr Kanonikus?”, fragte sie.

“Ihm geht es gut und seine Geschichte ist noch nicht zu Ende”, antwortete ich, “aber er ist heute nach Bamberg abgereist, so dass ich die nächsten Tage allein in diesem Palast verbringen muss ...”

“Hier, dieser junge Mann kennt dich übrigens”, unterbrach sie mich und lächelte dabei.

Ich schaute mir den Jungen an und blickte in ein offenes Gesicht mit hellblauen Augen. Ein trotz seiner Jungenhaftigkeit ausgesprochen hübsches Antlitz, mit dem er wohl schon bald die Herzen der Damen dazu bringen würde, schneller zu schlagen. Oder tat es das jetzt schon?

Ich selbst musste bei Margarethas Bemerkung einigermaßen ratlos, vielleicht sogar etwas dumm dreingeschaut haben, so dass sich ihre Lippen wie auch der Mund des Jungen zu einem Grinsen verzogen.

“Das ist Florian”, stellte Margaretha ihn vor. “Er tat an jenem Tag Dienst bei der Wache am Nürnberger Tor und hat dich schwerverletzt auf dem Wagen entdeckt.”

“Es freut mich, einen meiner Lebensretter kennen zu lernen”, sagte ich etwas steif, aber ohne zu zögern, und reichte Florian die Hand. Er ergriff sie und drückte sie fest.

"Zu viel der Ehre. Ich war nur zufällig zur Stelle, als ein Gespann durchgegangener Pferde versuchte die Stadt zu stürmen", erwiderte Florian.

"Trotzdem danke ich dir", sagte ich, "alleine hätte ich es niemals bis zu meinem Onkel oder ins Spital der heiligen Katharina geschafft."

Tatsächlich hatte ich ja überhaupt keine Erinnerung daran, wie ich nach dem Kampf mit dem bärtigen Schurken überhaupt nach Forchheim gekommen war. Das erste, was ich hier zu sehen bekam, war das Gesicht der schönen Schwester Gertrudis, die ich später mit Margaretha verwechselt hatte. Kein Wunder da es sich um ihre Zwillingsschwester handelte.

"Wenn ich mich an deinen totengleichen Zustand erinnere und an das viele Blut und die schlimmen Wunden, dann erstaunt mich, dich jetzt hier so munter spazieren gehen zu sehen", sagte Florian.

"Es ist das erste Mal, dass ich einen Fuß vor die Tür des bischöflichen Palastes setze", entgegnete ich. "Doch ich fühle mich schon wieder fast gesund, was ich nicht zuletzt den heilenden Salben und Tinkturen verdanke, die mir Margaretha verabreicht hat." Diese letzte Bemerkung konnte ich mir nicht verkneifen, aber sie schien auf Florian keine Wirkung zu haben, denn er lächelte mir unverwandt weiter höflich ins Gesicht. Nur bei Margaretha veränderte sich die Miene. Nur ein wenig und fast nicht feststellbar, aber ich sah es trotzdem, dass ein leichter rötlicher Hauch über ihre Wangen schlich und wieder verschwand.

In diesem Moment schlug die Turmuhr zur dritten Stunde und Florian schaute rasch nach oben.

"Ich muss mich verabschieden", sagte er hastig, "man erwartet mich. Ich will mir keine Schellen einfangen, weil ich zu spät komme. Heute schaut der Stadtkommandant, Herr von Egloffstein, bei uns vorbei und will uns Einzelheiten für jenes Manöver mitteilen, das er bald abhalten will. Gehabt euch wohl!" Die letzten Worte waren kaum noch zu verstehen, da er bereits losgerannt war.

Wir sahen ihm hinterher und schwiegen beide verlegen.

"Ich weiß, es ist unschicklich darum zu bitten", sagte ich schließlich und nahm meinen ganzen Mut zusammen, "aber deine Applikationen tun mir sehr gut. Besteht eine Möglichkeit, sie auch zu bekommen, während mein Onkel außer Haus ist?"

Sie lachte und schüttelte den Kopf.

"Ich fürchte nein, außer du willst, dass dich mein Vater besucht und sie dir verabreicht, aber vielleicht darf ich ihn begleiten ..."

Nun war es an mir, den Kopf zu schütteln.

"Ich will ehrlich sein", sagte ich, "es geht mir weniger um die medizinische Versorgung, die mir ohne Frage gut tut, sondern um deine Anwesenheit. Ich ... ich fürchte, dass ich sie ebenso benötige, wie Cuspinians türkischen Schlaftrunk. Er macht das Leben zweifellos angenehm, aber du machst es mir noch sehr viel an..."

Zuerst lächelte sie, doch dann unterbrach sie meinen Redefluss mit einer herrischen Geste. Ihr Gesicht hatte sich schlagartig verfinstert.

"Wurde dieser türkische Schlaftrunk aus Mohn hergestellt?", fragte sie mit unerwarteter Härte in der Stimme.

"Ja, ich glaube schon", erwiderte ich leise und erinnerte mich an die Warnung, die mein Onkel ausgesprochen hatte. Aber irgendwann hatte ich mir die Flasche einfach aus der Truhe genommen, in der er sie mit vielen anderen Tiegeln, Salben, Pulvern und Tinkturen aufbewahrte. Er hatte es bisher nicht bemerkt.

Mir war es irgendwann lästig gewesen, ihn immer danach zu fragen und irgendwelche Schmerzen vortäuschen zu müssen, nur um in den Genuss einer ruhigen Nacht voll tiefen Schlafs zu kommen.

Seitdem bewahrte ich sie in der Kammer, in der ich untergebracht war, in einer eigenen Truhe auf, in der ich meine wenigen Habseligkeiten verstaut hatte.

“Du darfst nichts mehr davon nehmen, hörst du. Dieser heidnische Trunk ist sehr gefährlich. Wenn du erst einmal davon abhängig bist und ständig mehr brauchst, zerstört er deinen Verstand und was noch viel schlimmer ist, er verschlingt auch Stück für Stück deine Seele. Du musst damit aufhören, bitte.”

In Margarethas Stimme hörte ich einen flehentlichen Klang, dessen Bedeutung sich mir nicht recht erschloss. Trotzdem nickte ich und sagte leichthin: “Gut. Ich nehme nichts mehr davon. Schluss damit.”

“Glaube mir, Arndt. Dieser Trank, der aus Mohn gewonnen wird, ist sehr hilfreich, wenn man sehr schwer verletzt ist oder sich todkrank und voller Schmerzen zum Sterben niederlegt. Aber für einen gesunden Menschen oder jemanden wie dich, der schon fast genesen ist, ist dieser Trank das reine Gift. Wenn du ihn weiter nimmst, ist es, als ob du dich selbst umbringst. Ganz langsam, aber unausweichlich ...”

“Ich habe dich verstanden, Margaretha”, erwiderte ich auf ihre sorgenvollen Bemerkungen, “du bist die Tochter des Apothekers, du kennst dich damit aus. Ich bin nur der Sohn einer Nürnberger Kaufmannsfamilie. Ich weiß von Heilkräutern und Giftpflanzen rein gar nichts.”

Ich zuckte mit den Schultern und lächelte. Auch Margarethas Gesicht hellte sich wieder auf. Sie beugte sich ein Stück zu mir herüber und flüsterte: “Versprich es.”

“Ich verspreche es”, antwortete ich ebenso leise. In diesem Moment spürte ich, wie mich ihre Lippen ganz leicht an der Wange berührten.

Sie küsste mich.

Hier in aller Öffentlichkeit mitten auf dem Platz. In diesem Augenblick war ich felsenfest davon überzeugt, mein Versprechen ohne ein leises Wimpernzucken halten zu können.

“Ich muss nach Hause, mein Vater erwartet mich”, sagte

sie nun und ergriff meine Hand und drückte sie mit beiden Händen. “Bis bald.” Sie drehte sich abrupt um und verschwand mit raschen Schritten in einer kleinen Gasse, so, als liefe sie vor irgendetwas davon.

Ich sah ihr nach und bemerkte dabei, dass ihre zarten Gesten kein größeres Aufsehen erregt hatten. Es gingen zwar geschäftig einige Leute über den Platz. Andere verließen oder betraten den Friedhof neben der Kirche. Nur ich stand noch eine ganze Weile wie festgenagelt da und versuchte in meinem Innern jenen kurzen Moment zu wiederholen, mit dem mich Margaretha eben überwältigt hatte.

Wieder und wieder fühlte ich jener flüchtigen Geste und ihrem zarten Kuss nach und es kam mir so vor, als wäre ich mit einem Mal viel leichter geworden. Ich war so in diesem Nachklang der Gefühle verfangen, dass ich nichts mehr um mich herum wahrnahm, bis ich wieder vor der Zugbrücke zum bischöflichen Palast ankam.

Ich wollte sie gerade betreten, da bemerkte ich eine Bewegung schräg hinter mir und drehte mich ruckartig um. Ein schnelles Huschen war das einzige, was ich noch sah. Dann war die Gestalt, die ich mehr hinter meinem Rücken gefühlt als gesehen hatte, hinter einer Hausecke verschwunden.

Doch das Gesicht des Mannes hatte ich schemenhaft noch wahrnehmen können. Es kam mir bekannt vor, ohne dass mir einfiel, woher.

Nachdenklich betrat ich den Innenhof, öffnete die Tür, die in den Treppenturm führte und stieg im Innern die Stufen empor. Zurück in meiner Kammer überlegte ich noch eine Weile, wer der Mann gewesen sein könne. Doch es fiel mir nicht ein. Ich setzte mich an einen kleinen Tisch, tauchte die Feder ins Tintenfass und fuhr mit der Niederschrift der Geschichte fort, die mein Onkel an so vielen Abenden erzählt hatte.

Irgendwann sprang Penthesilea auf meinen Schoß und half meiner Erinnerung immer dann auf die Sprünge, wenn ich etwas vergessen hatte.

Später servierte mir einer der Diener ein Nachtmahl und ich aß, während ich in meinem Kopf die Sätze vorformulierte, die ich gleich zu Papier bringen wollte. Ich bemerkte überhaupt nicht, dass das Geschirr wieder abgeräumt wurde, so vertieft war ich in meine Arbeit. Sie ging mir gut von der Hand, denn immer wieder erschien mir Margarethas Gesicht vor meinem inneren Auge. Sie hörte zu, was ich ihr im Geiste vorlas, noch während ich es aufschrieb.

Irgendwann wachte ich mit einem krummen Rücken auf und bemerkte, dass ich mitten in der Arbeit über den Blättern eingeschlafen sein musste. Das musste selbst der kleinen Kriegerin zu ungemütlich gewesen sein, denn sie war verschwunden. Es war bereits tief in der Nacht. Ich schüttelte den Kopf. In dem Zimmer war es dämmrig, denn eine einzelne Kerze brannte noch.

In diesem Augenblick fiel es mir wieder ein.

Natürlich kannte ich das Gesicht, das mir am Nachmittag aufgefallen war. Und natürlich wollte dieser Mann von mir nicht gesehen werden, weshalb er sich so rasch zurückgezogen hatte.

Wie hatte ich das nur vergessen können?!

Wahrscheinlich weil ich dieses Gesicht in meinem Leben nur einmal und für nicht sehr lange Zeit gesehen hatte.

Ich erinnerte mich an eine schmutzige, schlamm- und blutbespritzte, hassverzerrte Fratze, die mich voller Wut, aber auch erfüllt von Panik angesehen hatte, als ich auf dem Karren lag. Gerade erst waren zwei der Wegelagerer durch eine teuflische Macht außer Gefecht gesetzt worden. Es war der Augenblick, kurz bevor ich handelte und diesem Schurken mit aller Wucht einen derartigen Tritt versetzte, dass er zwar noch versuchte, sich an seinem Kameraden, den bärtigen Mörder festzuhalten, ihn aber verfehlte und dann mit einem heiseren Schrei hinten vom Wagen fiel.

Er war es gewesen.

Es konnte kein Zweifel daran bestehen, dieser namenlose, vom Landsknecht zum Räuber verwandelte Kerl war derselbe, den ich heute Nachmittag gesehen hatte.

Mit einem Mal war ich wieder hellwach und spürte, wie mein Herz so heftig schlug, dass ich es überall im Körper fühlen konnte. Ich sah auf meine zitternden Hände. Dann rannte ich durch das ganze Haus. Schließlich verließ ich das Gebäude und lief über den mondbeschienenen Innenhof.

“Ist etwas nicht in Ordnung, Herr?”

Die plötzliche Stimme, die das nächtliche Schweigen durchbrach, ließ mich von Grund auf zusammenzucken. Es lief mir heiß und kalt den Rücken hinunter. Die Furcht schien mein gesamtes Inneres zu Brei zu zerquetschen.

Doch es war nur der wachhabende Soldat, der hoch oben auf dem Wehrgang entlang ging.

“Hast du vor dem Palast jemanden herumlungern gesehen?”, fragte ich den Mann und befürchtete, das Zittern in meiner Stimme, das ich mühselig versuchte zu unterdrücken, wäre dennoch deutlich zu hören.

“Wer und wo, Herr?”, fragte der Soldat verblüfft.

“Ein Mann, draußen vor dem Palast ...” Nun ließ sich der klägliche Unterton nicht mehr verbergen.

“Um diese Zeit, Herr?” Es klang wie eine Frage, aber der Wächter erwartete keine Antwort. “Seit ich Wache schiebe, habe ich niemanden mehr auf den Straßen bemerkt, weder hier beim Palast noch anderswo in der Stadt”, fuhr er fort.

Ich dankte ihm und bemerkte, wie meine Unruhe etwas nachließ. Mir fiel ein, dass er über den Wehrgang des Palastes direkten Zugang zu den Wehrgängen auf der Stadtmauer hatte und ihn seine Runden vielleicht um die ganze Stadt führten.

Ich fühlte mich nicht mehr allein und ging deshalb wieder zurück ins Haus. Noch lange meinte ich zu spüren, wie der verwunderte Blick des Mannes auf meinem Rücken klebte, auch dann noch, als ich längst wieder in meiner Kammer war und mich für die Nachtruhe umzog.

Als ich im Bett lag, konnte ich trotz der beruhigenden Tatsache nicht einschlafen, dass der Palast von den Männern des Stadtkommandanten bewacht wurde und das vordere Tor wie der hintere Eingang fest verschlossen waren. Wie ein Nachtmahr tauchte das Gesicht des Kerls vor mir auf, sobald ich die Augen zumachte.

Ich wälzte mich unruhig hin und her, spürte, dass ich einerseits todmüde, andererseits aber so aufgeregt war, dass an Schlaf nicht zu denken war. Ich stöhnte und warf mich von einer Seite auf die andere. Tausende bizarrer Gedanken gingen mir durch den Kopf. Ich formulierte im Geiste stundenlange Dialoge und Auseinandersetzungen mit Leuten, an die ich seit einer Ewigkeit nicht mehr gedacht hatte. Dann tauchten mitten in dieser Parade der Vergessenen die Wohlbekannten und dann zu meinem Entsetzen auch noch die Toten auf und redeten von allen Seiten auf mich ein und wurden schließlich noch von einer ganzen Schar bunter Gestalten unterstützt, die direkt aus den schaurigen Erzählungen Penthesileas oder meines Onkels entsprungen zu sein schienen.

Es war, als versuchten sie alle mir von innen her die Luft abzuschnüren und jeder redete auf mich ein, als gelte es, mich von der Unsterblichkeit der Seele zu überzeugen, der ich angeblich abgeschworen hätte. Aber jeder redete nur völlig unverständliches, wirres Zeug, dem jeglicher Sinn abhanden gekommen war. Schließlich sprachen sie alle durcheinander, dann schwoll die Wort- und Lautkaskade zu einem gewaltigen Chor an, von dem ich überzeugt war, dass er für einen Auftritt vor dem Thron des Höllenfürsten probte.

Die Stimmen in meinem Schädel wollten mir letztlich jedoch nur eine Botschaft übermitteln, während ihre formlosen Laute durch meine Ohren wirbelten, als zögen die Apostel persönlich zu Pfingsten den heiligen Geist mit einem gewaltigen Rauschen hinter sich her und versuchten ihn in meinen Kopf zu zwingen. Doch dieses Rauschen und Toben war zu groß und übermächtig für meinen armen Verstand, denn alles, was ich aus dieser Sturmflut vernahm, war nur die eine einzige Aufforderung, den Schlaftrank aus der Truhe zu holen. Ein winziger Schluck versprach die Erlösung von maßlosem Leid und dem unerträglichem Elend, auf ewig keine Ruhe mehr zu finden.

Mehr als ein Mal warf ich die Decke zur Seite, beugte mich aus der Bettstatt, um aufzustehen und zu der Truhe zu gehen. Doch ich wich zurück, stand nicht auf, sondern wickelte mich wieder in die Decke, die sich anfühlte, als verbrenne sie meine Haut. Dann überredeten mich die Stimmen, während ich zitternd unter der Decke lag, dass ich gar nicht aufzustehen brauche, es reiche schon, wenn ich aus dem Bett krieche wie ein Wurm.

Das Versprechen, das ich Margaretha gegeben habe, sei hinfällig, sagte etwas in mir und ihre Gestalt tauchte in meinen Gedanken auf. Doch sie verfiel nicht in das quälende Wortcrescendo der anderen, sondern sah mich nur stumm von der Ferne aus an.

Wenn ich heute eine Ausnahme mache, dann würde ich das Versprechen gar nicht brechen, flüsterte es in meinem Ohr. Schließlich habe ich nicht zugesagt, sofort aufzuhören. Irgendwann aufhören, das könne ich immer noch, redete es in mir mit einer überzeugenden Stimme, der es tatsächlich gelang, den teuflischen Chor der Wörterkaskaden in den Hintergrund zu drängen.

Außerdem habe ich einen sehr entschuldbaren Grund, sagte nun eine andere Stimme und lachte leise. Den üblen Schurken, den ich heute gesehen habe. Er sei Entschuldigung genug, eine Entschuldigung, die Margaretha als erste einsehen werde.

‚Er braucht ihr ja überhaupt nichts zu sagen!', donnerte es in meinem linken Ohr.

‚Er ist ihr schließlich keine Rechenschaft schuldig!', schnarrte es im rechten.

‚Du brauchst den Trank für deinen Seelenfrieden!', klang es nun aus der Mitte.

Aber weit hinten in meinem Kopf steckte ein leiser Satz, den ich trotz aller Qualen nicht vergessen konnte. Er stammte aus ihrem Mund: “Der Trank verschlingt deine Seele Stück für Stück!”

Am nächsten Morgen wachte ich nassgeschwitzt auf. Ich fühlte mich zerschlagen und matt. Und ich wusste nicht, wann ich es endlich geschafft hatte, einzuschlafen.

Aber ich wusste, dass ich standhaft geblieben war.

Sofort nach dem Aufstehen holte ich die Flasche aus der Truhe. Dann schlich ich mich in das leere Gemach, in dem mein Onkel untergebracht war. Bevor ich die Flasche mit dem türkischen Schlaftrunk in jene Truhe zurücklegte, in der er seine verschiedenen Tinkturen, Essenzen und alchymischen Verbindungen aufbewahrte, sah ich sie mir noch einmal sorgfältig an.

Ich öffnete den Stöpsel, mit dem sie verschlossen war, führte sie ganz nah an mein Gesicht. Fast berührten meine Nasenlöcher die Öffnung, als ich vorsichtig an der dunkelbraunen, etwas klebrigen Substanz roch. Eine winzige Drehung und der kleine Hals der Flasche würde meine Lippen berühren. Doch ich rümpfte nur die Nase, denn ein unangenehmer Geruch stieg hoch und so drückte ich den Stöpsel wieder fest in den Flaschenhals und legte das Gefäß sorgfältig zu den anderen zurück in die Truhe. Leise schloss ich den Deckel der Truhe und verließ den Raum.

Obwohl ich unausgeschlafen war und schlechte Laune hatte, fühlte ich doch auch, dass mein Wunsch nach Margaretha viel stärker war als mein Verlangen nach dem Schlaftrunk. Denn mir war, obwohl unausgesprochen, seit der gestrigen Begegnung mit ihr klar, dass es ein *Entweder-Oder* war. Ich würde nur dann Margarethas Zuneigung erobern können, wenn ich ein Leben ohne Nebenbuhler führen würde.

XV

Als mein Onkel nach einigen Tagen, die ich voller einsamer Gefechte mit mir selbst verbracht hatte, für eine kurze Weile nach Forchheim zurückkam, um nach mir zu sehen, erzählte ich ihm von meinem kurzen Ausflug. Dass ich zufällig Margaretha und jenen jungen Torwächter Florian getroffen hatte, erwähnte ich nur nebenbei. Tatsächlich erregte jene Gestalt, die ich vor dem Tor des Palastes gesehen hatte, seine Aufmerksamkeit viel mehr.

Mittlerweile aber war ich mir längst nicht mehr sicher, ob es wirklich jener Schurke gewesen war. Mein Onkel aber war sich umso sicherer.

Nach jener Nacht, in der mich die Erkenntnis wie ein Blitz überfallen hatte, nämlich dass ich das Gesicht dieses Mannes wohl kannte, hatten sich zunehmend wieder Zweifel in meine Überzeugung geschlichen. War er es wirklich gewesen? Was hatte ihn, den Rechtlosen, veranlasst, sich in diese Stadt zu schleichen? Hatten sich der Bärtige und er, falls er es denn tatsächlich gewesen war, wieder gefunden, um nun zu zweit oder mit Hilfe anderer Spießgesellen weiterhin die Wälder dieser Gegend unsicher zu machen? Oder hatte nur meine überhitzte Phantasie das scheinbare Erkennen jener Gestalt heraufbeschworen?

Je mehr ich darüber nachdachte, desto unsicherer wurde ich. Vielleicht bildete ich mir ja alles nur ein. Als ich meinem

Onkel aber den nun nur noch vage formulierten Verdacht schilderte, reagierte er umso besorgter.

“Übeltäter wie diese lassen niemals locker. Ich kann mir denken, dass sich die beiden überlebenden Schurken in einem geheimen Unterschlupf, den diese Bande ohne Zweifel hat, wieder getroffen haben. Und dort hat der, den du vor ein paar Tagen gesehen hast, den anderen Kerl, den Cuspinian in seiner unwissenden Güte versorgt hat, wieder ganz gesund gepflegt”, sagte mein Onkel.

“Aber warum schleicht er sich dann in diese Stadt?”, fragte ich, denn je mehr ich darüber nachgedacht hatte, desto unsinniger erschien es mir. “Wäre ich an der Stelle dieser Räuber, dann hätte ich längst das Weite gesucht. Ich weiß doch, dass mich hier nur eine peinliche Befragung und der Galgen erwartet.”

“So denkst du, weil du ein rechtschaffener Mensch bist, der um sein Leben und sein Seelenheil fürchtet”, erwiderte mein Onkel. “Doch solche Halunken sind anders gestrickt. Glaub mir, sie haben so oft ihr Leben aufs Spiel gesetzt, dass es ihnen nichts mehr ausmacht, das wieder und wieder zu tun. Vor allem aber hast du diese Kerle in ihrer schurkischen Ehre gekränkt.”

“Wie soll ich das verstehen?”, fragte ich erstaunt. “Sie haben Georg gemeuchelt und fast hätten sie mich auch umgebracht. Und dass zwei von ihnen gestorben sind, geschah nicht durch meine Hand, sondern durch eine vielleicht sogar höllische Macht, die ich aber weder angerufen noch beschworen habe.”

“Es ist nicht einfach, die Beweggründe solcher Menschen zu verstehen. Noch schwerer ist es, in die Abgründe des Bösen zu blicken und hinter den Gesichtern dieser Kerle die vielfältigen Fratzen des Teufels zu erkennen. Aber glaube mir, ich habe in meinem Leben mehr als ein Mal mit verlorenen Seelen zu tun gehabt, die vom Antichrist gelenkt und bewegt wurden wie die Marionetten eines Puppenspielers auf dem Markt. Solche bedauernswerten Gestalten handeln nur nach ihrer eigenen Logik.”

“Und wie sieht der aus?”, fragte ich.

“Sie haben nicht das bekommen, was sie haben wollten. Sie waren es ganz offensichtlich nicht gewohnt, bei ihren Überfällen Niederlagen zu erleiden. Das lastet schwer auf dem Gemüt solcher Burschen. Sie wollen schlicht und ergreifend ihre einmal begonnene Arbeit beenden.”

“Arbeit? Du glaubst tatsächlich, für diese Kerle ist das eine Arbeit, wie für den Hufschmied das Beschlagen der Pferde, den Bauern das Säen und Ernten oder den Kesselflicker ...”

“Ich kann mich natürlich irren”, unterbrach mich mein Onkel mit finsterer Miene. Worüber ärgerte er sich? Hielt er mich für einfältig?

Doch trotz seines Zugeständnisses sah das Gesicht meines Onkels nicht danach aus, als hege er auch nur einen Hauch von Zweifel in Bezug auf seine Äußerungen. Er erklärte mir schließlich, dass er sich Sorgen mache, weil er schon am nächsten Tag erneut nach Bamberg würde reisen müssen. Er sah mich prüfend an und ich wusste, dass er darüber nachdachte, ob ich bereits soweit wieder auf den Beinen sei, dass er es wagen könne, mich mitzunehmen.

Der schwere Kampf, den ich in den letzten Tagen mit mir selbst und meinem zwanghaften Bedürfnis nach jenem Mohntrank ausgefochten hatte, hatte Spuren in meinem Gesicht hinterlassen. Ich wusste dies, weil ich mich mittlerweile wieder selbst rasierte. So sah ich im Spiegel, dass dunkle Ringe um meine Augen lagen und die Farbe meiner Wangen ungesund und bleich war. Meinem Onkel hatte ich natürlich nichts von meinen Problemen mit Cuspinians Trank erzählt.

Es war mir wohl anzusehen, dass es mir noch nicht richtig gut ging. Worauf dieser Zustand auch beruhen mochte, eine Folge meiner Verletzungen, der seelische Schock, weiterhin in Gefahr zu schweben, darüber schien mein Onkel zu rätseln, dem ich die Wahrheit verschwieg.

Wenn ich mir selbst gegenüber ehrlich war, hätte ich die Reise nach Bamberg ohne weiteres antreten können. Ich wusste, dass mein Onkel mit dem Schiff fuhr, die Reise also schnell, sicher und bequem sein würde. Aber ich wollte Forchheim nicht verlassen, obwohl - oder besser - gerade weil es mittlerweile schon einige Tage her war, dass ich Margaretha zuletzt gesehen hatte.

Sie würde heute Abend in den Palast kommen, das hatte mein Onkel direkt nach seiner Ankunft arrangiert. Der Bote, den er zum Apotheker geschickt hatte, richtete uns aus, dass sie zur Fortsetzung der Erzählung zu uns kommen würde. Mittlerweile schienen ihre Eltern zu wissen, dass mein Onkel ein guter Geschichtenerzähler war, dem sie gerne zuhörte. Eine Reihe von Folgen seiner verwickelten Erzählung hatte sie bereits verpasst. Doch es schien ihr nichts auszumachen, trotzdem seiner Geschichte zu lauschen, obwohl ihr einige wichtige Details fehlten. Ich versuchte zwar, die Lücken, so gut es ging, mit kurzen Zusammenfassungen zu füllen, war mir aber sicher, dass dies nur ein mäßiger Ersatz sein konnte. Obwohl auch mein Onkel ihre Anwesenheit sichtlich genoss, lag es ihm doch schwer auf der Seele, dass er nicht in Forchheim bleiben konnte.

"Nein, du scheinst mir noch nicht dazu in der Lage zu sein, mich nach Bamberg zu begleiten", grübelte er laut vor sich hin. "Du bleibst hier und du bleibst, auch wenn es dir schwer fällt, im Palast. Hier sind immer genug Männer, die dich bewachen und notfalls beschützen können."

"Ich suche gleich den Stadtkommandanten auf", fuhr er nach einer Pause fort, "und werde ihm von deiner Beobachtung erzählen. Ich muss ihn bitten, die Wachen zu verstärken und ihnen besondere Aufmerksamkeit zu befehlen ..."

Es war ihm deutlich anzusehen, dass ihm dieser Bittgang zu Hans von Egloffstein quer im Magen lag, hatte er ihn doch vor nicht allzu langer Zeit ziemlich herablassend und scharf angegangen. Aber vielleicht hatte der Schultheiß ja auch ein schlechtes Gewissen, weil seine Männer den Bärtigen nicht hatten aufspüren können.

Ich wollte meinen Onkel zurückhalten und ihm dieses sicher nicht angenehme Gespräch ersparen. Doch er winkte unwirsch ab, erhob sich aus seinem Scherenstuhl und verließ mich.

Als er mich einige Stunden später wieder aufsuchte, strahlte sein Gesicht zufrieden und er erzählte mir, dass der Stadtkommandant seiner Bitte entsprochen habe, obwohl er am kommenden Tage ein Manöver mit allen bewaffneten Männern der Stadt plane, um sie im Gebrauch der neuen Büchsen zu unterrichten, die von der Stadt angeschafft worden seien und jetzt im Zeughaus lagerten.

Als am Abend endlich wieder Margaretha, mein Onkel und die krallenbewehrte Penthesilea mit mir zusammensaßen, hatte ich mein flüchtiges Glück wiedergefunden und dachte nicht mehr daran, dass irgendwo dort draußen außerhalb der wuchtigen Mauern des bischöflichen Schlosses Kreaturen zu lauern schienen, die mir Böses wollten. Auch mein Onkel ließ sich in Anwesenheit Margarethas nichts von seiner Sorge anmerken. Ungerührt begann er mit seiner Geschichte fortzufahren.

"Für die nun folgenden Jahre", begann er zu erzählen, "bis anno domini 896 fehlt in den *Annales Fuldanenses*, in den Chroniken Ekkehards oder den Schriften Liutprands jeder Hinweis auf den Verbleib Eginos. Auch keiner der anderen Autoren erwähnt ihn. Nur eine Randbemerkung von unbekannter Hand bei Hatto von Mainz, jenes Bischofs, der nun auch in unserer Erzählung eine Rolle spielen wird, äußert die Vermutung, der ehemalige *Skof* des Königs sei nach Würzburg zurückgekehrt, habe veranlasst, dass man seinen Diener Mainhardt reich entlohne, den er danach entließ und er selbst sei an der Stelle seines gefallenen Bruders in jenes Kloster eingetreten, in dem Kilian und er die Scholarenzeit verbracht hatten. Doch für diese Annahme spricht ansonsten nichts und die Ereignisse von 896 in Forchheim widersprechen dieser Darstellung sogar.

Während wir also Eginos weiteres Schicksal vorübergehend aus den Augen verlieren, ist das unstete Wirken Arnolfs verständlicherweise besser dokumentiert. Seine Gattin Ota hatte ihm mit Ludwig inzwischen einen legitimen Nachfolger geschenkt.

Anfang des schicksalhaften Jahres 896 finden wir ihn bereits zum zweiten Mal in Italien. Ein Jahr, in dem Rom allein drei Päpste auf dem Stuhl Petris sah. Der erste von ihnen - Formosus - war der Nachfolger des schon früher erwähnten Stephan VI. Formosus hatte Arnolf um Hilfe ersucht, da die Spoletiner Herrscherfamilie sich in Rom festgesetzt hatte und ihn wie einen Gefangenen behandelte.

Als das schwäbische und das fränkische Heer nach vielen Entbehrungen vor den Mauern der ewigen Stadt anlangten, fanden sie die Tore verschlossen und die Stadt in Verteidigungsbereitschaft. Hohn und Spott ergoss sich über die ausgemergelten Angreifer, die kaum noch Pferde bei sich führten, da diese in der Lombardei während des schlimmen Winterwetters an einer Seuche fast alle eingegangen waren. Das Gepäck, die Zeltstangen und -planen, die Waffen und Vorräte transportierten sie nun auf Ochsen, so dass die überheblichen Römer sie als eine Bande von Kuhhirten und Stallburschen beschimpften. Tatsächlich war die Versorgungslage der fränkischen und schwäbischen Krieger so schlecht, dass an einen Angriff oder eine langwierige Belagerung erst einmal nicht zu denken war. Es sah alles danach aus, dass die Verteidiger der Stadt ein besseres Leben führten als Arnolfs Truppen. Der König begab sich mit seinen Männern zu der San Pankrazio geweihten Kirche in Sichtweite des gleichnamigen Tores und ließ seine Priester eine Messe feiern. Nach dem Gottesdienst fragte er seine Berater, was man unternehmen solle.

Da ertönte von draußen ein lautes Geschrei. Einige Männer hatten vor den Mauern Roms einige Hasen entdeckt, deren Anblick ihnen das Wasser im Munde zusammenlaufen ließ. Sie packten Bogen und Spieße und begannen sie schreiend aufzuscheuchen und ihnen hinterher zu jagen. Der Feind aber auf den Mauern dachte, dass der Angriff begonnen habe. - Entsetzt warfen sie die Waffen fort und flohen.

So konnte die ewige Stadt ohne Verluste an Menschenleben eingenommen werden. Ageltruda, die Witwe von Kaiser Wido, verließ in aller Eile Rom und kehrte vor Zorn bebend in ihren angestammten Sitz nach Spoleto zurück.

Am nächsten Tag, einem Sonntag, fand in der Peterskirche dann vor dem Grab des Apostels die feierliche Erhebung des Adlerwolfs zum Caesar Augustus, die Kaiserkrönung statt. Papst Formosus schenkte Arnolf eine Reihe von kostbaren Reliquien, unter anderem den Kopf und einen Knochen des heiligen Georg.

Der Kaiser reichte diese Gabe an den Erzieher seines Sohnes, seinen Berater Hatto von Mainz weiter, der dafür auf der Insel Reichenau eine eigene Kirche erbauen ließ. Arnolf musste, um seine Herrschaft zu festigen, noch die Spoletiner Emporkömmlinge, den minderjährigen Kaiser Lambert und seine Mutter Ageltruda in die Schranken weisen und in die frühere Vasallenstellung zurückdrängen.

Zu Arnolfs Begleitern auf diesem Zug nach Italien zählte auch ein gewisser Freikrieger, der dem frisch gekrönten Kaiser durch dessen erstgeborenen Sohn Zwentibald an die Seite gestellt worden war. Im Lauf der Jahre hatten sich Arnolf und seine Begleiter nicht nur an das furchterregende Aussehen des Mannes gewöhnt, sondern viele suchten auch seinen Rat und seine Freundschaft. Nur die Geistlichen hegten nach wie vor ein tiefes Misstrauen ihm gegenüber, mit einer Ausnahme, Bischof Hatto von Mainz.

Man wusste, dass sich Lambert und seine Mutter in die Festung Fermo zurückgezogen hatte. Man sprach auch allgemein sehr abfällig über diese herrschsüchtige Frau und schon bald erzählte man sich Geschichten, dass es sich bei Ageltruda um eine Hexe handeln solle.

Dessen ungeachtet richtete sich das fränkische Heer auf eine Belagerung von Fermo ein, als ein Unterhändler in das Zelt des Kaisers geführt wurde, der um Waffenstillstand und eine Unterredung zwischen Arnolf und Ageltruda auf neutralem Grund bat. Da die Gerüchte über die Zauberfähigkeiten der Frau im Lager kursierten, rieten fast alle von einer direkten Begegnung zwischen Arnolf und Ageltruda ab. Mit einer Ausnahme, Hatto von Mainz. Begleitet von ihm und dem Freikrieger könne Arnolf nichts geschehen. Er werde darum beten, dass Gott auf seiner Seite sei und der Freikrieger sei in der Lage alle anderen Angriffe, seien sie natürlicher oder übernatürlicher Art, abzuwehren.

Ageltruda erschien allein, Arnolf in besagter Begleitung. Das Treffen fand in der Ruine eines römischen Tempels statt, der einst einer alten, vormals griechischen Gottheit mit Ziegenhörnern geweiht gewesen war. Hatto berichtet, dass außer der Begrüßung keine weiteren Worte mehr gefallen seien. Man habe sich schweigend gegenüber gesessen. Abbo - obwohl er nicht dabei gewesen war - äußert sich ausführlicher. Auch bei ihm verläuft die Begegnung schweigend. Aber zwischen dem Tätowierten, Ageltruda und Arnolf sei ein regelrechtes Dreieck der Blicke entstanden, wobei ein flirrendes Leuchten zuerst von den Augen des Freikriegers ausging, das in die Pupillen Ageltrudas fiel und von dort in die Augen des Kaiser zurückgeworfen wurde.

Sprachlos war auch das Heer, das Arnolf begleitete, als dieser nach dem kurzen Treffen mit seiner Feindin den Rückzug befahl und anordnete, auf schnellstem Wege in die Heimatländer jenseits der Alpen zurückzukehren. Als der Kaiser auf diesem Marsch ernsthaft erkrankte, abwechselnd von Lähmungen und Schüttelanfällen geplagt wurde, dachte jeder, dass er von den Zauberkräften Ageltrudas verhext worden sei.

Während sich der erbarmungswürdige Zug der Franken über die Alpen zurückzog, blieb der unheimliche Freikrieger in Rom. Angeblich zur Unterstützung des von Arnolf eingesetzten Vasallen Farold. Doch dieser wurde schon nach kurzer Zeit vertrieben, denn kaum hatte sich der Kaiser zurückgezogen, beanspruchte ein anderer, Lambert, der Sohn Ageltrudas, wieder alle Macht in Italien und erhielt sie. Papst Formosus starb, man muss sagen zu seinem eigenen Glück, zu Ostern kurz nach Arnolfs Abzug, denn die Spoletiner waren nun erst recht seine Feinde. Und auch sein Nachfolger Papst Bonifacius, der sechste dieses Namens, übte sein Amt in dieser unruhigen Zeit nur ganze fünfzehn Tage aus. Ihn raffte die *Podagra* hinweg. Der ihm folgte hieß wieder Stephan und erwies sich als Parteigänger Lamberts und Ageltrudas. Während Arnolfs Vasall unter diesen Umständen das Weite suchen musste, blieb der Tätowierte noch einige Wochen in Rom. Man sah ihn in der Nähe der Kaiserin und des Papstes.

Dieser neue Herrscher auf dem Stuhl Petris hasste seinen Vorgänger nach Herzen und befahl, die bereits verwesende Leiche des Formosus wieder aus ihrem Grab herauszuholen. Dann ließ er den zerfallenden Körper in päpstliches Ornat kleiden und rief zu einer Synode, um über den Toten zu richten. Einem früheren Vertrauten des Formosus wurde die traurige Rolle zuteil im Namen des Verstorbenen Rede und Antwort zu stehen.

Es war ein Schauprozess, der das Volk von Rom zutiefst entsetzte. Und er endete mit einem Schuldspruch, der dem Toten die Nachfolge Petri absprach. Alle von Formosus getroffenen Entscheidungen wurden rückgängig gemacht. Man bezichtigte ihn des Meineids und riss dem Toten die apostolischen Kleider vom Leib. Die Schwurfinger der rechten Hand wurden abgehackt und die Leiche schließlich in den Tiber geworfen, damit kein Grab bleibe, von dem man meinen könne, es liege ein Märtyrer darin.

Auf dem Höhepunkt dieses unwürdigen Spektakels sah man den Freikrieger Rom verlassen und wer sich getraut hätte, ihn näher anzuschauen, hätte ein hämisches Grinsen seine Lippen umspielen sehen.

Ich greife vor", sagte mein Onkel, "und es ist auch nur eine Marginalie, wenn ich mit der Erzählung noch kurz in Italien bleibe. Sah - wie schon erwähnt - das Jahr 896 allein drei Päpste, so soll der Vollständigkeit halber erwähnt werden, dass auch im darauf folgenden Jahr wieder mehrere Päpste in dieses Amt gewählt werden sollten. Stephan VII. wurde ein Opfer der von ihm entfesselten Leidenschaften. Man setzte ihn ab, warf ihn in den Kerker, wo er von seinen Gegnern erwürgt wurde. Auf ihn folgte Romanus und auf diesen nach nur vier Monaten Theodor II. Dieser hatte den päpstlichen Stuhl zwar nur ganze zwanzig Tage inne, aber er versuchte das Chaos, das in der Kirche herrschte, wieder in den Griff zu bekommen. Doch sein jäher Tod gab den Anhängern des entthronten Stephan wieder eine Gelegenheit, einen der ihren weihen zu lassen. Er trug den Namen Sergius und wird heute nicht mehr als regulärer Papst geführt. Er musste im Sommer 998 Johannes IX. Platz machen, dem endlich das gelang, was Theodor II. vor ihm versucht hatte, nämlich Ordnung in einer vollständig im Chaos versinkenden italienischen Kirche wiederherzustellen. Schließlich hatte der unselige Stephan in seinem abscheulichen Verfahren gegen Formosus jede Entscheidung, jedes Dekret, einfach alles aufgehoben, was unter der Herrschaft des Formosus jemals beschlossen worden war. Zahllose Geistliche mussten wieder in ihren vorherigen Stand gesetzt werden. Ebenso viele Zuwendungen, Schenkungen und Ernennungen mussten wieder ausgesprochen werden, nur um einen Zustand wiederherzustellen, als die Kirche noch funktionierte.

Kehren wir zurück nach Franken. Gerade noch rechtzeitig erreicht der Freikrieger im August 896 Forchheim, wohin Arnolf nach einem Aufenthalt in Regensburg gereist war. Noch immer wurde der Kaiser durch sein heimtückisches Leiden gequält, von dem viele bis heute glauben, es sei das Ergebnis der Hexerei Ageltrudas.

Während dieser Versammlung in Forchheim tauchten auf einmal einige von unseren Helden und Schurken und von denjenigen, die irgendwo dazwischen zu platzieren sind, wieder zur gleichen Zeit am gleichen Ort auf. Der Tätowierte, dessen Ankunft naturgemäß zu viel Geflüster und sorgenvollen Blicken führte. Zwentibald war aus Lothringen eingetroffen und er war wohl nicht gut auf seinen Vater zu sprechen, der nun in der Nachfolgefrage ganz offen seinem legitimen Sohn Ludwig den Vorzug gab. Ota und der zweijährige Ludwig, der gerade laufen lernte und dabei Reden in einer unverständlichen Sprache hielt, hatten den Kaiser auf seiner Reise begleitet. Ebenso Eoprecht, der königliche Baumeister und Steinmetz, den Arnolf mit dem Umbau der Forchheimer Pfalz beauftragen wollte.

Der Steinmetz aber musste mit seiner Arbeit warten, bis der Kaiser Zeit für ihn und seine Bauvorschläge haben würde, da auch zahlreiche andere Würdenträger eingetroffen waren. Etwa der Bischof Salomon von Konstanz, dem Arnolf für das Kloster St. Gallen die freie Abtwahl bestätigte und Königsschutz gewährte.

Zu denjenigen, mit deren Erscheinen in Forchheim niemand gerechnet hatte, zählte Egino, der vor der Zeit gealtert schien und einen wilden Bart trug, so dass ihn kaum jemand erkannte. Da der Freikrieger und Eoprecht bereits früher Umgang miteinander gepflegt hatten, nutzte der Steinmetz die Zeit der Untätigkeit damit, die vielen Bilder und Muster auf dem Körper des Kriegers genauer zu betrachten. Besonders das großflächige, in die Haut geätzte Bild auf der Brust faszinierte ihn, so dass er ihn bat, es abzeichnen zu dürfen. “Hau es direkt in den Stein”, forderte der Freikrieger und seine Lippen verzogen sich, als wolle er gleichzeitig lächeln und ausspucken.

Eoprecht holte einen Hammer und einige verschieden breite Meißel. Seine Lehrburschen mussten einen länglichen Sandstein heranschleppen, den sie vor dem Steinmetz auf den Boden fallen ließen. Inzwischen hatte der Tätowierte seine Brust entblößt und präsentierte stolz das dort hineingestochene Bild, das sich unter seinen Atemzügen und den leicht vibrierenden Muskeln bewegte, als würde es im nächsten Moment lebendig. Mit mächtigen Schlägen begann Eoprecht zu arbeiten und schon nach erstaunlich kurzer Zeit zeigte sich in den Konturen, die sein Meißel im Stein hinterließ, das genaue Abbild des Hautbildes, die unendliche Spiegelung des Fabelwesens.

Mittlerweile standen eine Reihe Leute um den Bildhauer und sein Modell. Alle beobachteten gespannt den Fortgang der Arbeit und verglichen flüsternd das, was sich allmählich aus dem Stein herausschälte mit dem Gegenstück auf der breiten Brust des Kriegers.

In diesem Augenblick näherte sich auch Egino, der erst ein paar Stunden zuvor in Forchheim eingetroffen war, der Gruppe. Noch hatte ihn niemand wiedererkannt. Nur seine zwar abgerissene aber - wie noch deutlich erkennbar war - ehemals kostbare Kleidung verriet einen heruntergekommenen Adeligen. Und jeder, der kurz über diese Gestalt nachdachte, kam zu dem Schluss, dass es sich um den glücklosen Angehörigen irgendeiner gräflichen Familie handeln musste, den die Seinen geschickt hatten, um irgendeine Gunst vom Kaiser zu erbitten.

Die dunkel umschatteten Augen Eginos verbargen die wahren Gründe für sein Kommen. Seit langer Zeit bewegte nur noch ein Gedankengang sein düster umwölktes Haupt und wiederholte sich ständig.

Der Fluss der Gedankenbilder begann immer mit Elisabeth und für wenige Augenblicke klarte sich Eginos Miene auf und ein entrücktes Lächeln zeigte sich. Dann jedoch verwandelte sich vor seinem inneren Auge die lebendige, fröhliche Elisabeth schlagartig in die sterbende, in die verblutende Gestalt, die in einem fernen Landstrich begraben lag. Und das Gesicht seiner toten Geliebten wurde überschattet von dem Gesicht eines lebenden Königs: Arnolf. Das Gesicht des Herrschers, für den er gesungen hatte, und der durch seine Einwilligung das aberwitzige Vorhaben von Elisabeths Vater - ihre Verheiratung mit Ulthardt - erst ermöglicht hatte. Dann begann das Bild Arnolfs wieder zu verblassen und wurde erneut von einer fröhlichen Elisabeth überstrahlt und der elende, bittere Kreislauf begann von neuem. Kaum wich die fröhliche Frau der Sterbenden, verwandelte sich auch Eginos Miene. Das leise Lächeln wich jenem teilnahmslosen Ausdruck, den niemand zu deuten wusste. Niemand außer der einzigen Gestalt, die den ehemaligen Sänger sofort wiedererkannt hatte.

Die harten, ausdruckslosen Augen des Freikriegers fixierten Egino, ohne dass irgendein anderer das mitbekommen hätte. Mit einem kurzen Blitzen wiesen sie den viel zu rasch Gealterten auf einen bestimmten Punkt in der Ferne. Und Egino schien die Andeutung zu verstehen. Als er sich abwandte, glitt sein Blick zu Boden und verweilte bei dem Stein, den Eoprecht mit kraftvollen Hieben bearbeitete. Jeder andere hätte sich für das langsam entstehende Bild interessiert. Nicht so Egino. Sein Blick galt nur dem nackten Stein, dem Umriss des Steins, so als habe ihm diese belanglose Form des grob behauenen Blocks etwas Wichtiges zu sagen. Dann entfernte er sich wieder, ohne jemanden begrüßt zu haben.

Hätte irgendjemand gewagt, in diesem Augenblick in die Augen des Tätowierten zu sehen, er hätte eine höchst merkwürdige Beobachtung machen können. Eines seiner Augen schien mit einem gewissen herablassenden Interesse auf den Konturen gewinnenden Stein gerichtet zu sein, das andere aber schaute mit höchster Konzentration Egino hinterher. Dann nahm er seine Sachen, beugte sich zum Steinmetz herab und flüsterte ihm etwas ins Ohr. Ohne mit seiner Arbeit innezuhalten, nickte Eoprecht und hielt seine Augen gesenkt, um jede Bewegung seines Meißels genau im Blick zu haben. Der Freikrieger drehte sich um und verschwand in die entgegengesetzte Richtung.

Inzwischen hatte Egino den Hauptbau der Pfalz erreicht, in dessen Saal zu ebener Erde gerade eine Versammlung abgehalten wurde. Doch anstatt sich dem von einigen Bewaffneten bewachten Eingang zu nähern und um Zutritt zu bitten, bog Egino seitlich an dem Gebäude ab. Er blickte an der etwa mannshoch gemauerten Steinwand entlang, auf der die Balken mit ihrer Holzkonstruktion ruhte, aus welcher der größte Teil des dreistöckigen Hauses bestand.

Es war deutlich zu sehen, dass das Gebäude wie die anderen Bauten der kaiserlichen Pfalz in einem beklagenswerten Zustand war und Eoprechts bevorstehender Bauauftrag so bald als möglich begonnen werden sollte. Die Jahrzehnte mit Wind, Regen, Schnee, Hagel und Sturm hatten den alten Holzstämmen schwer zugesetzt. Doch Eginos Blick, der an dem Haus nach oben ging, schien von alledem nichts mitzubekommen. Selten waren die Augen eines Menschen leerer gewesen als die seinen. Selbst Blinde verstanden es, ihren blicklosen Augen mehr Leben zu verleihen.

Er atmete tief ein und starrte jetzt wieder genau geradeaus, so als suche er in weiter Ferne nach etwas, das er verloren oder zurückgelassen hatte und er schien die Wand unmittelbar vor ihm gar nicht wahrzunehmen. Das ganze Gebäude schien nicht in seinen Blick zu passen und auch die darin stattfindende Versammlung, von der leise, kaum verständliche Laute durch eines der Fenster nach außen drangen.

Dann war es auf einmal, als hätte er gefunden, was er suchte. Seine Hände schnellten hastig nach vorn und griffen direkt in die Wand hinein. Seine Finger verkrallten sich in den tiefen Fugen zwischen den Steinen. Es knirschte vernehmlich. Doch das, was er zu tun vorhatte, war ein Ding der Unmöglichkeit. Dazu bedurfte es einer übermenschlichen

Kraft, der Kraft einer ganzen Schar angeschirrter Stiere, das hätte man selbst einem so überlegenen Krieger im Zeichen des Basilisken nicht zugetraut. Und doch - es knirschte weiter und der Stein begann sich zu bewegen. Eginos Füße waren jetzt gegen die Mauer gestemmt, die Muskeln seiner Arme waren zum Zerreißen gespannt und mit einem letzten Ruck zog er den Quader, den er mit blutiggeschürften Händen umfasst hatte, heraus und ließ ihn zu Boden fallen.

Im gleichen Moment ertönte ein Knall, irgendein längst verrosteter Nagel zerbrach, ein schwerer Balken geriet ins Rutschen, zog weitere Bretter und Balken aus ihren Verankerungen und nun begann sich ein Teil der Wand des großen Gebäudes ganz langsam zur Seite zu neigen - dorthin, wo Egino stand, so als könne man die Wand biegen und falten wie ein Stück Pergament.

Im Inneren hatte man auch den Knall des berstenden Metalls gehört, aber zuerst geglaubt, das Geräusch komme von draußen. Erst, als die schwere Balkendecke mit einem ächzenden Stöhnen zur linken Seite rutschte und Staub und Splitter auf die Versammlung herabprasselten, bemerkten die Bischöfe und Edlen des Reiches, dass das Haus, in dem sie sich aufhielten, schwankte, aber nicht wie an Bord eines Schiffes, sondern wie ein gefällter Baum, kurz bevor er stürzt. Zuerst waren sie alle wie erstarrt und still. Doch dann gellten die Schreie los, als der erste aus seiner Verankerung gelöste Balken mit entsetzlich lautem Krachen mitten auf die Anwesenden donnerte und einige der Bittsteller erschlug. Es gab nur einen Ausgang aus dem Haus, ein großes breites Tor, aber - da man bei den Beratungen unter sich bleiben wollte - hatte man es trotz des schönen, sommerlichen Wetters geschlossen. Mühsam stieß ein alter Bischof das Tor wieder auf. Und als es endlich offen stand, sahen die Herauseilenden wie die vor dem Tor stationierten Wachen bereits weggelaufen waren. Sie begriffen augenblicklich, warum.

Das ganze Gebäude stürzte ein.

Dabei blieb das Dach wie ein riesiges Zelttuch in geringer Höhe über den Trümmern hängen. Es war nur abgesackt und in der Mitte eingesunken, so dass es sich wie die Flügel einer Gans nach außen geschoben hatte und das Werk der Zerstörung gnädig unter seine Fittiche nahm. Steine, Balken, Schutt und Egino schob es dabei zur Seite wie Brotkrumen auf einem Tisch.

Als man Arnolf und die anderen, die es mit ihm nicht mehr geschafft hatten, den herunterprasselnden Balken und Brettern zu entkommen, im Verlauf des Tages aus den Trümmern zog, schickten Ota und Hatto von Mainz, die wie betäubt vor der Ruine des ehemaligen Hauses standen, ein Dankgebet zum Himmel. Ihr König und Kaiser lebte. Das rechte Bein war zwar gebrochen und einige Rippen eingedrückt, aber Arnolf war bei Bewusstsein und hustete sich fluchend den Staub aus der Kehle. Andere hatten nicht so viel Glück gehabt.

Als man den verletzten König auf einer Trage fortschaffte, befahl er nach wenigen Schritten anzuhalten. Der Schmerz raubte Arnolf zwar fast das Bewusstsein, aber sein scharfer Blick hatte die im Todeskampf hechelnde Gestalt direkt neben den Gebäuderesten ausgemacht. Hustend winkte er den Trägern, ihn näher heranzubringen. Das Gesicht des Mannes, der halb unter den Steinen der Außenmauer begraben war und dem ein Dachbalken den Brustkorb zerschmettert hatte, kam ihm bekannt vor, aber er wusste nicht woher. Fragend starrte er das schmutzige Gesicht an. Er schüttelte den Kopf, denn er sah, dass diesem Mann nicht mehr zu helfen war. Arnolf hustete erneut und verpasste deshalb die lautlosen Lippenbewegungen des Todgeweihten. Als Arnolf versuchte, sich auf der Trage etwas aufzurichten, zuckte er vor Schmerz zusammen und sank zurück. Er bewegte unentschlossen seine Hand, worauf sich seine Träger wieder in Bewegung setzten.

Diese Männer wussten jedoch in ihrer Panik überhaupt nicht wohin und auch Ota rannte einfach neben ihrem Gatten her, ohne in der Lage zu sein, eine Anweisung zu geben.

Da ergriff die Hand des Königs den Arm eines der Träger und veranlasste ihn so, erneut anzuhalten. Sie waren fast am anderen Ende der weitläufigen Anlage angekommen, dort wo sich die Werkstätten und Ställe befanden. Wegen des Unglücks war bis auf Eoprecht niemand mehr hier. Alle anderen waren zur Unglücksstelle gerannt, um zu helfen. Der Steinmetz meißelte, als habe er nichts vom Geschehen mitbekommen. Der Herrscher hustete, doch unbeirrt arbeitete Eoprecht weiter. Arnolf hatte Schwierigkeiten durchzuatmen und konnte keine klaren Worte hervorbringen. Stattdessen wedelte er mit dem Arm und zeigte dabei auf das Bildnis.

Ota glaubte ihn zu verstehen: "Er will, dass du die Krone entfernst, hast du gehört?"

Eoprecht blickte von seiner Arbeit auf.

"Die Krone, verstehst du?", wiederholte Ota und zeigte auf das kleine Gebilde, das sich unter Eoprechts Meißelschlägen über dem Kopf des Fabelwesens abzeichnete. "Dein König will dir sagen, dass eine Krone nur ihm zusteht. Also entferne sie!"

Arnolf war auf die Trage zurückgesunken und schloss die Augen. Eoprecht blickte verständnislos zwischen seiner Arbeit, dem verletzten Herrscher und Ota hin und her. Hatte er die Königin verstanden?

Er beugte sich wieder über den Sandsteinblock und hieb die kleine Krone über dem Kopf des Basilisken mit drei Meißelschlägen aus dem Stein.

In diesem Augenblick zuckte Arnolfs Kopf zur Seite und er verlor das Bewusstsein."

XVI

Es war mir, als starrten Margaretha und ich gleichermaßen meinen Onkel mit einer Mischung aus ungläubigem Entsetzen, kaum verhohlener Enttäuschung und einer unbestimmbaren Unzufriedenheit an. Nur Penthesilea schnurrte zufrieden in meinem Schoß. Für ihren blutrünstigen Geschmack waren wohl genug Opfer auf der Strecke geblieben. Mein Onkel schwieg, lächelte leise und trank dann einen großen Schluck Wein, da man gegen Schluss der Erzählung meinte, den hustenden, halb erstickten, heiseren Arnolf selbst sprechen zu hören, so sehr hatte die lange Rede seine Stimme erschöpft.

"Ist auch Arnolf ums Leben gekommen?", durchbrach jetzt Margaretha das Schweigen und brachte damit auf den Punkt, ohne es direkt anzusprechen, warum wir unzufrieden waren.

Gut, man kann eine Geschichte auch damit enden lassen, dass alle Beteiligten tot sind, dachte ich und als hätte mein Onkel meinen Gedanken gehört, antwortete er mit einer Gegenfrage: "Habe ich euch ein Märchen mit glücklichem Ende versprochen?" Und dann ging er doch noch auf Margarethas Frage ein: "Nein, Arnolf starb nicht in jenem denkwürdigen Sommer in Forchheim anno domini 896. Aber er kehrte nach diesem für ihn und seine Leute nur als Unfall erklärlichen Ereignis nie mehr in seine Forchheimer Pfalz zurück.

Bedingt durch die bösen Verletzungen und sein bereits in Italien zugezogenes Leiden wurde er hinfällig und verlor die Kraft für die anstrengenden Regierungsgeschäfte. Er reiste zwar noch weiterhin von einer Pfalz zur nächsten, aber nur, wenn es unbedingt erforderlich schien. Ansonsten richtete er sich immer mehr in Regensburg ein, wo er schließlich nach jahrelanger Qual im Dezember 899 starb. Nur Monate zuvor hatten eifersüchtige Feinde Arnolfs Siechtum ausgenutzt und den Ruf seiner Frau Ota in den Schmutz gezogen. Sie erreichten tatsächlich, dass man ihr den Prozess machte. Und obwohl es so klingt, als habe auch hier der Tätowierte seine Fäden gezogen, sieht es doch so aus, als ob er mit dieser Angelegenheit nichts zu tun hatte. Aber - das ist eine andere Geschichte."

"Was wurde aus dem Basilisken, diesem Freikrieger?", fragte ich.

"Von dem hörte man bis kurz nach Arnolfs Tod nichts mehr. Wie in den Chroniken geschrieben wurde, ist er wohl zu seinem Volk, den Magyaren, zurückgekehrt. Erst als Arnolfs Sohn Ludwig Anfang 900, übrigens hier in Forchheim zum König gekrönt wurde, soll er wieder aufgetaucht sein. Aber ich wiederhole mich, auch das ist eine andere Geschichte."

"Augenblick, Onkel", unterbrach ich, "du sagtest Ludwig. Der kleine Ludwig, Otas und Arnolfs Sohn?"

"So ist es. Man hat in Forchheim einen Sechsjährigen zum König der *Francia Orientalis* gemacht. Und Ludwig musste bitter für die Bündnispolitik seines Vaters zahlen. Alle mussten dafür bezahlen, Freunde wie Feinde und natürlich vor allem das ungeschützte Volk. Denn Arnolf hatte die Magyaren auf den Geschmack gebracht. Sie wurden in den kommenden Jahren das, was zuvor die Normannen waren. Immer wieder fielen sie in das Land ein, plünderten es aus, ermordeten die Leute und verwüsteten die Äcker und Dörfer schlimmer als die Dänen je getan hatten. Doch auch dies ist eine andere Geschichte. Ebenso wie die erbitterte Fehde zwischen den benachbarten Konradinern und Babenbergern, den Familien Eginos und Elisabeths, die nur wenige Jahre nach Arnolfs Tod endgültig zum Ausbruch kam. Man erzählt sich, dass der Freikrieger in diesem Konflikt wieder eifrig mitmischte und auch Ludwigs Erzieher, Hatto von Mainz ..."

Lorenzo lehnte sich seufzend in seinem Stuhl zurück und gähnte. "Ich habe diese Geschichte erzählt, damit du wieder gesund wirst. Sie war Medizin, keine vergnügliche Unterhaltung", ergänzte er noch.

"Ich danke dir dafür, aber trotzdem verstehe ich nicht, wie sich die magische Macht des Basilisken über die Jahrhunderte erhalten konnte?"

"Verstünde ich das Böse oder die Beweggründe des Teufels oder die Mächte der Hölle, ich säße nicht hier, sondern würde daran arbeiten, wie man die Hölle, den Teufel und das Böse für immer besiegt."

"Ich verstehe davon sicher noch viel weniger", sagte Margaretha, "aber ich weiß, dass jeder von uns das Böse besiegen kann."

Mit diesen Worten blickte sie nur kurz meinen Onkel an, mich aber umso länger.

Lorenzo lächelte. "Natürlich hast du Recht und ich bete zu Gott, dass du nie gezwungen sein wirst, diese Überzeugung aufgeben zu müssen."

In der Nacht erzählte mir Penthesilea ihre Version vom Schluss der Geschichte, aber da sie mir ebenso wenig gefiel, wie das, was mein Onkel erzählt hatte, gebe ich sie an dieser Stelle nicht wieder. Am kommenden Morgen brach Lorenzo erneut in aller Frühe nach Bamberg auf, nicht ohne mir einzuschärfen, den Palast auf keinen Fall zu verlassen. Doch schon in der Nacht, nachdem mein Onkel sich in sein Schlafgemach zurückgezogen hatte, hatte ich dieses Gebot übertreten. Da ich Margaretha in der Dunkelheit nicht alleine nach Hause gehen lassen wollte, begleitete ich sie kurzerhand das kleine Stück Weg bis zum Haus ihrer Eltern, das - wie sie mir erzählte - direkt neben dem Gebäude stand, in dem Florian mit seiner Familie lebte. Zu dieser späten Stunde war niemand mehr unterwegs, abgesehen von den Wachen auf den Wehrgängen der Stadt.

Vor der Tür umarmte sie mich und wir küssten uns. Erst ein wenig, dann mehr und mehr und immer inniger und am liebsten hätte ich damit überhaupt nicht mehr aufgehört.

Als ich heimging und schließlich in das von Penthesilea vorgewärmte Bett schlüpfte, war ich glücklich. Auf einmal verstand ich, das es nur einen Stoff gibt, aus dem das Glück besteht: die Liebe. Ich fühlte mich, als wäre das, was ich erst vor kurzem durchmachen musste, nichts anderes gewesen als eine der Geschichten meines Onkels. Ganz besonders glücklich fühlte ich mich auch deswegen, weil mir Margaretha versprochen hatte, mich morgen besuchen zu kommen. Da war es mir offen gesagt ganz recht, dass mein Onkel nach Bamberg fahren musste und so konnte ich ihm - eingedenk Margarethas Verheißung - beruhigt versprechen, den Palast nicht zu verlassen.

Doch es sollte anders kommen.

Es war der Tag des Manövers. Hans von Egloffstein und der Rat der Stadt Forchheim beabsichtigten, alle wehrfähigen Männer der Stadt in den Gebrauch jener neuer Büchsen einzuüben, die Martin Kopp in seiner Gießerei in monatelanger Arbeit hergestellt hatte. Sie waren, wie mir ein Diener erzählte, kürzer geraten als alle bisher bekannten und bedurften nicht mehr zweier Männer, um sie zu bedienen. Noch immer sehr schwer, wurde der Lauf nach dem Laden auf ein gabelförmiges Gestell gelegt, der Schütze zielte, entzündete die Pulverspur in der Pfanne mittels einer langsam brennenden Lunte und verschoss eine Kugel von fast daumendickem Durchmesser. Solchen Geschossen hielt keine Rüstung mehr stand und genau dies sollte zu Beginn des Manövers demonstriert werden, indem man die Wirksamkeit der Büchsen zuvörderst an einigen Eisenplatten zeigte, die - wie ich später erfuhr - problemlos von den Kugeln durchschlagen wurden.

Natürlich kam alles auf das rechte Treibmittel an, aber hier hatte sich Margarethas Vater - wie mir ebenfalls später berichtet wurde - sehr hervorgetan. Angeblich mischte er neben dem Schwefel, dem Salpeter und der pulverisierten Holzkohle noch einen zusätzlichen Stoff in das Schwarzpulver, das dessen Brenneigenschaft deutlich erhöhte. Er verriet dieses Rezept niemandem, so dass der Rat sich *nolens volens* dazu durchrang, alles benötigte Pulver bei ihm zu kaufen und nicht wie bisher bei einem konkurrierenden Pulvermacher aus Ebermannstadt.

Neben dem Nachweis der Wirksamkeit dieser Waffen und der Einweisung in ihre Handhabung sollte dieses Manöver in der Hauptsache dazu dienen, Zielgenauigkeit und Treffsicherheit der Schützen zu schulen. Da der Schultheiß verhindern wollte, dass sich heimliche Beobachter in der Nähe des Schießangers in den Büschen versteckten und dort womöglich von Querschlägern oder schlecht gezielten Kugeln getroffen würden, lud er kurzerhand die ganze Bevölkerung der Stadt dazu ein, den Schießübungen beizuwohnen. So hatte er die Zuschauer besser unter Kontrolle, da er ihnen sichere Plätze zuweisen konnte.

Seit Tagen wurde - wie mir Margaretha erzählt hatte - in der Stadt von nichts anderem gesprochen als diesem Schießwettbewerb. Nicht nur die Bevölkerung Forchheims wurde erwartet, sondern auch viele Menschen aus den umliegenden Dörfern und Weilern, so dass sich ihrerseits die Bäcker, die Metzger und die Bierbrauer auf dieses Ereignis einstellten und reichlich Speis und Trank auf ihren Karren vor die Stadt fuhren. Schon bald hieß es, dass der beste der Schützen mit einer Krone aus Lorbeer und zerschossenen Bleikugeln gekrönt werden solle.

Ich hätte diesem Ereignis gerne beigewohnt, versprach es doch Kurzweil und Vergnügen. Am liebsten mit Margaretha. Doch einerseits hatte ich meinem Onkel versprochen, in den Mauern des bischöflichen Schlosses zu bleiben, andererseits schien Margaretha einen Besuch des Manövers weit weniger unterhaltsam zu finden als ich. Abwägend, was mir wichtiger war, entschied ich mich natürlich, ohne groß darüber nachdenken zu müssen, für einen Nachmittag in trauter ungestörter Zweisamkeit mit Margaretha. Das würde ein viel größeres Vergnügen werden, als eine von lautem Knallen übertönte Festlichkeit, bei der man zwischen Menschen hin und hergedrängt wird und wahrscheinlich einen so schlechten Platz erwischt, dass man gar nichts sieht.

Schon am frühen Morgen war die ganze Stadt auf den Beinen. Durch ein schmales Fenster konnte ich auf die Straße herabblicken und sah, wie die Familien mit den Kindern und den Alten, den Knechten und Mägden durchs Saltor zum Schießanger gingen.

Auch im Palast herrschte ein ständiges Kommen und Gehen. Einerseits schickte der Stadtkommandant seine Männer ständig hin und her, mal zum Zeughaus, mal zum Pulverturm, mal vor die Stadt, dann wieder zur Unterkunft von diesem und jenen, ließ sich zwischendurch von jenem und diesen berichten und entfaltete insgesamt eine höchst nervöse Geschäftigkeit, die alsbald auf jedermann, der in seine Nähe kam, überzuspringen drohte. Andererseits wollte sich niemand unter den Köchen, Dienern, Mägden und Knechten, die hier arbeiteten, das Ereignis vor den Mauern der Stadt entgehen lassen. Die meisten hatten für diesen Tag freibekommen und - wie ich später erfuhr - diejenigen, denen nicht freigegeben wurde, nahmen sich kurzerhand die Freiheit, den Festlichkeiten, zu denen sich das Manöver längst ausgewachsen hatte, beizuwohnen.

Wenig später saß ich allein in meiner Kammer, blickte auf den Innenhof und hörte nur noch das Zwitschern der Amseln, Meisen und Spatzen. Mit einem Mal war die ganze Geschäftigkeit wie weggeblasen. Niemand stand mehr im Hof oder auf der Straße und schrie irgendetwas herum. Selbst die Pferde waren fort. Offensichtlich wollte man auch das Schießen im Galopp ausprobieren.

Es war so still, wie einst vor Monaten, als ich durch Andalusien reiste und an manchen Tagen keinen einzigen Menschen zu Gesicht bekam. Trotzdem fühlte ich mich nicht einsam, denn ich war erfüllt von Vorfreude und voller gespannter Erwartung und konnte kaum noch die vereinbarte Stunde abwarten, zu der sie kommen würde.

Es war auch schon bald vorbei mit der himmlischen Ruhe, denn nach einigen Fanfaren- und Trommelklängen, die über die Stadtmauer zu mir herüberwehten, begann eine Knallerei, deren Krach selbst hier noch *sehr* gut zu hören war. Wie ohrenbetäubend musste es direkt vor Ort am Schießanger zugehen, fragte ich mich und beglückwünschte mich ein weiteres Mal, dieses laute Vergnügen gegen ein ungleich verheißungsvolleres eingetauscht zu haben.

Doch noch wartete ich und aß mehr aus Langeweile denn aus Hunger etwas von dem Brot und dem kalten Braten, den mir ein Diener mit mitleidigem Blick hingestellt hatte. *Ja, manchmal ist das Leben der einfachen Leute doch besser als das der Edlen und Patrizier,* mochte er gedacht haben, *denn während ich gleich zum Schießanger laufen darf und dort sicher ein warmes Brot, kaltes Bier und eine feine Wurst bekomme, muss der junge Herr hier im Hause verweilen, weil es sein gestrenger Onkel so befohlen hat und auch sein Wein ist verdünnt, pfui Teufel.*

Ich gönnte ihm diese Gedanken, von denen mir ja nur schwante, dass sie ihm durch den Kopf gingen, denn er konnte ja nicht wissen, was mich erwartete.

Ich auch nicht.

Als Bestätigung, dass ich nicht völlig allein in der Stadt zurückgeblieben war, schlug die Glocke von St. Martin und läutete zur zweiten Stunde dieses Nachmittags. Und wie eine weitere Bestätigung hörte ich durch das offene Fenster Schritte auf der Zugbrücke, eindeutig ihre Schritte. Ich hatte sie bisher noch nicht bewusst vernommen und wusste doch sofort, dass es die ihren waren. Sie trat ins Innere des Hofes und ich winkte ihr vom offenstehenden Fenster aus zu. Sie blieb kurz stehen, blickte zu mir hoch und winkte zurück.

Ich stand auf, um ihr entgegen zu eilen. Da sah ich noch eine Bewegung am gegenüberliegenden Wehrgang. Einer der Stadtsoldaten mit Helm und Harnisch winkte ebenfalls. Verwirrt blickte ich aus dem Zimmer in seine Richtung, dann ging ich wieder einen Schritt zum Fenster und schaute hinaus zu Margaretha. Sie stand jetzt vor der Tür zum Treppenturm. Ich musste mich beeilen. Ich sah einen zweiten Soldaten, der mit eilenden Schritten die Holztreppe hinunterlief, die zum Schultheißenbau hinabführte. Hatte ihm der Wink des anderen gegolten?

Ich rannte die Treppe herab und ein irritierender Gedanke schoss durch meinen Kopf. Sollten nicht viel mehr Wachhabende im Palast zurückgeblieben sein? Hatte mein Onkel nicht genau dies vom Schultheiß erbeten und zugesichert bekommen? Doch dann öffnete ich die Tür und wir fielen uns in die Arme. Wie fortgeblasen waren diese Gedanken, während ich Margarethas Leib eng an den meinen gepresst spürte. Ich wollte sie ins Innere des Treppenturmes ziehen, um sie dort im schattigen Dämmerlicht ungestört küssen zu können, als sie jäh aus meiner Umarmung gerissen wurde.

Entsetzt riss sie die Augen auf. Direkt hinter ihr stand jener Soldat, den ich vor wenigen Momenten noch auf der

Holztreppe zum Schultheißenbau gesehen hatte. Dann erkannte ich das Gesicht - selbst ohne den struppigen, schwarzen Bart und trotz des Helms. Der Mörder Georgs stand mir gegenüber in der Rüstung der Stadtsoldaten, er hätte sein ganzes Gesicht verhüllen können, diese Augen hätte ich immer wieder erkannt. In diesem Augenblick war auch der andere Soldat herangekommen und meine winzige Hoffnung auf Hilfe erstarb, kaum, dass sie aufgeflackert war. Auch er gehörte nicht zu den Männern des Hans von Egloffstein. Jetzt von Nahem erkannte ich ihn sofort und wusste, dass meine Beobachtung vor wenigen Tagen doch kein Hirngespinst gewesen war.

Hastig blickte ich um mich und wollte schon losschreien. Aus der Ferne war das Krachen der Büchsen zu hören, mal begleitet von begeistertem Geschrei, mal von hier kaum noch zu hörenden Lauten der Enttäuschung.

Ich wusste, dass mein Schreien sinnlos sein würde. Außer den beiden falschen Soldaten befand sich niemand mehr im Schloss. Hatte der Stadtkommandant vergessen, was er meinem Onkel versprochen hatte oder waren die zur Wache abgestellten Männer auf eigene Faust verschwunden, um nicht als einzige das festliche Ereignis vor den Toren Forchheims zu verpassen? Im Augenblick war diese Frage völlig bedeutungslos, denn wie auch immer ihre Antwort sein würde, Margaretha und ich würden sie nicht mehr erfahren.

Die Blicke der beiden Schurken waren deutlich genug. Sie wollten unseren Tod. Den meinen, um eine einmal begonnene Arbeit zu Ende zu bringen, wie mein Onkel gesagt hatte, und den Margarethas, da sie eine Zeugin nicht leben lassen konnten. Dann würde ihnen der bischöfliche Palast offen stehen und reichere Beute versprechen, als seinerzeit die Fracht und das armselige Gepäck auf meinem Karren.

Diese Gedanken schossen mir in einer derart erschreckenden Klarheit und übernatürlichen Geschwindigkeit durch den Kopf, dass die grobe, schmutzige Hand des herangeeilten

Kerls sich noch nicht vollständig auf meine Lippen gelegt hatte, um den sinnlosen Schrei abzuwürgen, den ich gerade im Begriff war auszustoßen. Es war gleichgültig, ob ich die Gelegenheit erhielt, um Hilfe zu rufen oder nicht. Das Ergebnis war in beiden Fällen das gleiche, da niemand in der Nähe war.

Währenddessen hielt der ehemals Bärtige Margaretha fest umklammert und drückte ihr ein scharfes Messer an die Kehle. Sie sah mich über der Hand, die ihren Mund verschloss, verzweifelt an. Sie versuchte mit ihren Fäusten die Gestalt hinter sich zu schlagen, aber der brutale Kerl lachte nur jedes Mal, wenn ihre Finger gegen den Harnisch prallten. In diesem Augenblick hatte mich der andere zusätzlich am Wams gegriffen und zog mich mit einer ebenso raschen Bewegung von der Schwelle des Treppenturms nach draußen, wie er mich danach mit Wucht wieder von sich fortschleuderte, so dass ich derart heftig mit Rücken und Hinterkopf gegen die Mauer stieß, dass mir für einen Moment die Luft wegblieb.

Gedämpft durch die Faust des anderen hörte ich Margarethas Schrei und sah nicht gleich, weswegen sie ihn ausstieß. Dann wurde mir klar, dass sie wegen mir geschrieen hatte. Als ich wieder zu Atem kam, spürte ich, wie sich die Spitze eines Schwertes in die Kuhle unterhalb meiner Kehle bohrte.

“Ein weiterer Laut und dein Geliebter ist tot”, zischte der Kerl und spuckte verächtlich aus.

“Und du selber auch”, ergänzte der ehemals Bärtige mit dreckigem Lachen und drückte mit der Klinge so fest gegen Margarethas Hals, dass ich befürchtete, im nächsten Augenblick das Blut hervorschießen zu sehen.

“Bitte”, flehte ich leise, “bitte tut ihr nichts. Sie hat nichts getan, sie kennt mich kaum, sie ... sie ist ...”

“Was ist sie? Bürschchen, los rede”, schrie der Kerl mit dem Schwert.

“Sie ist unschuldig”, flüsterte ich und sackte ein Stück weit zusammen wegen der nutzlosen Dummheit meiner Worte. Sofort lachten beide laut los.

“Das trifft sich ja hervorragend”, sagte der ehemals Bärtige unterbrochen von Lachanfällen und auch der Schurke, der mir das Schwert vor die Kehle hielt, bekam sich kaum ein vor Lachen. “Dann werden wir ja noch mehr Spaß mit ihr haben!”, grölte wieder der andere.

Margarethas Gesicht war rot angelaufen, aber nicht wegen der derben Worte, sondern weil sie verzweifelt versuchte, sich gegen den sie umklammernden Rohling zu wehren, was dieser mit weiterem Gelächter beantwortete. Sie drückte ihn mit aller Kraft ein Stück nach hinten weg und irgendwie öffnete sich dabei der Arm mit dem Messer ein wenig. Als habe sie genau darauf gewartet, ließ sie sich nach unten sacken und entschlüpfte so dem brutalen Griff ihres Schlächters, der vor lauter bösem Lachen einen Augenblick unaufmerksam gegenüber seiner Beute geworden war. Doch das eigentlich Tolldreiste ihrer schlangengleichen Bewegung war, dass sie wie eine Tänzerin kaum seinem Griff entronnen, hinter seinen Rücken glitt und ihm mit einem entschlossenen Ruck das Schwert aus der Scheide zog.

Erst jetzt verstummte sein schmutziges Lachen und augenblicklich war die tödliche Aufmerksamkeit des ehemaligen Landsknechts und Mörders wieder da. Das Messer kampfbereit in der Hand drehte er sich um. Trotz allem war er, der ausgebildete, kampferfahrene und mit eisenharten Muskeln bepackte Mann, der zierlichen jungen Frau überlegen, der er anzusehen glaubte, dass sie eine solche Waffe noch nie geführt hatte.

Doch bevor er die Situation richtig abschätzen und zu seinen Gunsten wenden konnte, hieb Margaretha schon zu. Mit einer durch die Luft gezeichneten Blutspur fiel dem Kerl das Messer aus jener Hand, an der sie ihn getroffen hatte. Das war auch gut so, denn sie hatte den Streich viel zu heftig geführt und konnte die Bewegung der Klinge kaum bremsen. Hätte er in diesem Moment das Messer noch in der Hand gehabt, wäre sie ein leichtes Opfer für einen rasch ausgeführten Stich geworden. So aber schrie er fluchend auf und hielt sich die blutende Faust.

Ich war während dieses plötzlichen Geschehens nicht untätig gewesen, wenngleich meine Handlungen nur durch das Glück des Zufalls gelenkt wurden und im Gegensatz zu Margarethas Kampf kaum der Beschreibung wert sind.

Der Kerl, den ich einst vom Karren heruntergetreten hatte, starrte nämlich mit einer Mischung aus Faszination und Sorge zu der sich gerade aus der Umklammerung entwindenden Frau herüber. So konnte ich mich meinerseits, fest gegen die Mauer des bischöflichen Palasts gedrückt, aus dem Bereich seiner Schwertspitze wegdrehen und sprang ihm, kaum der Klinge entronnen, gegen die Beine. Er verlor im selben Moment das Gleichgewicht, wie dem ehemals Bärtigen das Messer entfiel. Ich rollte von der Wucht meines Angriffs getragen über den staubigen Boden des Hofes, wobei es mir gelang, das fallengelassene Messer zu ergreifen. Dann war ich wieder auf den Beinen, aber auch mein Gegner rappelte sich sogleich wieder auf.

Ich sprang zu Margaretha und stellte mich vor sie, die beiden Kerle im Blick, die genau zwischen uns und dem Tor zur Zugbrücke standen. Die beiden Schurken kamen langsam näher und obwohl der Gefährlichere nun waffenlos war, wusste ich aus böser Erfahrung, dass wir ihn nicht unterschätzen durften. Er schien mehrere Leben im Leib zu haben und hatte sich bisher zu jeder Zeit als äußerst brutal und zu allem entschlossen erwiesen. Der andere hatte zu meinem Bedauern sein Schwert nicht verloren, nur der Helm lag dort auf dem Boden, wo ich den Burschen niedergeworfen hatte.

Keiner von uns sprach ein Wort. Ich spürte, wie mich Margaretha sanft an den Armen berührte. Ich wechselte das erbeutete Messer in die Linke und reichte es nach hinten. Zugleich spürte ich, wie sie mir den Knauf des Schwertes in meine rechte Hand drückte. Wir verstanden uns, ohne etwas sagen zu müssen.

Mit einer raschen Bewegung ließ ich das Schwert vorschnellen und erzielte damit das, was ich mir wünschte. Beide blieben abrupt stehen. Etwas war anders, als vor einigen Wochen im Wald bei Kersbach. Ich war von einer Ruhe erfüllt, die mich heute noch staunen macht. Damals, bei der ersten Begegnung mit den Mördern, verspürte ich nur Angst, nackte, panikschürende, verzweifelte, abgrundtiefe Angst. Keiner von uns achtete mehr auf das leise Geschrei der Menschen vor der Stadt und die Schüsse, die immer wieder herüberdonnerten. Es war, als geschehe dieser Kampf im Innenhof des Palasts und das Manöver dort draußen vor den Mauern in zwei verschiedenen Sphären, die nichts mehr miteinander zu tun hatten.

Vielleicht kam daher meine plötzliche und so überraschende, kalte Entschlossenheit. Ich wusste, wir würden entweder alleine mit dieser üblen Lage fertig werden oder wir würden sterben. Auf Hilfe konnten wir nicht hoffen. Aber andererseits wusste ich auch, dass es nahezu unmöglich sein würde, die beiden in vielen blutigen Gefechten erfahrenen Kämpfer zu besiegen. Es war nur eine Frage der Zeit, da sich der ehemals Bärtige das Messer schnappen würde, das sein Gefährte noch am Gürtel trug. Oder er würde sich direkt dessen Schwert nehmen und losstürmen, um uns in Stücke zu hauen. Er hatte keine Angst, das sah ich ihm genau an. Im Gegenteil, es schien ihm eine abartige Freude zu machen, hier gegen uns zu kämpfen. Und je mehr wir uns zur Wehr setzten, um so mehr Vergnügen bereitete ihm der Kampf. Und auch sein Begleiter schien aus ähnlichem Holze geschnitzt zu sein, denn auch in seinen Augen blitzte die reine Mordlust, die immer dann eine verfeinerte Steigerung erfuhr, wenn sich das Opfer nach Kräften wehrte. Uns blieb also nur eins.

Die Flucht.

Doch meine über den Platz eilenden Augen mussten ihnen das Vorhaben verraten haben. Auch unsere Gegner verstanden sich wortlos. Sie glitten mit einigen raschen Schritten ein

Stück zur Seite und machten uns so klar, dass wir die Tür zum Schultheißenbau nicht erreichen würden und uns so auch die Treppe hinauf zum Wehrgang versperrt war. Direkt hinter uns war ein niedriger Küchentrakt, einige Ställe und der nördliche Eingang. Doch der war, das wusste ich, fest verschlossen, da irgendetwas mit der kleinen, nur für Fußgänger geeigneten Zugbrücke nicht in Ordnung war. Hier säßen wir schnell in der Falle. Nach vorne konnten wir erst recht nicht oder nur, wenn wir entschlossen waren zu kämpfen. Somit war der rettende Ausgang ebenso unerreichbar wie der Treppenturm, über den wir ins Gebäude hätten fliehen können. Auch von dort gab es einen Zugang zum Wehrgang.

In dieser Situation, wo ich spürte, dass meine wilde Entschlossenheit bald wie ein Kartenhaus in sich zusammenfallen würde, bemerkte ich ein leises Ziehen an meinem Wams. Margaretha, die so nah hinter mir stand, dass ich ihren Atem hören konnte, zupfte an mir mit einer Bewegung nach links. Ich blieb starr stehen und nur mein Blick glitt zur Seite. Es war ein kleiner, gerade kniehoher, schräger Verschlag aus Holz. Der Kellereingang. Doch noch bevor ich einen Gedanken daran verschwenden konnte, stürmten mit einem lauten Schrei unsere Gegner auf uns zu.

Wir huschten gleichzeitig nach links, waren an der groben Brettertür, schlugen sie kurz hoch und rannten die Stufen hinab in den Keller, während die schräge Tür des Kellereingangs wieder zuklappte. Draußen im Hof war es sonnig und hell gewesen, so verwunderte es nicht, dass wir plötzlich wie blind herumstolperten, da uns auf einmal stockdunkle Düsternis umfing. Wir stießen an einige Gegenstände und dann fühlte ich mit meiner ausgestreckten tastenden Hand ein Stück Mauer. Von draußen drangen die gedämpften Stimmen unserer Verfolger zu uns. An der Weise, wie sich Margarethas Faust um meinen Arm verkrampfte wusste ich, dass auch ihr klar geworden war, was mir mit Eiseskälte durch den Kopf schoss: Jetzt saßen wir wirklich in der Falle.

“Gibt es einen Aufgang nach oben?”, hörte ich sie keuchend in mein Ohr flüstern.

Ich zuckte mit den Schultern und sagte dann, weil sie diese Geste ja kaum sehen konnte: “Ich weiß es nicht. Bisher ist mir nichts dergleichen aufgefallen. Der Treppenturm geht nicht weiter nach unten als bis zum Hofeingang.”

“Lass uns suchen”, forderte sie mich auf und zog mich in der Dunkelheit weiter. Wir stießen an eine Wand und tasteten uns vorwärts. Dabei fragte ich mich unwillkürlich, warum die beiden Schurken uns noch nicht nachgestürmt waren. Aber vielleicht hatte sich meine Wahrnehmung der abgelaufenen Zeit verzerrt, als ich vorhin mit meinem Hinterkopf gegen die Wand gekracht war.

Doch dann erkannten wir, warum unsere Verfolger sich Zeit gelassen hatten. Mit einem Krachen wurde nun die schräge Kellertür aufgerissen und in das staubige Licht, das durch den Eingang in das Gewölbe fiel, in dem wir in der Falle saßen, traten nacheinander, sich vorsichtig umschauend, die beiden Mörder Stufe für Stufe in den Keller hinunter. Sie hatten sich mit Fackeln versorgt. Margaretha hatte das einfallende Licht genutzt und einen schmalen Durchgang entdeckt, der in einen weiteren, abgetrennten Kellerraum führte. Heftig zog sie mich in das benachbarte Gewölbe. Beide Räume entsprachen in ihrer Größe und Ausdehnung genau den darüber befindlichen Sälen, von denen einer - unter dem wir uns jetzt befanden - für Versammlungen und Gerichtsverhandlungen genutzt wurde, der andere diente den Stadtsoldaten als Aufenthaltsort, um ihre Mahlzeiten einzunehmen und in ihren Pausen zu würfeln.

Doch auch der neue Raum, in den wir uns geflüchtet hatten, bot kein Entkommen. Durch den schmalen Durchgang fiel genug von dem flackernden Licht der Fackeln unserer Verfolger und durch die offen stehende Kellertür, dass unsere sich allmählich an die Dunkelheit gewöhnenden Augen in etwa erkennen konnten, in was für eine aussichtslose Lage wir geraten waren. In diesem Kellergewölbe hatten fleißige Hände rings herum an allen Wänden einen beachtlichen Vorrat an Brennholz aufgestapelt, der fast bis unter die Decke reichte. Hinten befand sich ein großer, gemauerter Ofen, dazu gedacht, in den kalten Monaten den darüber liegenden Raum zu heizen.

In diesem Moment zuckte ich voller Schreck zusammen. Nicht weil uns die Kerle bereits entdeckt hätten, nein - noch waren sie damit beschäftigt, fluchend jedes größere Fass, jede Kiste, jede Truhe und die anderen Vorratsbehälter im Nebenraum zur Seite zu räumen und nachzuschauen, ob wir uns wie die Kinder in einem von ihnen versteckt hatten. Ich zuckte lautlos zusammen, weil mich etwas an meinem Bein gestreift hatte, so als hätte sich die Hand eines Toten aus einem ungeweihten Grab gebohrt und mich ebenso sanft wie unheimlich berührt.

Doch es war nur Penthesilea, wie ich mit einem leisen Seufzer feststellte, die sich, auf welchem Weg auch immer, unbemerkt in den Kellerraum geschlichen hatte.

Da waren ja die richtigen Helden und Kämpfer zusammen. Längst hatte sich die eiskalte Entschlossenheit, die ich noch oben im Innenhof des Palasts empfunden hatte, in Luft aufgelöst und war einer verzweifelten Überzeugung gewichen, nämlich das Leben Margarethas und das meine so teuer wie möglich zu verkaufen.

“Hallo, hier geht’s weiter!”, schallte es in diesem Moment. “Sieh an, da sind ja unsere Früchtchen. Komm her, Lenkart ...”

Es war das erste Mal, dass ich den Namen von einem dieser Halunken vernahm. Der Angeredete, es handelte sich um den ehemals Bärtigen, trat rasch durch die niedrige Öffnung, wobei er seinen Kopf einziehen musste.

Deshalb sah er auch nicht, was ihn erwartete. Denn in diesem Augenblick traf ihn einer der Holzscheite, die Margaretha den Eindringlingen entgegenschleuderte. Ich tat ihr gleich, ging ihnen dabei sogar, das Schwert in die Linke wechselnd, einige Schritt entgegen und bewarf sie aus dem großen Vorrat an Scheiten mit denen, die am wuchtigsten und schwersten waren. Sie fluchten und versuchten die Wurfgeschosse abzuwehren. Doch das war nicht so einfach, denn während ich eines der größeren Holzstücke in ihre Richtung schleuderte, setzte ihnen Margaretha mit vielen kleineren zu.

Allerdings war mir von Anfang an klar, dass dieser Bewurf sie nicht dauerhaft würde aufhalten können, obwohl ihnen einige gute Treffer schon unangenehme Schmerzen bereiteten, wie der von Margaretha, der dem einen dirckt ins Auge prallte, worauf er einen in den Gewölben lang nachhallenden Schrei ausstieß. Oder jener Wurf von mir mit einem gut zwei Ellen lang Stück eines Stammes, der zwar am Brustharnisch von Lenkart abprallte, aber von dort genau auf seine Zehen fiel, so dass sich jetzt sein wütendes Geschrei mit dem seines Kameraden mischte.

Doch dieser Schmerz schien Lenkart nur anzustacheln, noch entschlossener auf uns einzudringen und so sprang er vorwärts, um ungeachtet der auf ihn einprasselnden Holzscheite mit dem Schwert auf mich einzuschlagen. Ich wich ein Stück zurück und riss ein letztes Stück Holz aus dem Vorratshaufen und warf es mit aller Wucht in seine Richtung.

Damit aber hatte ich etwas ausgelöst, womit ich nicht gerechnet hatte. Der Scheit prallte zwar wirkungslos an meinem Gegner ab, aber dadurch, dass ich ihn aus dem großen, bis fast unter die Decke aufgeschichteten Stapel herausgerissen hatte, brachte ich den kunstvoll aufgetürmten Haufen zum Einsturz.

Wie eine Lawine brachen von oben die Holzstücke herab, fielen auf darunter liegende Schichten, prallten ab und rissen so immer mehr Scheite mit sich mit, bis sich der ganze Haufen im Keller verteilte. Und jedes Mal wenn eins der Hölzer auf einen Helm oder Harnisch traf, erklang inmitten des ohrenbetäubenden Geprassels ein metallischer, fast glockenähnlicher Ton.

Lenkart und ich taten unwillkürlich das Gleiche. Wir sprangen mit einem mächtigen Satz zurück, um uns vor den herunterstürzenden Holzstücken in Sicherheit zu bringen. Nur er und ich in die entgegengesetzte Richtung. Und während mir ein schwerer Scheit auf den linken Arm donnerte, dass ich nicht nur aufjaulte vor Schmerzen, sondern mir beinahe auch das Schwert entfallen wäre, schlug ein anderes Holzteil Lenkart die Fackel aus der Hand, noch bevor er in Sicherheit war. Der zusammenbrechende Wall aus Holz ergoss sich fast bis auf die Höhe der niedrigen Tür zwischen den beiden Gewölbekellern.

Ich sah den Griff der schwelenden Fackel aus der untersten Schicht der Holzstücke herausragen und hechtete über den mit Staub, Sägespänen und -splittern übersäten Boden und riss die Fackel aus dem Holzhaufen heraus. Die rasche Bewegung durch die Luft entfachte sie wieder und ich hoffte und betete, dass die Zeit zu kurz gewesen sein möge, um das Brennholz zu entzünden.

“Damit sind sie erst einmal beschäftigt”, knurrte ich, um überhaupt etwas zu sagen und von der Gefahr abzulenken. Obwohl klar war, dass sich die beiden von dieser hölzernen Barriere nicht lange würden aufhalten lassen. Ich hoffte, die zu allem fähigen Kerle kämen nicht auf die üble Idee, mit ihrer verbliebenen Fackel alles in Brand zu setzen.

“Das werden sie nicht wagen”, sagte Margaretha, als hätte sie meine Gedanken gelesen. “Ihnen bliebe dann nur die Flucht, denn die Qualmwolken würden sehr rasch die Leute alarmieren.” Sie sprach so laut, dass die beiden Kerle, sie durch den Wall aus Holz wohl hören konnten. “Sie hätten dann keine Gelegenheit, die Reichtümer aus den oberen Stockwerken zu rauben und außerdem wissen sie nicht, ob es nicht von diesem Keller einen Aufgang nach oben gibt ...”

Den gab es nicht.

Das hatte ich sofort gesehen. Wir saßen immer noch in der Falle, aber das mussten wir unseren Verfolgern ja nicht unbedingt unter die Nase reiben.

“Wo ist Penthesilea?”, fragte ich leise und hatte auf einmal die schlimme Ahnung, dass sie von den herabstürzenden Holzscheiten erschlagen worden war.

Margaretha kannte den Namen, den ich der kleinen Katze gegeben hatte, die mir seit meiner Ankunft in diesem Palast so willkommene Gesellschaft leistete. Doch sie fuhr nur mit dem Finger über den Mund und zeigte direkt neben dem Ofen auf die hintere Wand.

Von hier hatte sie ihre Wurfgeschosse weggenommen und genau dort war Penthesilea verschwunden. Ein kaum handtellergroßer Spalt zeigte sich über dem Boden, der hier ein gutes Stück weit nicht aus festgetretener Erde bestand, sondern aus Brettern.

Wir begriffen gleichzeitig.

Mit vereinten Kräften räumten wir die Holzreste, die hier noch lagen, zur Seite und hörten, dass unsere Gegner auf der anderen Seite mit der gleichen Arbeit beschäftigt waren. Dann hoben wir den schweren Bretterdeckel nach oben. Direkt darunter führten einige steile Stufen in die Tiefe hinab. Jetzt war es mir beinahe egal, ob der Holzstoß Feuer gefangen hatte oder nicht oder ob die beiden Kerle ihn in Brand stecken würden. Denn dies musste der unterirdische Gang sein, den mein Onkel erwähnt hatte, und der den bischöflichen Palast mit der Marienkapelle auf der anderen Seite des Grabens verband.

Ich sah von Penthesilea gerade noch den buschigen dreifarbigen Schwanz mit dem weißen Punkt an der Spitze um eine Ecke huschen, als wir die steilen Stufen mehr hinunterrutschten als liefen. Der Gang war gerade so hoch, dass ich aufrecht darin stehen konnte. Lenkart würde sich, wenn sie den Gang fanden, bücken müssen.

Doch kaum waren wir um die Ecke gebogen, sah ich, dass der Gang abrupt niedriger und schmaler wurde. Der Boden war schlammig und feucht. Aus den grob gemauerten Wänden ragten immer wieder spitze Steingrate heraus, an denen wir unsere Kleidung aufrissen. Es tropfte von der Decke des Gangs, die aus gewaltigen Steinplatten bestand. Wahrscheinlich befanden wir uns hier unmittelbar unterhalb des Grabens.

Hinter uns erschallten sattsam bekannte Stimmen. Dann weitere Geräusche. Sie hatten den Gang gefunden. Es kam mir wie ein gutes Stück der Ewigkeit vor, so lange krochen wir nun schon auf allen Vieren durch Dreck und Schlamm. Genauer gesagt, ich kroch auf meinen Beinen und stützte mich mit einer Hand, da ich in der anderen die Fackel mitsamt dem Schwert hielt, was von Schritt zu Schritt immer anstrengender wurde. Warum führte der Gang nicht auf kürzestem Weg unter dem Graben weg? Oder brauchten wir einfach eine halbe Ewigkeit, um vorwärts zu kommen?

Ich hatte keine Ahnung, wo der Gang hinführte. Nach den Worten meines Onkels sollte er zur Marienkapelle gehen, aber war er jemals selbst hier entlang gekrochen? Das konnte ich getrost bezweifeln. Woher bezog er dann sein Wissen?

Wieder musste ich laut gedacht haben, denn Margaretha, die unmittelbar hinter mir kroch, sagte auf einmal leise: "Die ganze Stadt ist von solchen unterirdischen Gängen durchzogen. Auch in unserem Keller befindet sich der Einstieg zu so einem Gang. Man hat es uns, als wir noch Kinder waren, natürlich streng verboten, in diese geheimen Fluchtwege hinabzuklettern. Aber natürlich haben wir oft in den Gängen gespielt."

"Mit anderen Worten, es besteht eine gute Möglichkeit, den beiden Halunken zu entkommen."

"Ich hoffe es. Aber diesen Gang hier kenne ich nicht, er liegt viel tiefer als die Gänge, die zwischen den Häusern bestehen."

Ich blieb abrupt stehen und richtete mich auf. Direkt über mir befand sich ein kreisrunder, senkrecht nach oben führender Schacht. Die Fackel erleuchtete das Mauerwerk, aber weiter oben war es stockdunkel, rabenschwarz. Es war nicht zu erkennen, wohin die rostigen Eisenstufen führten. Ich griff nach einer der ersten und wollte mich hochziehen, als das Metall schon nach leichtem Zug aus der Wand brach.

“Keine gute Idee”, flüsterte ich und Margaretha, die nun ganz eng neben mir stand, nickte. Ich sah nach unten und entdeckte Penthesilea, die interessiert ein vielleicht zwei Daumen dickes Loch oberhalb des Gangbodens anstarrte.

“Weiter”, sagte ich und ließ mich wieder auf die Knie herab. Mit einem Stups gelang es mir, die kleine Katze von dem Loch abzulenken. Ich warf ein Stückchen Holz, das ich vom Fackelgriff gelöst hatte, ins Dunkel vor uns und Penthesilea rannte los. Nur wenige Schritte weiter wurde der Gang wieder etwas breiter und höher. Ächzend standen wir auf und sahen, dass er sich in zwei Richtungen verzweigte. Auch Penthesilea war stehen geblieben und bewegte das winzige Holzstückchen mit ihrer Pfote. Gedämpfte Stimmen, die sich näherten, mahnten uns zur Eile. Gerade wollte ich in den breiteren und bequemeren Gang einbiegen, der nach meiner groben Orientierung, falls ich die nicht ohnehin schon verloren hatte und mir das nur einbildete, direkt ins Zentrum der Stadt führen musste, da rannte die Katze in den kleineren der beiden Gänge und verschwand in der Dunkelheit.

Wieder zogen wir die Köpfe ein und rannten weiter. Ich hatte Margaretha die Fackel in die Hand gedrückt, so dass sie jetzt die Führung übernahm. Vielleicht würden unsere Verfolger den größeren Gang wählen und wir wären sie bald los. Und hoffentlich wurde der Schacht, den wir nun entlang hetzten, nicht bald wieder so niedrig, dass wir wieder kriechen mussten.

Im Moment war von den Verfolgern nichts zu hören und ich jubilierte schon im Inneren. Doch da ertönte ein anderer kläglicher Laut. Der Gang war nach wenigen weiteren Schritten zu Ende. Eine Mauer mit einer Öffnung in der Art eines kleinen Fensters in der Mitte verschloss unseren Fluchtweg. In der Öffnung saß die Katze und maunzte. Margaretha nahm sie in den Arm und gab mir die Fackel zurück.

Das Schwert hatte ich mittlerweile in den Gürtel meiner Beinkleider gesteckt, wo die blanke Schneide mir bei jedem Schritt gegen den Unterschenkel stieß. Aber immer noch besser, als die Waffe ständig in der Hand zu halten. Ich steckte die Fackel und meinen Kopf bis zu den Schultern durch das Fenster und atmete scharf durch.

Viele, viele Ellen über uns - es erschien mir turmhoch - leuchtete der Himmel und tiefer unter mir spiegelte sich ein Stück dieses Blaus und kräuselte sich.

“Ein Brunnen”, sagte ich leise, als ich meinen Kopf wieder zurückzog. Doch dann beugte ich mich wieder in den Schacht, denn noch etwas, war mir aufgefallen. Rings um die kreisrunde Wand des Brunnens ragten auf eine Breite von vielleicht zwei Handflächen Steine hervor, die sich wie eine spiralförmige Wendeltreppe nach oben wanden. Die Öffnung ans Tageslicht war zu weit entfernt, um sehen zu können, ob diese Steine bis ganz nach oben reichten.

“Das wäre eine Möglichkeit”, erklärte ich Margaretha, “wenn wir nicht die Katze dabei hätten.”

“Überlass Penthesilea mir”, sagte Margaretha nur und hob ihre Schürze an, band die beiden Enden unter ihrem Busen an die Träger und setzte das Tier in die so entstandene Tasche.

“Ich gehe vor”, sagte ich und nahm den Stiel der Fackel zwischen meine Zähne. Ich beugte mich durch die Öffnung und erreichte mit den Händen den ersten Stein. Ich zog mich weiter, erreichte den zweiten Stein, stand jetzt mit den Füßen auf der Brüstung der Öffnung und tastete nach der dritten Stufe. Kaum hatte ich sie berührt, löste ich den Fuß und stieg mit ihm auf die erste Stufe. Mit dem zweiten Fuß, der kaum neben dem ersten Platz hatte, konnte ich mich jetzt aufrichten. Mir wurde schwindelig, als ich sah, dass die Wasseroberfläche doch ein ganzes Stück tiefer lag, als ich zuerst vermutet hatte. Kaum hatte ich die nächste Stufe erklommen, schlängelte sich Margaretha durch die Öffnung. Ich wollte mich hinabbücken, um ihr die Hand reichen zu können, doch sie zischte nur: “Lass, das schaffe ich leichter allein!” Ich konnte nichts sagen, da ich immer noch die Fackel zwischen den Zähnen hielt, sorgsam darauf bedacht, mir nicht die Haare zu versengen.

Viel leichter und eleganter als ich, zog sich Margaretha auf die schmalen Stufen. In dem Bündel, das sie vor ihrem Bauch trug, schnurrte zufrieden und voller Vertrauen eine kleine Katze.

So rasch es ging, stiegen wir den Brunnenschacht empor. Immer höher hinauf. Eine viereckige Öffnung tauchte in der Wand auf. Ich nahm die Fackel aus dem Mund und leuchtete hinein. Dieses Fenster führte nicht in einen Gang sondern in ein Gewölbe. Unmittelbar oberhalb der Öffnung befand sich die Decke, den Fußboden des Gewölbes erreichte das Licht der Fackel kaum.

In diesem Augenblick schrie Margaretha, die sich schräg unterhalb von mir befand, gellend auf. Ruckartig drehte ich mich in den Brunnen zurück und hätte fast das Gleichgewicht verloren. Gerade noch sah ich, wie sie zur Seite kippte und vergeblich versuchte mit ihren rudernden Händen einen der Stufensteine zu erwischen, aber vergeblich. Voller Entsetzen sah ich, dass zwei Fäuste sie an ihren Knöcheln gepackt hatten, die aus einem dunklen Spalt herauskamen. Ein Spalt, den wir bei unserem raschen Aufstieg übersehen hatten. Wild fuchtelten ihre Arme herum, doch die Fäuste ließen sie nicht los, sondern zogen sie Stück für Stück ins Innere des Spalts.

Doch etwas anderes fiel. Mir stockte der Atem, als ich sah, wie Penthesilea aus der Schürze herausrutschte und mit einem jämmerlichen Jaulen in die Tiefe stürzte. Margaretha schrie, ich brüllte und beugte mich nochmals durch die Öffnung, vor der ich stand. Ich zwängte mich um die Rundung der Mauer und sah, dass einer der Halunken unter mir in dem Gewölbe stand und Margaretha an den Beinen aus dem Schacht zu sich zog. Es gab kein Überlegen. Ich stieg durch das Fenster und sprang. Ein Sprung aus doppelter Höhe meiner Körpergröße. Dann prallte ich gegen seine Schultern.

Wir fielen beide zu Boden und ich sah, dass nicht nur meine kleine Katze in den Tod gestürzt war, sondern auch Margaretha. Der Schurke hatte sie bisher nur zu einem kleinen Teil ins Innere des Gewölbes gezogen, und sie verlor augenblicklich den Halt, da der Halunke sie, durch meinen Aufprall von den Beinen geworfen, losgelassen hatte.

Ich schrie vor Verzweiflung und Wut, da ich anders meine Dummheit, meine Übereiltheit nicht auszudrücken verstand. Voller blindwütigem Hass schlossen sich meine Finger um den Hals meines Widersachers und drückten zu. Ich drückte zu, so fest ich konnte und spürte, wie er zu zappeln und zucken begann, wie ein an Land geworfener Fisch. Heiseres Gekrächze war das einzige, was noch aus seinem Mund entwich. Und ich drückte voller Wut noch fester zu. Meine Finger verwandelten sich in eine Garotte aus Eisen und meinen ganzen Hass, mit dem ich mich jetzt am liebsten selbst getreten, geschlagen und gewürgt hätte, presste ich gegen den Hals meines Verfolgers. Ich glaubte, es knirschen zu hören und längst waren seine grausigen Verrenkungen abgeflaut. Ich wollte seinen Tod, ich dürstete nach seinem Tod, jetzt hier auf der Stelle und nahm nicht wahr, dass ich ihn schon längst erdrosselt hatte. In diesem Augenblick krachte etwas gegen meinen Schädel und ich verlor das Bewusstsein.

Meine Ohnmacht kann nur einige Herzschläge lang gedauert haben, denn als ich die Augen wieder öffnete, riss mich Lenkart gerade von seinem Kameraden herunter. Neben uns lag ein dicker Stein auf dem Boden. Den hatte er mir offensichtlich gegen den Schädel geschleudert. Aber er sah, dass er zu spät gekommen war. Der Kerl, den ich erwürgt hatte, war ganz blau angelaufen und die Zunge war ihm in einer grotesken Weise aus dem Mund gequollen. Er starrte mit weit aufgerissenen Augen in das von flackerndem Licht erfüllte Gewölbe, starrte ohne etwas anderes zu erblicken, als die Pforten der Hölle.

Ich wälzte mich ächzend zur Seite und auf einmal durchbebte mich ein Zittern, als wollten sich meine sämtlichen Knochen aus meinem Leib herausschütteln. Ich schluchzte, weil ich begriff, dass meine Gewalttat völlig sinnlos gewesen war. Ich hatte niemanden damit retten können, weder Margaretha noch das kleine Kätzchen. Es war zu spät gewesen, alle waren tot, bevor meine Wut so erwacht war, dass sie ausreichte, um sie zu schützen. Georg, Margaretha und in wenigen Augenblicken würde ich in diesem finsteren Kellergewölbe verbluten, denn der ehemals Bärtige, den sein toter Kamerad Lenkart genannt hatte, kniete bereits mit hassverzerrter Miene auf mir, hielt mich mit der einen Hand auf den Boden gedrückt, die andere hatte den Dolch hoch erhoben, um ihn mit aller Macht in meine Brust zu stoßen.

Ich hatte den Tod verdient und wehrte mich nicht mehr, denn wofür lohnte es sich noch zu leben, wenn Margaretha in den Tod gestürzt war, weil ich ... ach, wie sollte ich die Verquickung der Umstände nur am Tag des Jüngsten Gerichts beschreiben, wenn wir alle vortreten müssen und abgerechnet wird. Mochte die Schuld meiner Widersacher schwerer wiegen, daran hatte ich keinen Zweifel, so lastete doch meine Schuld immer noch derart bleiern auf meiner Seele, dass sie ohne Umwege ins Fegefeuer fahren musste.

“Ja, töte mich nur, ich habe nichts Besseres verdient!”, murmelte ich und schloss die Augen, als ich sah, wie die Hand mit dem Dolch auf mich herabstieß wie ein Bussard auf seine Beute.

Ich hörte, wie Lenkart grunzte vor Mordlust und ich erwartete den stechenden, bohrenden Schmerz der Klinge, die mein Herz zerschnitt. Doch dieser Schmerz kam nicht.

Ist es so leicht zu sterben?, dachte ich voller Erstaunen. Tatsächlich, auf einmal wurde mir ganz leicht zumute und ich öffnete die Augen.

Mein erster Blick glitt auf die am Boden vor sich hinflackernde Fackel, die ich vorhin beim Sprung hinunter zu dem Kerl, der Margaretha an den Beinen gepackt hielt, einfach fallen gelassen hatte. Dann rollte mein Kopf zur anderen Seite und ich sah, dass Lenkart nicht mehr auf mir kniete. Doch jetzt hörte ich sein wildes Grunzen und sah ihn schließlich, wie er über den Boden tanzte, als hätte ihn die Tollwut gepackt. Dann sah ich zwei weiße, aus den Ärmeln ihrer zerfetzten Bluse herausgerutschte Arme, die ihn fest von hinten umfasst hielten. Und im gleichen Moment sprang ich aus dem Liegen in den Stand, wobei mir ein stechender Schmerz durch den Schädel schoss. Lenkarts Stein musste mich doch heftiger getroffen haben, als ich wahrhaben wollte. Und obwohl mir trotz der Schmerzen zahllose Fragen durch den Kopf schossen, etwa, wie es kam, dass Margaretha den ehemals Bärtigen umklammert hielt und wie sie sich aus dem Brunnenschacht hatte befreien können und wie sie diesen endlosen Sturz überhaupt hatte überleben können, dachte ich doch keinen Augenblick darüber nach, sondern rannte mit gezücktem Schwert und aller Kraft zu den beiden, um endlich einmal Margaretha wirklich zu helfen. Vielleicht waren wir ja längst in einer der unzähligen Vorhöllen und meine erste Strafe bestand darin, hier erneut und für eine Ewigkeit gegen diesen Mörder zu kämpfen und vielleicht bestand seine Strafe darin, sich hier endlich und für eine Ewigkeit von mir töten zu lassen, immer wieder. Doch kaum wollte ich zustoßen, drehte er sich zur Seite und - fast - hätte ich mit der Klinge Margaretha erwischt, die an dem ehemaligen Landsknecht hing wie ein festverschnürter Beutel. In diesem Augenblick schien er begriffen zu haben, dass er mit diesen Bewegungen sie niemals würde abschütteln können und rannte auf einmal rückwärts. Wieder schrieen wir alle gleichzeitig, da krachte er auch schon mit Margaretha gegen eine der Säulen, die dieses Gewölbe trugen. Noch bevor ich sie erreichte, hatte er sie zu Boden gleiten lassen. Er bückte sich über die vom Aufprall ohnmächtig gewordene Gestalt und riss das Messer empor. In diesem Augenblick war ich heran. Fast zur gleichen

Zeit ließ ich das Schwert mit aller mir noch verbliebenen Kraft in seinen Nacken krachen.

Er erstarrte mitten in seiner Bewegung, die Hand mit dem Dolch öffnete sich und die Waffe fiel zu Boden, während sein in der Bewegung wie eingefrorener Körper auf einmal in sich zusammensackte. Erst der Kopf, der nach vorne kippte, dann der ganze Mann. Auch ich war wie erstarrt. Mir entglitt das Schwert und polterte zu Boden, wo es neben dem Messer des Mörders zu liegen kam. Dann erst fiel mir auf, dass der Körper Lenkarts direkt über Margaretha zusammengebrochen war und ich beobachtete mit einer Mischung aus Faszination und Grauen, wie zu beiden Seiten seines Halses das Blut herausschoss und alles ringsherum in seine magische Farbe tauchte.

Ich weiß nicht mehr, wann und wie ich den Körper Lenkarts zur Seite zog, um Margaretha von seiner Last zu befreien. Ich befürchtete, sie würde sofort wieder allein wegen des sich ihr bietenden Anblicks in Ohnmacht sinken, sobald sie ihre Augen öffnete, aber ich hatte mich getäuscht.

Sie stand vorsichtig auf, dann legte sie mir schweigend die Arme um die Schultern und hielt mich so innig fest, dass ich augenblicklich alles um mich herum vergaß. Und so, wie sie sich anfühlte, wusste ich, dass es ihr genauso ging. Wir sagten beide lange Zeit nichts und bewegten uns auch nicht.

Das aber gab uns wechselseitig etwas von der Kraft zurück, die uns dieser böse Kampf gekostet hatte. Kraft, die wir in Kürze dringend brauchen würden, um die vielen Fragen, die man uns stellen würde, beantworten zu können. Doch noch kreisten unsere Gedanken überhaupt nicht um dergleichen, sondern waren gänzlich verstummt. Für eine Zeit, von der ich nicht sagen kann, wie lang sie angedauert haben mag, dachte keiner von uns beiden, sondern fühlte nur. Bis sich auf einmal ein ganz leises, weit entferntes, kläglich hallendes Tönchen an unsere Ohren schlich.

Sofort eilten wir zu jener schmalen Öffnung, durch die das Licht des Brunnens hineinfiel. Eine der beiden Fackeln brannte noch, die andere hatte der Blutfluss Lenkarts erstickt. Ich ergriff sie und wir beide zwängten uns durch die Öffnung, um in den düsteren Schacht hinabzusehen. Tatsächlich, wieder erklang ein jämmerlicher, dünner Ton und veranlasste uns, uns ganz durch den Spalt hindurchzudrängen, auf den schmalen Stufen Platz zu finden und jede Vorsicht vergessend dieses Rudiment einer Treppe in schwindelerregender Geschwindigkeit hinunterzueilen.

Das klagende Geräusch wurde lauter und schließlich erfasste das flackernde Licht der Fackel Penthesilea, wie sie auf der letzten Stufe - noch unterhalb der Stelle, von wo aus wir in den Brunnenschacht geklettert waren - saß und uns mit großen Augen entgegensah. Wir kehrten auf dem gleichen Weg in den bischöflichen Palast zurück, den wir genommen hatten, um aus ihm zu fliehen.

Inzwischen herrschte dort wieder reges Kommen und Gehen. Das Manöver und die damit verbundenen Festlichkeiten schienen gerade zu Ende gegangen zu sein. Wir hörten schon, dass man sich lauthals darüber unterhielt, warum der Keller offen stünde und in den Kellergewölben alles durcheinander geworfen sei.

Eigentlich wollten wir in diesem Moment niemanden sehen, mit niemandem sprechen, uns am liebsten zuerst einmal zurückziehen. Ich wollte die Kleider wechseln und Margaretha wollte versuchen, die ihren so gut es möglich sein würde notdürftig zu säubern. Mit anderen Worten, wir sahen nicht nur grauenhaft aus, sondern fühlten uns auch so. In unserem Zustand wollten wir keinem unter die Augen treten. Doch kaum stiegen wir aus dem Keller, stellte sich uns Hans von Egloffstein in den Weg.

“Wir sprechen uns gleich, Schultheiß”, sagte ich müde und wollte ihn schon zur Seite schieben, als er mich fest am Arm packte.

“Nicht gleich, sondern sofort, junger Herr”, erwiderte er streng, “auf später lasse ich mich nur von deinem Onkel vertrösten. Wie kommt es, dass deine Kleider und die der jungen Frau so verschmutzt sind?”

“Deshalb wollen wir uns zuerst einmal wenigstens notdürftig säubern, werter Herr”, sagte ich.

“Das will ich euch später gestatten, jetzt kommt ihr beide erst einmal mit.”

Margaretha ließ die Katze, die sie noch im Arm trug, auf den Boden. Dann folgten wir dem Stadtkommandanten, der einige seiner Soldaten herbeiwinkte und mit uns den Küchentrakt neben dem Schultheißenbau betrat. Trotz des Dämmerlichts sahen wir sie sofort. Zwei Männer, halbnackt und erschlagen in ihrem Blut.

Uns war sofort klar, wer sie waren und wer sie auf dem Gewissen hatte. Von ihnen hatten die beiden Schurken sich also ihre Helme, Kürasse und Waffen besorgt.

“Was habt ihr dazu zu sagen?”, fragte der Schultheiß mit einem unüberhörbaren Zittern in der Stimme.

“Werter Herr”, sagte ich, “ich zeige dir gerne die Mörder deiner Soldaten und Margaretha, die Tochter des Apothekers wird bezeugen können, dass ich die Wahrheit spreche.”

“Das Blut auf eurer Kleidung?!” Die Stimme des Schultheißen überschlug sich fast.

“Wenn du die Mörder siehst, wirst du verstehen”, sagte ich mit dem Höchstmaß an Ruhe, zu dem ich mich zwingen konnte.

Als wir später auf dem gleichen Weg in das Gewölbe gelangten, wie schon zuvor, lagen die Leichen der beiden Kerle noch genauso dort, wie wir sie zurückgelassen hatten. Ich erzählte die ganze Geschichte. Dann drehte ich den Körper Lenkarts auf den Rücken, so dass man sein Gesicht sehen konnte.

“Ich empfehle dir, werter Herr, aus dem Katharinenspital zwei Zeugen herbringen zu lassen”, sagte ich.

“Wen?”, wollte Hans von Egloffstein wissen.

“Schwester Getrudis und jenen einbeinigen Alten, der versucht hat, den Angriff dieses Schurken”, ich wies auf Lenkart, “auf die Schwester abzuwehren. Beide haben ihn in jener Nacht deutlich gesehen. Gut, er trug seinerzeit einen Bart, trotzdem bin ich sicher, dass sie dieses Gesicht wiedererkennen werden.”

Der Schultheiß nickte. Dann winkte er wortlos einem der Soldaten, die uns durch den unterirdischen Gang begleitet hatten. Der Mann ging durch das düstere Gewölbe und öffnete eine schwere Tür, die ich noch gar nicht bemerkt hatte. Dahinter befand sich eine Treppe, die nach oben führte. Irgendwie war ich in diesem Moment erleichtert, dass es auch uns erspart bleiben würde, den gleichen unterirdischen Weg zum vierten Mal an diesem Tag nehmen zu müssen.

“Außerdem haben ihn an jenem besagten Tag noch eine Reihe weiterer Personen gesehen”, fuhr ich fort, “unter anderem die Wachmannschaft des Nürnberger Tores. Einen von ihnen habe ich vor ein paar Tagen kennen gelernt, ein junger Bursche namens Florian.”

Ich weiß nicht, ob es tatsächlich notwendig gewesen war, den Einbeinigen und Schwester Gertrudis in das Gewölbe bringen zu lassen. Die Schwester bekreuzigte sich beim Anblick der Toten und konnte bestätigen, dass der eine von ihnen der Halunke war, der sie in jener Nacht angefallen hatte. Die Erinnerung an das Geschehen und die schlimmen Umstände, die sie nun vorfand, trieben ihr die Tränen in die Augen, während sie ihrer Schwester in die Arme fiel. Nämliches sagte der Einbeinige aus. Die Tatsache, dass beide Schurken in die Harnische der ermordeten Stadtsoldaten gekleidet waren und bei näherer Durchsuchung sogar noch weiteres Eigentum der Opfer bei sich trugen, konnte unsere Aussagen nur bestätigen.

Als wir die Treppe hochstiegen, um den grauslichen Ort zu verlassen, blieb ich mit Hans von Egloffstein ein paar Schritte zurück. Man konnte die düsteren Gedanken, die seine Stirn umwölkten, förmlich sehen. Ich ahnte, was in ihm vorging.

“Mein Onkel wird eine Erklärung von Ihm verlangen”, sagte ich und versuchte gleichzeitig den arroganten Tonfall Lorenzos nachzuahmen, wie ihn lächerlich zu machen. Es schien zu gelingen, denn auf von Egloffsteins Lippen erschien ein leichtes Lächeln.

“Ich weiß”, sagte er, “er wird wissen wollen, warum nur zwei Mann im Schloss zurückgeblieben sind, wo er doch doppelte Besatzung gefordert hatte.”

“Das wären zehn Mann gewesen ...”, sagte ich, “habe ich recht?”

Er nickte.

“Ich hatte die normale Besatzung zurückgelassen. Das war ein Fehler.”

“Aber dann ... wo sind die drei anderen?”, fragte ich.

“Die werden die Konsequenzen schon noch zu spüren bekommen.” Ich schaute ihn fragend an.

“Es ist meine Schuld”, sagte er schließlich, “zehn Mann und die Sache wäre so nicht geschehen.”

“Bleiben wir erst einmal bei den Dreien”, sagte ich.

“Sie haben sich unerlaubt vom Dienst entfernt und waren auch auf dem Schießanger - wie fast die ganze Stadt ...”

“Wenn sich drei entfernten, hätten sich auch mehr entfernen können”, gab ich zu bedenken. “Es ist traurig um die getöteten Kameraden, die für ihr Pflichtgefühl so bitter bestraft wurden.”

“Das ist nicht ganz richtig”, erwiderte Hans von Egloffstein. “Die drei schwören Stein und Bein, dass die beiden nachkommen wollten. Sie wollten sich nur noch aus der Küche einige Vorräte stehlen und dann ebenfalls ihren Posten verlassen ...”

“Trotzdem”, sagte ich, “einen solchen Tod hätten sie nicht verdient.”

Als mein Onkel am Tag darauf wieder nach Forchheim kam, überstürzten sich wenig später schon wieder die Ereignisse. Doch zuerst hatte ich ihm in aller gebotenen Kürze von unserem gestrigen Abenteuer erzählt, wobei ich schließlich von Margaretha unterstützt wurde, die zu meiner großen Freude zu Besuch kam. An meinem Hinterkopf hatte sich eine mächtige Beule gebildet, aber ansonsten fühlte ich mich wieder völlig gesund und genesen.

Etwas später am Tag half mir ein Diener die große Kiste nach oben zu bringen, die der eigentliche Grund meiner Reise gewesen war, kurz vor deren Ende dieser grauenhafte Überfall auf Georg und mich stattgefunden hatte. Es war schon übraus bitter, dass Georg, der mich nur das kurze Stück von Nürnberg nach Forchheim begleiten wollte, sein Leben lassen musste, während mir auf der ganzen, langen und oft unterbrochenen Reise von Lissabon bis nach Nürnberg nichts Schlimmeres widerfahren war, als gelegentlich in schlechten Herbergen von Wanzen gebissen zu werden oder mal einen Tag nichts zu Essen aufzutreiben. In dieser Hinsicht hatte mein Großonkel in Lissabon Recht gehabt, als er mich auf dem Sterbebett eindringlich darum bat, nicht den bequemeren Seeweg zu nutzen, sondern über Land zu fahren und mit dem Karren die schlechten Wege und Pässe der Pyrenäen zu überwinden.

“Ich verstehe nicht, wieso dein Großonkel die See so sehr gefürchtet hat, nachdem er fast sein ganzes Leben für König Jão von Portugal Entdeckungsreisen unternommen hat”, warf Margaretha ein.

“Martin”, antwortete Lorenzo an meiner Stelle, “war ein weitgereister und kluger Mann, aber ich kann mir denken, warum er Arndt davor gewarnt hat, den Seeweg zu nehmen.”

Lorenzo und mein Großonkel hatten sich ihr Leben lang geschrieben und deshalb wusste mein Onkel über die lange Gefangenschaft Bescheid, die mein Großonkel nach einem Piratenüberfall, bei dem er in englische Hände fiel, erdulden musste. Er war damals im Auftrag König Jãos in geheimer Mission nach den Niederlanden unterwegs gewesen. Dieser Überfall und die jahrelange Einkerkerung hatte ihn fast in den Wahnsinn getrieben. Seitdem mied er Schiffe und das Meer wie der Teufel das Weihwasser, wie ich Margaretha erzählte. Ich spürte, dass ich von dieser aufregenden Zeit meines Großonkels noch mehr hätte erzählen können, aber das sparte ich mir für jene Abende auf, die ich hoffte, mit Margaretha bald in trauter Zweisamkeit verbringen zu können.

"Er starb in größter Armut", sagte ich und wies auf die Kiste, "deshalb dürfte dies sein größter Schatz gewesen sein. Er hat dich, Onkel, in wärmster Erinnerung behalten und fluchte oft über seine reichen, hartherzigen Brüder, weshalb er mich beauftragt hat, dir diese Kostbarkeit mitzubringen. Er wies mich, kaum dass ich in Lissabon eingetroffen war, an, da er wohl spürte, dass er nicht mehr lange leben würde, diese Kiste in Sicherheit zu bringen, sobald er sein Leben ausgehaucht hätte. Er fürchtete wohl die Habgier seines jüngsten Bruders, der sich wie er vor ein paar Jahren in Lissabon niedergelassen hatte. Du weißt, Onkel, dass alle Brüder Martins erfolgreiche und wohlhabende Kaufleute sind. Aber die Sorge Martins in Bezug auf seinen jüngsten Bruder war überflüssig, denn dieser starb noch vor ihm ganz plötzlich im Sommer des vergangenen Jahres. Martin schickte mich zur Beerdigung, die mit großem Pomp und unter Beteiligung zahlloser Bürger und Edler aus Lissabon stattfand. Als Martin dann selber im vergangenen Dezember starb, da begleiteten ihn nur wenige Menschen auf seinem letzten Weg. Aber ich bin mir sicher, dass es ihm egal gewesen wäre, denn ich hatte ihm versprochen, sein Erbe in seine alte Heimat zurückzubringen und dir anzuvertrauen und in dieser Sicherheit konnte er ruhig entschlafen. Und auch wenn ausgerechnet das letzte Stück meines Weges direkt in eine Katastrophe mündete, kann ich nun doch endlich seinen letzten Willen erfüllen."

Lorenzo ließ es sich nicht nehmen, die mit metallenen Bändern beschlagene Kiste selbst aufzustemmen. Er stieß schließlich den Deckel zur Seite. Wir sahen, dass der Behälter mit Holzwolle angefüllt war, in die mein Onkel nun hineingriff. Er berührte etwas, das er aber nicht recht zu fassen bekam und warf schließlich mit beiden Händen die Holzwolle aus der Kiste. Es war, als hätte Penthesilea nur auf diesen Moment gewartet, denn urplötzlich erwachte sie aus ihrem tiefen Schlummer und stürzte sich mit Begeisterung in die Holzwolle, die sie bald durch den ganzen Raum verteilte. Wir mussten lachen.

Dann hob mein Onkel schließlich einen großen, in Lumpen und Tücher gehüllten Gegenstand aus der Kiste und stellte ihn auf einen Tisch. Er zog die Tücher herab. Eine große, bemalte Kugel erschien, die in einem hölzernen Gestell hing, das wiederum auf einem Holzsockel befestigt war. Die bemalte Kugel ließ sich drehen.

"Das ist der letzte, den er hat anfertigen lassen?", fragte mein Onkel. Ich nickte.

"Ein Erdapfel", sagte Lorenzo andächtig, "es ist eine viel bessere Arbeit, als jenes Stück, das er für den Nürnberger Rat bauen ließ. Das vollkommenste Werk von Martin Behaim. Ich wusste, dass er sich später noch viele Jahre lang in Portugal mit dieser Darstellung der Welt beschäftigt hat. Er hat mir in seinen Briefen oft davon geschrieben."

Dann sagte mein Onkel noch, der ja den gleichen Namen trug, wie mein in Lissabon verstorbener Großonkel: "Er hat sich da draußen hingestellt, irgendwo zwischen Sonne und Mond, um sich die Erde anzusehen - nicht wie sie ist, dieser Blick ist den Menschen versagt - sondern so, wie sie sich ihm zeigt; ähnlich einer jungen, schönen und keuschen Braut, die ihrem Gemahl in der Hochzeitsnacht einen ersten

Blick auf das gestattet, was ihm als die Pforte ins Himmelreich erscheinen mag." Dabei schaute er uns, insbesondere Margaretha tief in die Augen. Doch der Triumph, sie erröten zu sehen, blieb ihm versagt, denn in diesem Moment klopfte es an der Tür.

Ein Diener meldete, dass uns Hans von Egloffstein zu sprechen wünsche. Mit einem ungeduldigen Wink gab mein Onkel zu verstehen, dass der Stadtkommandant eintreten möge.

"Hochwürdiger Herr", begrüßte der Schultheiß meinen Onkel. Mir und Margaretha widmete er ein Kopfnicken, wobei er ein "Junger Herr" und "Werte Dame" murmelte.

"Was hat Er uns zu sagen", forderte mein Onkel ihn auf zu sprechen, ohne ihm jedoch einen Stuhl anzubieten.

"Ich bitte um Erlaubnis, dem jungen Herrn etwas zeigen zu dürfen, das ein Holzfäller in einem Waldstück bei Kersbach gefunden hat."

Mein Onkel nickte und der Schultheiß ging zur Tür zurück, um einen seiner Männer hereinzuholen. Dieser trug einen grob gewirkten Sack ins Zimmer, der allerdings fast leer zu sein schien. Dann öffnete er ihn und holte ein zerbeultes eisernes Gefäß heraus, das ganz schwarz verfärbt war.

"Weiß der junge Herr, was das ist?", fragte mich der Stadtkommandant nun direkt. Ich nickte, denn ich hatte den zerbeulten Helm des Anführers jener Räuberbande, die mich überfallen hatte, sofort wiedererkannt, obwohl der Helm auf dem Kopf des Schurken noch einigermaßen metallisch silbern geglänzt hatte.

"Das ist nicht das einzige, was dort gefunden wurde", sagte Hans von Egloffstein, nachdem ich die Abkunft des Helmes erklärt hatte. Der Mann zog einen einzelnen Stiefel aus dem Sack.

"Georg", murmelte ich und spürte, wie sich ein Klumpen in meinem Hals bildete, "der Stiefel gehörte meinem Freund und Begleiter Georg Sachs. Die Räuber hatten meinem Freund, so weit ich dies überhaupt mitbekam, nachdem sie ihn erschlagen hatten, alles vom Leib gerissen, was sie brauchen konnten. Und seine Leiche auf dem Weg liegen gelassen ...”

Ich hielt inne. Es waren Wochen vergangen seitdem und bisher hatte niemand den toten Körper gefunden, obwohl ich schon, als ich seinerzeit das Bewusstsein wiedererlangt hatte, den Ort des Geschehens, so gut es ging, beschrieben hatte. Damals aber hatte die Suche nach dem entflohenen Lenkart Vorrang gehabt. Der Schultheiß antwortete, als hätte er meine unausgesprochene Frage verstanden.

“Wir haben nur diese beiden Stücke mitgebracht. Der Helm war tatsächlich das erste, was gefunden wurde. Darunter lag, nur notdürftig von einer schmalen Schicht Erde und Laub bedeckt, eine verkohlte Leiche, die noch einen Harnisch trug, der ähnlich geschwärzt ist wie dieser Helm. Der Holzfäller, der den Toten entdeckt hatte, rannte in sein Dorf und erzählte dort von dem Fund. Einige Männer aus dem Weiler hatten von den Vorfällen um den jungen Herrn”, er nickte in meine Richtung, “gehört und kamen nach Forchheim, um mir davon zu berichten. Nicht weit von diesem Fundort entfernt fanden wir eine weitere verkohlte Leiche. Ebenfalls nur notdürftig verscharrt. Und dann, nachdem ich befohlen hatte, den ganzen Wald sorgfältig abzusuchen, fanden wir an einer anderen Stelle im Wald den toten Körper eines offensichtlich ermordeten, jungen Mannes. Während die verkohlten Leichen noch kaum verwest sind, befindet sich die nicht einem Feuer ausgesetzte Leiche in einem Zustand des Zerfalls, der es schwer macht, sie zu untersuchen oder nur anzuschauen ...”

“Das bestätigt die Schilderung meines Neffen”, sagte mein Onkel, “und es ist auch nur logisch, dass ein Körper, der einem Höllenfeuer ausgesetzt ist, wie Arndt es geschildert hat, langsamer verwest, als ein Körper, den kein Feuer vom Fleisch befreit hat. Auch mir kam es seltsam vor, dass man die Leiche seines Freundes nicht schon früher gefunden hat. Aber diese Entdeckung, von der Er uns berichtet, legt den Schluss nahe, dass die beiden überlebenden Schurken sich am Ort ihrer bösen Tat wieder getroffen haben. Vielleicht hatte der eine von ihnen schon unmittelbar, nachdem er vom Wagen gestürzt war, die Leiche Georgs in den Wald geschleppt und verscharrt. Er musste ja fürchten, dass schon bald nach dem Opfer und auch ihm selbst gesucht würde. Außerdem ist - außer bei schlechtem Wetter - recht viel Verkehr auf diesem Weg. Ja, so muss es gewesen sein. Dieser bärtige Kerl, den ich ja auch im Spital der Katharinen zu Gesicht bekommen hatte, ist noch in der gleichen Nacht und ungeachtet seiner Verletzungen schnurstracks dorthin zurück, traf auf den zweiten Halunken und gemeinsam haben sie dann - nun wie soll man es nennen - sagen wir, aufgeräumt. Sie ahnten ja, dass man sie suchen würde und sie mussten damit rechnen, dass man sich auch den Ort der Tat etwas genauer ansehen würde. Das dies erst jetzt und nur durch Zufall erfolgte - gut schweigen wir darüber."

Ich sah, wie es im Gesicht des Schultheißen zuckte, als mein Onkel diese letzte Spitze gegen ihn losließ, doch Hans von Egloffstein antwortete lediglich: "Ich bin davon überzeugt, hochwürdiger Herr, dass es sich genauso abgespielt hat. Alle Anzeichen deuten darauf hin. Trotzdem kann ich dem jungen Herrn etwas nicht ersparen ..." Er stockte.

Ich schaute ihn fragend an.

"Wir brauchen letzte Gewissheit. Die Leiche, bei der es sich vermutlich um die sterblichen Überreste des Georg Sachs handelt, wurde vorhin in der Marienkapelle aufgebahrt. Bitte komm mit herüber und bestätige, dass es sich tatsächlich um ihn handelt."

Ich schluckte, aber dann nickte ich und erhob mich, um ihm zu folgen.

Der furchtbare Anblick meines Freundes wird für immer in meinem Gedächtnis eingebrannt sein, aber gleichzeitig erfasste mich ein seltsames Gefühl gedämpfter Erleichterung. Ich hatte ihn dort, wo man ihn erschlug, auf dem Weg zurücklassen müssen, ohne zu wissen, was mit seinem Körper geschehen war. Nun hatte man ihn aus seinem unwürdigen Grab befreit und konnte ihn nach Nürnberg zurückbringen, von wo mich in den vergangenen Wochen manch schmerzerfüllter Brief seiner Familie erreicht hatte, Zeilen angefüllt mit Fragen, deren Beantwortung ich anfangs noch meinem Onkel überlassen musste und erst später, als es mir etwas besser ging, selbst übernommen hatte.

Nun konnte ich Georgs Geschwistern und seinem Vater - seine Mutter lebte nicht mehr - zumindest Gewissheit verschaffen.

Ich konnte mir lebhaft vorstellen, dass manch trügerische, geheime Hoffnung wohl noch bei ihnen gekeimt hatte. Deshalb war diese letztendliche Gewissheit natürlich weit davon entfernt, ein Trost zu sein, aber zumindest würden sie Gelegenheit haben, von ihm Abschied nehmen zu können. Genau dieses Gefühl, mich von meinem Freund verabschieden zu können, war der Auslöser für das Gefühl der Erleichterung gewesen, das ich trotz meines Entsetzens und meiner Trauer empfand.

Aus diesem Grund bereute ich auch nicht, mich dem schrecklichen Anblick ausgesetzt zu haben, den mir sein zerfallender Körper bot. Innerlich zitternd dankte ich ihm und bat Gott um Gnade für seine unsterbliche Seele.

Als wir die Kapelle wieder verließen, glitt mein Blick wie so oft in den letzten Tagen, zu jenem steinernen Bildnis empor, das oben an der Ecke in die Mauer des bischöflichen Schlosses eingelassen war und das seit so langer Zeit über diese Stadt und diese Gegend wachte.

Unbeweglich blickte der steinerne Basilisk über uns hinweg. Nichts leuchtete und nichts bewegte sich dort, wie sollte auch. Zum ersten Mal fielen mir die Meißelspuren über dem Kopf des Halbdrachen auf, dort wo Eoprecht, der Steinmetz des Frankenkaisers Arnolf, auf Geheiß des schwerverletzten Herrschers die Krone entfernt hatte.

Du bist mächtig, dachte ich, überzeugt davon, dass der steinerne Basilisk meine Gedanken deutlich verstehen könne, *aber nicht so mächtig, dass dir eine Krone gebührt. Wäre Georg noch am Leben, du hättest wahrhaft verdient, ein König genannt zu werden.*

ENDE

Nach den Erzählungen meines Onkels,
des hochwürdigen Chorherren
von St. Stephan zu Bamberg, Lorenz Beheim
und meinen eigenen Erlebnissen
von Vitus bis zum Tag nach Michael
im Jahre des Herrn MDVIII,
niedergeschrieben von Arndt Beucker
für meine über alles geliebte Frau Margaretha.

Personen

Jahreszahlen in Klammern bezeichnen die Amts- bzw. Regierungszeiten

a.D. 1508:

- Arndt Beucker, Ich-Erzähler, Anfang 20, Sohn einer Nürnberger Patrizierfamilie, gerade aus Lissabon zurückgekehrt.
- Georg Sachs, sein Freund, der ihn auf dem letzten Stück seiner Reise von Nürnberg nach Forchheim begleitet.
- Lorenz B., Chorherr aus Bamberg, Onkel von Arndt, Familiar von Papst Alexander VI., Erzähler der Geschichte des Basilisken.
- Florian, Meister Fuchs, Kuno Kreutzer, Karl und Ruhalm, Forchheimer Stadtwachen.
- Johann Cuspinian, gelehrter Berater Kaiser Maximilians I., Freund des Kanonikus Lorenz, wird in Forchheim als Medicus tätig.
- Schwester Gertrudis, Ordensfrau im Spital der heiligen Katharina.
- Ein einbeiniger Patient.
- Der Apotheker.
- Penthesilea, mutige kleine Kriegerin auf vier Beinen.
- Hans von Egloffstein, Schultheiß und Festungskommandant von Forchheim.
- Margaretha, Tochter des Apothekers.
- Willibald Pirckheimer, Brieffreund von Lorenz B., erfolgloser Befehlshaber einer Nürnberger Entsatztruppe bei der Auseinandersetzung mit ...
- Markgraf Kasimir von Brandenburg-Kulmbach.
- Götz von Berlichingen, Berater von Markgraf Kasimir, Lieblingsfeind des Bamberger Chorherren Lorenz B.
- Graf Gian Galeazzo di San Severino, Freund und Begleiter von Willibald Pirckheimer.
- Martin Kopp, Forchheimer Geschützgießer.
- Martin B., Großonkel von Arndt Beucker, hat seinem Freund Lorenz nach seinem Tod in Lissabon ein wertvolles Erbstück hinterlassen.
- Volk, armes Volk, Bedienstete und nicht zu vergessen ...
- eine Bande räuberischer Halunken, ehemalige Landsknechte des Landshuter Erbfolgekriegs.

Päpste:

Innozenz VIII. (1484-1492)
Alexander VI. (1492-1503)
Pius III. (1503)
Julius II. (1503-1513)

Deutsche Könige/ Kaiser:

Friedrich III. (1440-1493)
Maximilian I. (1493-1519)

Einige Bamberger Fürstbischöfe:

- Otto I. von Bamberg, heiliggesprochen, sogenannter Pommernapostel (1102-1139)
- Lamprecht von Brunn (1374-1398)
- Georg III. Schenk von Limpurg (1505-1522)

Frühes Mittelalter (885 bis 900):

- Graf Odo, Verteidiger von Paris, das von Normannen belagert wird.
- Karl III., genannt der Dicke, wenig entschlussfreudiger Kaiser.
- Sigifrid, Seekönig der Normannen.
- Fulko, Erzbischof von Reims.
- Graf Heinrich, ostfränkischer Heerführer.
- Ein namenloser Krieger, legendär durch seine Unbesiegbarkeit und seine Grausamkeit, sofort erkennbar am tätowierten Gesicht.
- Flotard, einer der Verteidiger von Paris.
- Guibert, sein Sohn.
- Luitward, Erzkanzler und Erzkaplan Kaiser Karls III.
- Eine Nonne aus Brescia, Tochter des Grafen Unruoch.
- Berengar, jüngerer Bruder von Unruoch, Herzog von Friaul.
- Richarda, Kaiserin, nach der Trennung von Karl III. Äbtissin von Andlau.
- Arnolf von Kärnten, stürzt Karl, wird König und später Kaiser des ostfränkischen Reiches.
- König Karlmann, Vater Arnolfs von Kärnten.
- Bernhard, Sohn von Kaiser Karl III.

- Luitswinda, Leibeigene Karlmanns, Mutter Arnolfs.
- Ruwald, Vogt der Forchheimer Pfalz.
- Ellinrata, die Geliebte Arnolfs.
- Ota, die Frau Arnolfs.
- Zwentibald, Sohn Ellinratas und Arnolfs.
- Ratolf, Sohn Ellinratas und Arnolfs, der jüngere Bruder Zwentibalds.
- Eoprecht, Steinmetz und königlicher Baumeister Arnolfs.
- Kilian, junger Mönch aus Würzburg.
- Egino, der ältere Bruder Kilians, begnadeter Sänger und Dichter.
- Mainhardt, Diener, Knappe, Koch und väterlicher Freund Eginos.
- Hadwig, Tochter Ellinratas und Arnolfs.
- Elisabeth, Tochter Graf Adalberts.
- Adalbert, Graf von Babenberg.
- Konrad, Graf von Würzburg und Vater von Egino und Kilian.
- Ulthard, ein mährischer Fürst.
- Trenkow, Ulthards Vogt.
- Svatopluk, Herzog von Mähren, strebt nach einem großmährischen Reich.
- Lambertus, Abt eines Klosters mit einemHeiligtum
- Bischof Hatto von Mainz, enger Berater Arnolfs, Erzieher von Arnolfs Sohn Ludwig.
- Ageltruda, spoletinische Gegenspielerin Arnolfs, Witwe Widos und Mutter von ...
- Lambert, minderjähriger römischer Kaiser

Päpste:

Hadrian III. (884-885)
Stephan VI. (885-891)
Formosus (891-896)
Bonifatius VI. (896)
Stephan VII. (896-897)
Romanus (897)
Theodor II. (897)
Johannes IX. (898-900)

Glossar

Almuzia, seit dem 11. Jahrhundert eine über Schultern und Nacken verlängerte Kopfbedeckung der Kanoniker im Chor, später ein aus Kragen und Kapuze bestehendes Schultermäntelchen, meist aus Pelzwerk.

Archiater, Erzarzt, ehrenvolle Bezeichnung für einen Mediziner mit herausragenden Fähigkeiten.

Babenberg, Bamberg.

Bella putana, gewerbsmäßige Hübschlerin, Prostituierte.

Dies irae, Tag des Zorns.

Francia orientalis, ostfränkisches Reich.

Kebsweiber, Nebenfrauen, Geliebte, mit denen der in diesem Zusammenhang meist fürstliche Liebhaber nicht verheiratet ist.

Konverse, Konversin, Laienbrüder bzw. -schwestern, die den Mön chen und Nonnen bei der Arbeit helfen und häufig für die einfacheren Dienste eingeteilt werden.

Kürass, Harnisch aus Eisen, der vor die Brust geschnallt wird.

Liber chronicarum, hier die Weltchronik des Nürnberger Arztes Hartmann Schedel.

Mahlzeiten:-

- ***Jentamen***, Frühmahl direkt nach dem Aufstehen, oft nur Wasser.
- ***Prandium***, Frühstück um 9 Uhr, das nach der Frühmesse eingenommen wurde, entsprach aber dem heutigen Mittagessen, jedoch meistens ohne Suppe.

- ***Merenda***, zeitlich gesehen das Mittagessen, jedoch einfach und schnell.
- ***Cena***, Abendessen.

Morbus gallicus, gallische Krankheit, Syphilis, auf deutsch ebenfalls diskriminierend als französische Krankheit bezeichnet.

Non(e) (hora nona = 9. Stunde), die vierte der kleinen Horen des kirchlichen Stundengebets, im Mönchsoffizium um 3 Uhr nachmittags. None als nachmittägliche Zeitangabe war auch in weltlichen Kreisen verbreitet.

Pluviale, Umhang, der schon im frühen Mittelalter von Geistlichen und Priestern getragen wurde (pluvia = Regen).

Podagra, Gicht.

Portative, tragbare Orgel, bekannt seit dem 7. Jahrhundert n. Chr.

Proprium, der variable Teil einer Messe im Gegensatz zum *Ordinarium*, den unveränderlichen Texten, die in jeder Messe vorkommen müssen.

Skof, althochdeutsche Bezeichnung für den Hofdichter und -sänger.

Zirborium, eigentlich ein Behältnis, im Fall des Arnolf-Zirboriums, das übrigens in der Schatzkammer der Münchener Residenz besichtigt werden kann, handelt es sich um einen kostbaren Tragealtar, dessen Holzaufbauten mit Goldblech verkleidet sind und mit Edelsteinen und feinen, in das Gold getriebenen Reliefs, verziert wurden. Der eigentliche Altar ist eine kleine Holzplatte, in die eine aus Porphyr bestehende Platte eingelassen wurde.

Dichtung und Wahrheit

In erster Linie ist ein historischer Roman ein Roman, also ein fiktionaler Text, ausgedacht von einem Schriftsteller, und nicht die wissenschaftliche Arbeit eines Historikers. So gesehen, sagt ein historischer Roman in erster Linie etwas aus über die Zeit, in der er geschrieben wurde und natürlich über seinen Autor.

In zweiter Linie - und nur darum soll es im Folgenden gehen - kann ein Schriftsteller sich auch darum bemühen, einen historischen Roman möglichst nah an den bekannten oder angenommenen Fakten jener Zeiträume zu schreiben, vor deren Hintergrund die Romanhandlung angelegt wird.

Beeinflusst von Historikern in meiner Familie und unter meinen Bekannten, sowie als Leser von historischen Romanen, hat mich oft gestört, dass sich dort Fakten und Fiktionen kaum noch trennen ließen, da man als Leser natürlich nicht in jeder historischen Epoche so "zu Hause" sein kann wie der Autor, von dem man solches erhofft und eigentlich auch erwarten darf.

Aus diesem Grund möchte ich meinem Roman einen Anhang für diejenigen unter den Leserinnen und Lesern anfügen, die sich über den eigentlichen Roman hinaus schon einmal ähnliche Fragen gestellt haben.

Es ist gewissermaßen ein Blick in die Schreibwerkstatt, den ich auch deshalb gerne gewähre, da ich der Ansicht bin, dass die Leser ruhig erfahren dürfen, was von den geschilderten Dingen und Ereignissen ein Produkt der Phantasie ist und was sich - in welcher Form auch immer - auf historische Quellen und Vermutungen stützt.

Beginnen wir mit einer der Hauptfiguren: dem titelgebenden, steinernen Basilisken, den aufmerksame Beobachter der sogenannten Kaiserpfalz in Forchheim tatsächlich oben an der Südwand entdecken können. Konrad Kupfer (siehe Literaturverzeichnis) und andere Autoren vermuten die Entstehung des Basilisken im 11. Jahrhundert, also noch vor der Zeit von Bischof Otto I., dessen sogenanntes "steinernes Haus" wohl der erste bedeutende Bau an jener Stelle war, an der sich das heute als "Kaiserpfalz" bezeichnete Gebäude befindet. Diese Datierung kann laut Tillman Kohnert getrost bezweifelt werden. Der Bamberger Bauforscher glaubt an eine spätere Entstehungszeit. Wie auch immer, ich habe mir die Freiheit genommen, die Entstehung des steinernen Reliefs noch früher anzusetzen und es einem im Zusammenhang mit Kaiser Arnolf urkundlich erwähnten Steinmetz namens Eoprecht zugeschrieben.

Bleiben wir in der spätkarolingischen Zeit. Bei einer Reihe der im vorliegenden Roman auftauchenden Personen handelt es sich um historische Figuren, von denen man annehmen kann, dass sie einmal gelebt haben. Warum so vorsichtig in der Ausdrucksweise? Ganz einfach, Papier - besser gesagt Pergament - war schon immer geduldig und gerade bei sehr alten Dokumenten, speziell aus der Karolingerzeit, wurden schon erstaunlich viele Fälschungen entlarvt. Manche Autoren gehen deswegen heute sogar so weit, die gesamte Epoche der Karolingerzeit für eine Erfindung zu halten. So faszinierend solche Überlegungen auch sein mögen, die rund dreihundert Jahre abendländischer Geschichte mit dem Generalverdacht der Fälschung zu belegen - ich möchte mich ihnen nicht anschließen.

Bei einzelnen Dokumenten erklärt sich der Grund der Fälschung häufig sehr schnell, etwa bei einer Schenkungsurkunde Kaiser Arnolfs für das Kloster St. Emmeram in Regensburg. Man weiß heute mit ziemlicher Sicherheit, dass dieses Dokument nicht zu Arnolfs Lebzeiten entstanden ist, sondern später, als es zu Streitigkeiten um Besitztümer kam, bei denen die Mönche von St. Emmeram dann besagte Urkunde aus dem Ärmel zaubern konnten, die ihre älteren Rechte "nachwies".

Ich gehe von der Prämisse aus, dass Figuren wie Kaiser Arnolf, seine Frau Ota, seine Geliebte Ellinrata, seine Söhne Zwentibald, Ratolf und Ludwig tatsächlich gelebt haben. Ob sie so gelebt haben, wie ich es schildere, ist eine andere Frage. Schon die Schreibweise der Namen variiert von einem Dokument zum nächsten. Bei Arnolf habe ich mich gegen die auch übliche Schreibweise Arnulf entschieden, weil bei Arnolf die angenommene Herkunft des Namens - Adlerwolf - klanglich stärker mitschwingt. Die von mir gewählte Schreibweise wird zudem heute von den meisten Historikern verwendet.

Unterschiede in der Schreibweise gibt es ebenso für fast alle anderen Namen historischer Figuren. Etwa bei Arnolfs Frau Ota, Oda, Uta, Uota. Am extremsten ist dies bei Arnolfs Erstgeborenem: Zwentibald, Zwentibold bis hin zu Swatupluk. Dabei ergibt sich eine Namensgleichheit mit dem Herzog der Mähren, der nebenbei auch Zwentibalds Taufpate war. Es versteht sich von selbst, dass ich für den Roman zwei deutlich unterscheidbare Varianten auswählen musste.

Derartige Namensabweichungen sind nicht nur eine Besonderheit des frühen, sondern auch des späten Mittelalters, in dem die Rahmenhandlung spielt. Auch hier mischen sich fiktive mit historisch verbürgten Persönlichkeiten. Der Ich-Erzähler Arndt Beucker ist natürlich fiktiv, ebenso Margaretha, Schwester Gertrudis, Florian, die Räuberbande usw. “Großonkel” und “Onkel” des fiktiven Ich-Erzählers dagegen haben gelebt und den gleichen Nachnamen getragen, den ich aus dramaturgisch einsichtigen Gründen erst gegen Ende des Romans einführe.

Großonkel Martin Behaim starb bereits am 29. Juli 1507. Da ich die Rahmenhandlung aber in den (Früh)Sommer 1508 legen wollte, habe ich ihn im Roman etwas länger leben lassen und zwar bis zum Dezember 1507. Die Rückreise Arndts von Lissabon nach Nürnberg und schließlich nach Forchheim hätte sonst selbst auf dem beschwerlichen Landweg einfach zu lange gedauert. So aber wirkt, entsprechende Pausen und längere Aufenthalte eingerechnet, wie zum Schluss in seiner Heimatstadt Nürnberg, die Reisedauer einigermaßen plausibel, wenn man zudem berücksichtigt, dass er nicht unmittelbar nach dem Tod Behaims aufbrach, sondern noch mit der Auflösung des kärglichen Haushalts seines verarmten Großonkels beschäftigt gewesen sein könnte.

Die komplizierten verwandtschaftlichen Verhältnisse Arndts - Martin Behaim ist sein Großonkel - Lorenz Beheim sein Onkel, beide Beh(a)eims sind aber nicht miteinander verwandt, ist eines der kleinen Rätsel, die ich in den Text eingebaut habe. Historisch verbürgt ist, dass beide Beh(a)eims zur gleichen Zeit lebten und sich möglicherweise sogar gekannt haben. Lorenz schreibt seinen Nachnamen, der ja wie bei Martin nichts anderes als eine Herkunftsbezeichnung ist und Böhmen bedeutet, auf verschiedene Weise. Mal Behaim, mal Beheim, mal Behem. Eine Zeitlang nahm man an (in einigen älteren Lexika kann man diese Behauptung noch finden) Martin und Lorenz seien verwandt gewesen. Mir schien es reizvoller, eine ganz andere Verbindung herzustellen, nämlich die der Freundschaft. Auch hierfür gibt es keinerlei historische Belege, wie überhaupt über Lorenz Beheim nur wenig bekannt ist und auch in der Biografie Martin Behaims größere Lücken klaffen. Die meisten Informationen über Lorenz kennt man aus seinem Briefwechsel mit Willibald Pirckheimer. Der berühmte Humanist war eng mit dem Bamberger Chorherren befreundet. Man schätzte und beriet sich. In dem erhaltenen Briefwechsel werden auch intimste Informationen ausgetauscht. Ich konnte mich mit der Schilderung und Charakterisierung von Lorenz Beheim so nah wie möglich an den historisch bekannten Details orientieren. Sein Verhältnis zu Frauen, die Syphilis, die ihn plagte und sein - aus heutiger Sicht nicht leicht verständlicher - Hass auf den niederen Adel, konkret etwa auf Götz von Berlichingen, dürfen also als Tatsachenbeschreibung verstanden werden. Fiktiv ist sein reserviertes Verhältnis zum Forchheimer Stadtkommandanten Hans von Egloffstein. Eine Begegnung zwischen den beiden Männern ist nicht belegt. Auch, ob sich Lorenz Beheim jemals in Forchheim aufgehalten hat, lässt sich heute nicht mehr nachvollziehen, obwohl es nicht unwahrscheinlich ist. Immerhin liegt Forchheim auf dem Weg von Nürnberg nach Bamberg, also zwischen der Geburtsstadt und dem späteren Wohnort Beheims. Seine langen Italienaufenthalte, seine Tätigkeit für den Borgia-Papst Alexander VI., seine Interessen für Kabbala, Astrologie, Medizin, Alchemie, all das lässt sich nachweisen und stellt auch den Grund dafür dar, warum man ihn zum

Kreis der fränkischen Humanisten zählt. Dazu gehört auch die Freundschaft zu und das gemeinsame Studium der hebräischen Sprache mit Johannes Reuchlin in Rom. Die Studien wurden durch Pico della Mirandola angeregt. Auch die periphere Mitwirkung Beheims an der Schedelschen Weltchronik ist bekannt.

Die Begegnung mit Johann Cuspinian jedoch ist fiktiv, ebenso die medizinischen Fähigkeiten, die ich dem aus Schweinfurt stammenden Humanisten angedichtet habe. Die übrigen Schilderungen im Zusammenhang mit Cuspinian entsprechen aber der historischen Wirklichkeit bis hin zu seinem Aussehen, da von ihm ein Portrait, gemalt von Lukas Cranach dem Älteren, existiert.

Kannte Lorenz Beheim - wie im Roman behauptet - Niccolò Machiavelli? Als florentinischer Diplomat hatte er unter anderem mit Cesare Borgia, dem von Beheim unverhohlen bewunderten Sohn von Papst Alexander VI. zu tun. Außerdem weilte er in Rom und vertrat dort seine Heimatstadt am Hof der Kurie. Also eine Begegnung der beiden Männer scheint denkbar zu sein. Schriftstellerisch betätigte sich Machiavelli aber erst, als er nach vierzehnjährigem, aufopferungsvollem Dienst für Florenz im Rahmen des Revirements, der Wiedereinsetzung der Medici, politisch kaltgestellt und sogar für einige Wochen eingekerkert wurde. Seine bedeutendsten Schriften entstanden in der Zeit dieses aufgezwungenen, inneren Exils Ab 1513 begann er an seinem wichtigsten Werk, *Discorsi sopra la prima deca di Tito Livio* zu arbeiten, noch im gleichen Jahr unterbrochen von der Arbeit an jenem kurzen, prägnanten Buch, auf dem auch heute noch sein Ruhm basiert: *Il Principe* (Der Fürst). Machiavellis in den *Discorsi* und *Il Principe* entwickeltes politisches Denken entstand in seinen Grundzügen jedoch zweifellos bereits früher, als er noch in diplomatischer Mission die Höfe Kaiser Maximilians und Ludwigs XII. besuchte. Die von Lorenz Beheim zitierte Passage aus einem Brief Machiavellis stammt aus *Il Principe*.

Ausgehendes Mittelalter, beginnende Neuzeit, das bedeutet, dass die Rahmenhandlung des Romans eine Umbruchzeit widerspiegelt (wie übrigens auch die spätkarolingische Epoche). Kolumbus war bereits nach Amerika gesegelt, aber die Erkenntnis, dass es sich bei diesem Land um einen eigenen Kontinent handelt, hatte sich noch nicht durchgesetzt. Lediglich ein Kartograph dieser Zeit wagte es bereits, Amerika losgelöst von der asiatischen Landmasse darzustellen. Sein Name: Martin Waldseemüller. Für viele Menschen war die neue Welt 1508 immer noch lediglich ein anderer Weg nach Indien.

Hat Martin Behaim den Kartographen Waldseemüller gekannt, wusste er vielleicht sogar von dessen Erkenntnissen? Eine Frage, die ich nicht beantworten kann und über die ich in der Behaim-Forschung, so weit ich mich mit ihr beschäftigen konnte, auch nichts gefunden habe. Sicher scheint dagegen zu sein, dass Behaim neben dem berühmten Erdapfel, den er im Auftrag des Rats der Stadt Nürnberg anfertigen ließ, noch weitere Globen hergestellt hat, auch noch, als er nach Portugal zurückkehrte. Von ihnen aber hat sich leider kein einziger erhalten. Belegbar aber sind die Behaim zugeschriebenen Ereignisse, wie die Erhebung in den Ritterstand durch König João II. von Portugal, die Gefangennahme durch englische Piraten und die Vermutung, dass er möglicherweise in geheimdiplomatischen Missionen unterwegs war, sowie sein Ende in bitterer Armut. Er wuchs an dem Ort in Nürnberg auf, wo auch der fiktive Arndt angibt, zu Hause zu sein, nämlich in einem Haus am Hauptmarkt mit Sicht auf den Schönen Brunnen.

Zurück zu Lorenz Beheim. Verblüffend mag die Brutalität wirken, mit der er den Räuber Lenkart am liebsten aufs Rad flechten lassen würde. Immerhin gehört er zum Kreis der fränkischen Humanisten. Doch diese verstanden - wie etwa bei Celtis überliefert - den Humanismus keinesfalls so, wie wir ihn heute gerne verstehen und dabei mit menschenfreundlich gleichsetzen.

Humanismus war das erste Aufleuchten der Aufklärung, die Ablösung von den unabänderlichen religiösen Dogmen, mit denen bis dato die Welt erklärt wurde, die ersten neuzeitlichen Ansätze von

Bildung und Wissenschaft. Der Kanonikus aus Bamberg ist eine ideale Figur, um an ihr die Widersprüche der Zeit festzumachen. Der ebenso freizügige, wie bigotte Lebenswandel, den ich noch nicht einmal erfinden musste, wirft - so hoffe ich - ein Licht auf die Verhältnisse kurz vor Reformation und Bauernkrieg. Dem Briefwechsel mit Pirckheimer lassen sich auch die medizinischen Ambitionen des Chorherren entnehmen. Eifrig wurden Rezepte getauscht und - nicht selten am eigenen Leib - ausprobiert.

Der Friedhof neben St. Martin musste zum Teil schon im 14. Jahrhundert dem Rathausplatz weichen, ein Bereich aber blieb bis weit ins 16. Jahrhundert bestehen. Selbst als schon ein neuer Friedhof angelegt wurde, konnte man sich gegen entsprechende Bezahlung auf dem alten Friedhof an der Martinskirche beerdigen lassen.

Das Katharinenspital geht auf eine Stiftung des Bamberger Chorherren Leopold von Hirschberg im Jahr 1327 zurück. Dabei sind Teile der Spitalkirche noch spätmittelalterlich, während der eigentliche Spitalbau, wie wir ihn heute kennen, erst im Jahr 1611 von dem Baumeister Paulus Keit errichtet wurde. Über den Vorgängerbau ist nichts bekannt, weshalb ich mir die Freiheit genommen habe, einige typische Merkmale der Anlage wie die mächtigen Sandsteinsäulen in der Wiesent, auf denen das Haus errichtet wurde, und den Zugang zur Kirche um gut hundert Jahre in die Vergangenheit zu versetzen. Die Lage des Spitals, das weniger ein Kranken- denn ein Siechen- und Armenhaus war, lag vor der Erneuerung der Festungsanlagen ab der Mitte des 16. Jahrhunderts vor dem Bamberger Tor, also außerhalb der Stadtmauern.

Ein echtes Problem stellte die wörtliche Rede dar. Wie haben die Leute damals gesprochen, wie haben sie sich angeredet? Ich habe historische Romane gelesen, die in der gleichen Zeit spielen, in denen sich die Leute bis hinab ins Bürgertum mit "Ihr" und "Euch", also dem Pluralis majestatis angesprochen haben. Tatsächlich war diese Art der Anrede auch schon zu Beginn des 16. Jahrhunderts üblich, aber ausschließlich im Hochadel. Das "du" dürfte deshalb die allgemein gebräuchliche Form gewesen sein, manchmal unterbrochen von einem distanzierenden "Er" oder "Sie" (weibliche Form), um Standesunterschiede deutlich zu machen. Deshalb stellt das abschätzige "Er", mit dem der Chorherr den Stadtkommandanten anspricht, schon eine faustdicke Beleidigung dar.

Die Episode mit der geraubten Nonne, die der Kanzler Karls III., Luitward, mit seinem Neffen zwangsverheiratete, gehört - wie noch andere besonders abwegige Vorkommnisse - nicht zu den Erfindungen des Autors, sondern wird von Historikern wie Ernst Dümmler anschaulich geschildert. Dichterische Freiheit habe ich mir in diesem Zusammenhang nur mit dem Auftauchen der wahrhaft fiktiven Gestalt des tätowierten Freikriegers erlaubt. Aber auch die als authentisch geschilderten historischen Fakten schreiben dem schändlichen Neffen ein schlimmes Ende in der Hochzeitsnacht zu, in der er - wie es heißt - aus ungeklärten Gründen tot zusammenbrach.

Die Beschreibung der Gebäude und Befestigungen der karolingischen Pfalz Forchheim ist natürlich rein spekulativ. Bis heute lässt sich noch nicht einmal die genaue Lage dieser Pfalz bestimmen. Während einige Historiker der Ansicht sind, dass die Anlage im heutigen Stadtteil Burk, links der Regnitz zu verorten wäre, vermuten andere auf Grund einiger Funde im Forchheimer Krottental, dass dies der ursprüngliche Ort des Königshofes im 9. Jahrhundert war.

Wieder andere Vermutungen sprechen für die nur unweit entfernte Lage bei St. Martin und die sie umgebenden Gebäude. Sicher scheint nur zu sein, dass der Komplex, der heute als Kaiserpfalz bezeichnet wird, nicht der Ort der tatsächlichen Kaiserpfalz war.

Bei dieser burgähnlichen, oft auch als Schloss oder Palast bezeichneten Anlage, handelt es sich um einen Bau, der in seiner heutigen Form auf das 14. Jahrhundert zurückgeht und ein Sitz des Bamberger Fürstbischofs war, von dem man mit gewisser Berechtigung annimmt, dass er bereits auf das "steinerne Haus" des Pommernapostels Otto zurückgeht.

Es ist unter Historikern umstritten, ob der Wassergraben um den bischöflichen Palast jemals tatsächlich mit Wasser gefüllt war. Für den Roman hätte ich auf eine hübsche Szene verzichten müssen, wenn ich mich diesen Zweifeln angeschlossen hätte. Wofür braucht man einen Wassergraben mit Zugbrücke, wenn kein Wasser im Graben ist?

Die Mauer, die heute verhindert, dass jemand versehentlich in den Graben stürzt, bestand Anfang des 16. Jahrhunderts jedenfalls noch nicht. Es gibt eine Handwerkerrechnung aus dieser Zeit, in der die Reparatur des den Graben umgebenden Zaunes berechnet wird. Die Brücke, die in den Innenhof führt, war in Zeiten der Romanhandlung wohl eine Zugbrücke. Zumindest deuten bestimmte bauliche Reste auf die Existenz einer Zugbrücke hin. Ebenso muss es einen schmalen Hintereingang an der Nordseite gegeben haben, der aber bei späteren Umbauarbeiten zugemauert wurde.

Der Teil des Gebäudes, der als Schultheißenbau bezeichnet wird, existierte in der heutigen Form 1508 noch nicht. Stattdessen befand sich dort ein kleinerer Fachwerkbau, über den man direkt die Wehrgänge erreichen konnte. Auch die heutigen Querbauten, welche die beiden Flügel miteinander verbinden, stammen aus späterer Zeit. Damals muss von der Stadtmauer zum Tor und seiner Zugbrücke ein Wehrgang geführt haben, vielleicht auch bis zum Hauptgebäude, der sogenannten großen Kemenate. An der Nordseite befand sich vermutlich ein Küchengebäude. Wurden hier die Mahlzeiten der Stadtwache zubereitet? Eine weitere Küche vermutet man in der großen Kemenate.

Von der ursprünglichen mittelalterlichen Stadtmauer, an die

der Gebäudekomplex, namentlich der Schultheißenbau, direkt angebaut worden war, sieht man heute nicht mehr viel. Von einem Nachfolger des Hans von Egloffstein, dem Stadtkommandanten Claus von Egloffstein, wurden nach dem zweiten markgräflichen Krieg ab 1552 die umfangreichen Befestigungen der Stadt veranlasst, von denen heute noch einige Bastionen zu sehen sind.

Damals wurde das ummauerte Stadtgebiet Forchheims erheblich vergrößert. Vor dieser Zeit lagen die Rosstränke, viele Mühlen und - wie schon erwähnt - das Katharinenspital außerhalb der Stadtmauer. Aber schon in Zeiten, in denen der Roman spielt, wurden einige Verbesserungen an der alten Stadtbefestigung vorgenommen. Die Annahme, dass ein erfahrener Fachmann für Festungsbau - Lorenz Beheim - in irgendeiner Form daran beteiligt war und sei es nur, indem er Kritik am Zustand der Mauern übte, lässt sich zwar nicht beweisen, ist aber denkbar.

Bezoar: Solche im 16. Jahrhundert als heilbringend und giftvernichtend hochgeschätzten und teuer bezahlten Steine aus den Mägen asiatischer Ziegen kann man heute noch in der Schatzkammer der Münchener Residenz bewundern. Sie kamen aber erst einige Jahrzehnte nach der Romanhandlung in Mode.

Essen und Trinken: Leider weiß man heute noch viel zu wenig über das mittelalterliche Alltagsleben. In einigen klösterlichen Dokumenten werden zumindest gelegentlich Speisefolgen geschildert, aber waren sie repräsentativ für die Zeit? In Bezug auf Forchheim wird, wie u. a. bei Kupfer und Rainer Kestler nachzulesen, die Güte des hier gebackenen Brotes gerühmt. Was die Getränke anbelangt, so lässt sich allerdings nicht nur für Forchheim zur Zeit des Spätmittelalters, der beginnenden Neuzeit feststellen, dass mit Sicherheit noch häufiger Wein als Bier getrunken wurde. Noch bis ins 19. Jahrhundert wurde im Raum Forchheim Wein angebaut. Straßennamen wie *Weinbergstraße* in Reuth oder *Am Weingartsteig* in Burk erinnern daran.

Die Befestigung und das Aussehen der karolingischen Pfalz liegt vollständig im Dunkeln. Alle Beschreibungen sind deshalb fiktiv. Die im Roman eingearbeiteten Beschreibungen der Bauweise, insbesondere der Wälle, aber auch der Gebäude basieren auf den vagen Kenntnissen der frühmittelalterlichen Archäologie (siehe auch Literaturverzeichnis). Es kann davon ausgegangen werden, dass es sich bei den Befestigungen nur in den seltensten Fällen um steinerne Mauern, wie sie für das hohe Mittelalter üblich waren, handelte, sondern um Erdwälle, die man oft zwischen und an Mauern aufwarf und zusätzlich mit hölzernen Palisaden befestigte. Burgen und ähnliche Festungen, die für uns heute zu den populärsten Bildern des Mittelalters gehören, gab es zu karolingischer Zeit noch nicht. Erst mit dem Beginn der Herrschaft Heinrichs II. beginnt der immense Ausbau der fränkischen Region mit Burgen. Auch die Gebäude der karolingischen Pfalzen waren - mit Ausnahme von Kirchen und Kapellen - wohl nur selten aus Stein errichtet.

Forchheim, dessen Name sich von den ringsherum wachsenden Föhrenwäldern ableitet und nicht, wie das Stadtwappen vermuten lässt, von den Forellen der Wiesent, dürfte in jener Zeit hauptsächlich aus Holzbauten bestanden haben. Eine blasse Ahnung von der Bauweise vermitteln vielleicht die - natürlich erst später entstandenen - Bauernhäuser, von denen einige eindrucksvolle Bauten im Freiluftmuseum von Bad Windsheim besichtigt werden können (siehe Literaturverzeichnis).

Endgültig erhärtet wird die These der überwiegend aus Holz und einer gewissen Form von Fachwerkarchitektur errichteten Häuser der Kaiserpfalz durch das historisch verbürgte Unglück, das Kaiser Arnolf durch ein einstürzendes Gebäude in Forchheim widerfahren ist. Die im Roman näher geschilderten Umstände dieses Einsturzes entsprangen natürlich ausschließlich der Phantasie.

Bei der Schilderung der Lage der karolingischen Pfalz folge ich den Annahmen, die sie rings um St. Martin verorten, beziehe aber auch die Marienkapelle mit ein, von der ebenfalls angenommen wird, dass zumindest ein Vorläuferbau schon zu karolingischer Zeit bestanden haben könnte.

Natürlich lässt sich auch bei St. Martin heute nur vermuten, dass eine gleichnamige Vorläuferkirche schon zu Zeiten von Arnolf existierte. Ich möchte aber betonen, dass jede andere fiktionale Schilderung, die die Pfalz etwa nach Burk verlegt, die gleiche Berechtigung hätte, wie die vorliegende.

Die Badeszene Arnolfs unter freiem Himmel wurde von einer kleinen, hübschen Illustration aus der Manessischen Liederhandschrift inspiriert, die ich um drei Jahrhunderte in die Vergangenheit zurückversetzt habe.

Bei der Schilderung der Tintenherstellung habe ich mehrere mittelalterliche Rezepturen zusammengemischt (siehe auch Schwedt, Literaturverzeichnis).

Weil es mir aus dramaturgischen Gründen sinnvoller erschien, Arnolfs Sohn Zwentibald zusammen mit dem Basilisken nach Lothringen zu schicken, muss an dieser Stelle der historischen Wahrheit genüge getan werden. Zwentibald erhielt Lothringen erst später und wahrscheinlich auch nicht, damit er sich in die Pflichten als designierter Nachfolger Arnolfs einarbeiten konnte, sondern als eine Art Abfindung.

Zu der Zeit, als Lothringen auf Zwentibald überging, war Ota, die Gattin des Königs, bereits schwanger. Es bestand also die Möglichkeit, dass ein legitimer Thronfolger geboren würde. Tatsächlich brachte Ota einen Sohn zur Welt, der bereits als Sechsjähriger in Forchheim zum König gewählt wurde und unter dem Namen "Ludwig, das Kind" in die Geschichte einging. Allerdings entspricht es den historischen Überlieferungen, dass zuvor Zwentibald auf dem

Forchheimer Reichstag von 889 als Nachfolger Arnolfs bestätigt wurde.

Egino wird als Skof, als Hofdichter und -sänger vorgestellt. Mit der althochdeutschen Dichtung werden im allgemeinen lyrische Texte mit Stabreimen assoziiert. Mit dem Liebeslied auf Elisabeth, das Königin Ota ebenso wie Arnolfs Geliebte Ellinrata auf sich beziehen, habe ich dem dichtenden Sänger Verse mit Endreim in den Mund gelegt. Denn ab dem 9. Jahrhundert setzte sich auch die Endreimdichtung allmählich durch.

Schon vor Otfrid, einem Schüler Hrabans, dessen Weißenburger Reimverse zu den wichtigsten althochdeutschen Dichtungen des 9. Jahrhunderts zählen, gibt es Zeugnisse für diese auch heute noch übliche Form des Endreims, etwa einen Spottvers auf eine vereitelte Hochzeit, der in eine St. Galler Handschrift eingetragen wurde und in der dortigen Stiftsbibliothek aufbewahrt wird.

Die Bezeichnungen Norden, Süden, Osten und Westen als Himmelsrichtungen sind selbst auf Karten, die noch wesentlich später als 1508 entstanden, nicht allgemeinüblich. Man findet stattdessen Richtungsbeschreibungen wie Nacht, Mittag, Morgen und Abend, die ich dann für den Roman übernommen habe. Die heute gebräuchliche Ausrichtung von Karten, in denen Norden oben liegt, hatte sich zu den Zeiten der beginnenden Neuzeit ebenfalls noch nicht generell durchgesetzt.

Zu den historisch verbürgten Details zählt auch die kirchliche Auseinandersetzung um das geistige Erbe des Methodius, in die Egino und Mainhardt während ihrer Suche nach Elisabeth hineingeraten.

Da sich beim Schreiben des Romans immer wieder gewisse Symmetrien ergaben und angestrebt wurden, ist auch dieser Kirchenstreit um die Zelebrierung der Messe in der Muttersprache der an der Messe teilnehmenden Leute, so etwas wie ein ferner Reflex durch die Jahrhunderte bis hin zur Rahmenhandlung, die ja kurz vor der Reformation spielt.

Arnolfs in Italien ausbrechende Krankheit darf, was ihre Ursache anbelangt, nämlich die angebliche Hexerei Ageltrudas, als reine Fiktion angesehen werden.

Dennoch entstammt die mysteriöse Ursache von Arnolfs gesundheitlichen Problemen nicht der Phantasie des Autors. Laut Dümmler tauchen Ageltrudas Zauberei ebenso wie die Episode mit den fliehenden Verteidigern Roms, die eine Hasenjagd vor ihren Mauern für den Beginn des Angriffs halten, in den alten Dokumenten auf.

Eine weitere Zeitverschiebung fand bei den geschilderten Ereignissen um den Schauprozess gegen die Leiche von Papst Formosus statt. Während sich dieses obskure synodale Gerichtsverfahren tatsächlich im Jahr 897 abgespielt haben soll, verlegte ich es um ein Jahr vor.

Der Grund dafür liegt auf der Hand: die Ereignisse in Forchheim im August 896.

Schon Paracelsus propagierte den Gebrauch von Opium in der Medizin. Benutzt wurde es jedoch bereits ungleich früher, so dass die geschilderte Suchtproblematik Arndt Beuckers für das Jahr 1508 durchaus denkbar erscheint.

Eine kleine Reminiszenz an meinen Wohnort ist die Episode der Auseinandersetzung zwischen Kersbach und Hausen. Der Streit um einige Wiesen und Äcker, der bei Wagner wie bei Kupfer erwähnt wird, wurde von mir kurzerhand in die Zeit der Rahmenhandlung verpflanzt.

Der Glocken- und Geschützgießer Martin Kopp ist fiktiv. Der Nachname aber ist in Forchheim nicht unbekannt. So erlangte die Forchheimer Gießhütte, in der Geschütze und Glocken hergestellt wurden, überregionale Bedeutung. 1636, während des Dreißigjährigen Krieges, fertigte ein Hans Kopp ein drei Meter langes Bronzerohr, das heute im Berliner Zeughaus aufbewahrt wird. Aus dem Jahr 1658 hat sich eine Kanone von Sebald Kopp im Münchener Armeemuseum erhalten.

Die Schilderung des Ofens im Keller der sogenannten Kaiserpfalz folgt einer Beschreibung von Tilman Kohnert (siehe Literaturverzeichnis). Dass hier die unterirdischen Gänge endeten, die einst zahlreiche Häuser Forchheims mit dem Rathaus und der Kaiserpfalz verbunden haben sollen, lässt sich nicht mehr nachweisen.

Dass solche Gänge aber existierten, darauf stößt man bei Erdarbeiten im Forchheimer Stadtkern immer wieder und dass die Brunnen sehr tief ins Erdreich herunterreichten, kann man z. B. im Garten des Anwesens Kapellenstraße 3 noch beobachten.

Auch der Forchheimer Stadtapotheker Karl Munzer erwähnt die unterirdischen Gänge. Wie man sich ein derartiges unterstädtisches Labyrinth vorzustellen hat, dafür muss man heute allerdings in andere Orte fahren, etwa nach Furth im Wald, dessen Felsengänge bis in die Zeit des Zweiten Weltkriegs genutzt wurden und die heute teilweise besichtigt werden können.

Literatur

Von den gut zwei Regalmetern an Literatur, die ich für die Ausarbeitung dieses Romans herangezogen habe, erwähne ich nachfolgend nur die wichtigsten Titel, wobei ich einige davon mit kurzen Kommentaren versehen habe.

- Abel/Sage/Züchner, Oberfranken in vor- und frühgeschichtlicher Zeit, Bamberg, 1986. *Auf den bei Walter Sage vermittelten Erkenntnissen basieren einige der Beschreibungen der Wehranlagen der karolingischen Zeit.*
- Hermann Ammon (Hrsg.), Forchheim - In: Geschichte und Gegenwart. Beiträge aus Anlass der 1200-Jahr-Feier, Bamberg, 2004. *Das ausführlichste und aktuellste Werk über Forchheim mit vielen kenntnisreichen Beiträgen.*
- Philippe Ariès/Georges Duby (Hrsg.), Geschichte des privaten Lebens, Band 2: Vom Feudalzeitalter zur Renaissance, Frankfurt am Main, 1990.
- Otto Borst, Alltagsleben im Mittelalter, Frankfurt am Main, 1983.
- Wolfgang Buhl (Hrsg.), Karolingisches Franken, Würzburg, 1973.
- Daniel Burger, Burg und Festung Forchheim, Regensburg, 2004.
- Konrad Celtis, Norimberga, hrsg. von G. Fink, Nürnberg, 2000.
- Ernst Dümmler, Geschichte des ostfränkischen Reiches, Band 3: Die letzten Karolinger, Konrad I, 2. Aufl., Leipzig, 1888. *Das Grundlagenwerk, ohne das etwa die Hälfte dieses Romans nicht hätte geschrieben werden können. Leider schwer aufzutreiben, da selbst ein Reprint dieses Standardwerks schon seit langem vergriffen ist.*
- Martin Förtsch, Häuser-Chronik von Alt-Forchheim, o. O., Hefte 1, 2, 1955, Heft 3, 1956, Heft 4, 1957. *Zusammenstellung zu Erbauern und Besitzern Forchheimer Häuser. Eine Fundgrube in Bezug auf alte Handwerkerrechnungen.*
- Fränkisches Freilandmuseum Bad Windsheim, Ein Bauernhaus aus dem Mittelalter, mit Beiträgen von Konrad Bedal, Wolfgang Oppelt, Silvia Codreanu, Hermann Heidrich, Bad Windsheim, 1987.

- Franz Fuchs/Peter Schmid (Hrsg.), Kaiser Arnolf - Das ostfränkische Reich am Ende des 9. Jahrhunderts, München, 2002.
- Germanisches Nationalmuseum Nürnberg (Hrsg.), Gemälde des 16. Jahrhunderts, bearbeitet von Kurt Löcher, Stuttgart, 1997.
- Wilhelm von Giesebrecht, Geschichte des deutschen Kaisertums, Band I: Gründung und Blüte des Kaisertums, Essen, o. J.
- Joachim Gruber, Singulis rebus reperire causas - Konrad Celtis und der Bildungskanon der Frühen Neuzeit, http://www.klassphil.uni.muenchen.de/~gruber/didagmata.pdf, o. J.
- Jochen Haberstroh, Grundlagen des frühmittelalterlichen Forchheim (aus: Ammon, siehe dort).
- Klaus Herbers/Bernhard Vogel (Hrsg.), Ludwig das Kind (900-911), Sonderheft 1 der heimatkundlichen Zeitschrift "An Regnitz, Aisch und Wiesent", Forchheim, 2000.
- Ernst Hoffmann, Basileos Babenberg - eine methodologische Untersuchung populärer Mythen anhand der Märchensammlung des Volksdichters während der bürgerlichen Revolution von 1848, Dissertation, Erlangen, 1970.
- Wolfgang Jahn/Jutta Schumann/Evamaria Brockhoff (Hrsg.), Edel und Frei - Franken im Mittelalter, Katalog zur Landesausstellung 2004 im Pfalzmuseum Forchheim, Haus der Bayerischen Geschichte, Augsburg, 2004.
- Rainer Kestler, Berichte und Notizen aus dem Stadtarchiv Forchheim 1994-1998
- Johannes Kist, Fürst- und Erzbistum Bamberg, Leitfaden durch ihre Geschichte von 1007-1960, hrsg. vom historischen Verein Bamberg, Bamberg, 1962.
- Tillman Kohnert, Die fürstbischöfliche Burg - Bauforschung und Baugeschichte bis zum Beginn der Neuzeit (aus: Ammon, siehe dort). *Wichtiger Beitrag über die Baugeschichte der Bischofsburg, dem Hauptschauplatz des Romans.*
- Konrad Kupfer, Forchheim - Geschichte einer alten fränkischen Stadt, Nürnberg, 1960. *Nach wie vor eines der besten Bücher über Forchheim. Gelegentliche sprachliche Konservativismen - wie "Heldentod" in Bezug auf Gefallene des ersten und zweiten Welt-*

kriegs - können die verdienstvolle Arbeit, die in diesem Buch steckt, nicht wirklich schmälern.
- Johannes Merz (Hrsg.), Franken im Mittelalter - Francia orientalis, Franconia, Land zu Franken: Raum und Geschichte, Darmstadt, 2004.
- Peter Moser, Romanik in Franken, Bamberg, 2000. *Kenntnisreich verfasstes und schön bebildertes Buch, das nur eine Frage offen lässt: Warum kommt Forchheim mit Ausnahme der tabellarischen Erwähnung der Wahl von Rudolf von Rheinfelden (1077) darin nicht vor?*
- J. H. Parry, Zeitalter der Entdeckungen, Zürich, 1963.
- Karl Petry, Handbuch zur deutschen Literaturgeschichte, Band I, Köln, 1949.
- Leopold von Ranke, Die römischen Päpste, 12. Auflage, München/Leipzig, 1923.
- Emil Reicke, Der Bamberger Kanonikus Lorenz Beheim, Pirckheimers Freund, aus: Forschungen zur Geschichte Bayerns (Hrsg. Michael Doeberl u. Karl von Reinhardstöttner), München, 1906. *Dieser Aufsatz gehört zu den wenigen ausführlicheren Arbeiten über Lorenz Beheim.*
- Elisabeth Roth, Gotische Wandmalerei in Oberfranken, Würzburg, 1982.
- Stanley Sadie/Alison Latham (Hrsg.), Das Cambridge Buch der Musik, Frankfurt am Main, 1994.
- Georg Schwedt, Farbrezepte des Mittelalters, aus: Schlösser, Baden-Württemberg, Nr. 3, Stuttgart, 2002.
- Katharina Sitzmann, Stadt Forchheim, Denkmäler in Bayern, Band IV.53/I, München-Zürich, 1989.
- Max Spindler, Handbuch der bayerischen Geschichte, Band III, 1: Geschichte Frankens bis zum Ausgang des 18. Jahrhunderts, hrsg. von Andreas Kraus, München, 1997.
- Staatliche Museen zu Berlin, DDR (Hrsg.), Kunst der Reformationszeit, Berlin, 1983.
- Gisela Völger unter Mitarbeit von Karin von Welck/Aldo Legnaro (Hrsg.), Rausch und Realität - Drogen im Kulturvergleich,

zwei Bände, Köln, 1981.
- Klaus Vollmer, Wörterbuch der Mythologie, Leipzig, 1978.
- Eduard Wagner/Heinrich Müller, Hieb- und Stichwaffen, Praha, 1966.
- Engelbert Wagner, Hausen bei Forchheim - Aus der Geschichte eines fränkischen Dorfes, Bamberg, 1997.
- Barbara Wenig, Von Haus zu Haus - Ein Blick in die Geschichte Forchheimer Häuser, Forchheim, 1995. *Die ideale Ergänzung zu der gelegentlich schwer lesbaren Häuser-Chronik von Martin Förtsch.*
- Johannes Willers, Die Geschichte des Behaim-Globus, aus: Focus Behaim Globus, Katalogbuch in zwei Bänden zur gleichnamigen Ausstellung im Germanischen National Museum, Nürnberg, 1992.
- Johannes Willers, Leben und Werk des Martin Behaim, aus: Focus Behaim Globus, Katalogbuch in zwei Bänden zur gleichnamigen Ausstellung im Germanischen National Museum, Nürnberg, 1992.

Dank

Ich bin einer Reihe von Personen und Institutionen zu Dank verpflichtet, da ohne ihre Hilfe, Hinweise, Tipps und Informationen dieser Roman nicht hätte geschrieben werden können:

Gerhard Schuh, Geschäftsführer von Globus, Forchheim; Hans-Peter Kastenhuber, Redakteur bei den Nürnberger Nachrichten, Peter Menne, Geschäftsführer der Verlag + Druck Linus Wittich KG, Forchheim. Alle drei waren daran beteiligt, dass dieser Roman überhaupt entstehen konnte. H.P. Kastenhuber mit dem Hinweis auf die Wichtigkeit von Sponsoren; Gerhard Schuh, der als solcher gefunden wurde und sich nicht zuletzt als Mittler zwischen Autor und Verlag engagierte und vor allem Peter Menne, der mit großer Begeisterung und verlegerischem Mut die Entstehung des Romans von der ersten bis zur letzten Zeile begleitete. Darüber hinaus danke ich für wertvolle Hinweise und Informationen:

Dr. Johannes K. W. Willers, Germanisches National Museum, Nürnberg; Carolin Ott und Dr. Josef Urban, Archiv des Erzbistums Bamberg; Rainer Kestler, Stadtarchiv Forchheim; Theodor Denzler von der rechtswissenschaftlichen Bibliothek der Universität Erlangen; Joachim Bahler, Stadtbücherei Erlangen; Susanne Fischer und Ulla Teutrine, Pfalzmuseum Forchheim; Tillman Kohnert, Büro für Bauforschung, Bamberg; Dr. Klaus Rupprecht, Staatsarchiv Bamberg; Karl Munzer, Stadtapotheke Forchheim; Heike und Manfred Schade von der Buchhandlung S' Blaue Stäffala, Forchheim.

Karola und Ernst Weiß, Forchheim, danke ich neben einigen wertvollen Hinweisen für die großzügige Möglichkeit, in ihrem Haus einen Teil des Forchheimer "Untergrunds" in Augenschein nehmen zu dürfen. Erich Schredl, Pfarrer in Spalt bei Nürnberg, danke ich für theologische Hard- und Software. Dr. Werner Nürnberger, Erlangen, bin ich für kritisches Lesen der medizinhistorischen Passagen dankbar. Gerhard Batz, Hausen, danke ich für die geduldige Beantwortung zahlreicher, kniffliger historischer Fragen. Meinen Eltern, insbesondere meinem Vater, gebührt Dank für wertvolles Bildmaterial aus seinem Archiv.

Vor allem aber danke ich meiner Lebensgefährtin und kritischen Erstleserin Sabine Stoll. Ihr ist dieses Buch gewidmet.